ONÍRIA

B. F. Parry

ONÍRIA

LIVRO 1
O Reino dos Sonhos

Tradução
André Telles

1ª edição
Rio de Janeiro-RJ / Campinas-SP, 2016

VERUS
EDITORA

Editora
Raïssa Castro

Coordenadora editorial
Ana Paula Gomes

Copidesque
Katia Rossini

Revisão
Raquel de Sena Rodrigues Tersi

Capa
Adaptação da original (© Hachette Livre/ Hildegarde)

Ilustração da capa
Aleksi Briclot

Projeto gráfico e diagramação
André S. Tavares da Silva

Título original
Le royaume des rêves - Oniria, livre 1

ISBN: 978-85-7686-436-3

Copyright © Hachette Livre, 2014
© Hildegarde, 2014
Todos os direitos reservados.

ONíRiA
é marca registrada de Hildegarde, usada com autorização de Hildegarde.
Todos os direitos reservados.

Tradução © Verus Editora, 2016
Direitos reservados em língua portuguesa, no Brasil, por Verus Editora. Nenhuma parte desta obra pode ser reproduzida ou transmitida por qualquer forma e/ou quaisquer meios (eletrônico ou mecânico, incluindo fotocópia e gravação) ou arquivada em qualquer sistema ou banco de dados sem permissão escrita da editora.

Verus Editora Ltda.
Rua Benedicto Aristides Ribeiro, 41, Jd. Santa Genebra II, Campinas/SP, 13084-753
Fone/Fax: (19) 3249-0001 | www.veruseditora.com.br

CIP-BRASIL. CATALOGAÇÃO NA FONTE
SINDICATO NACIONAL DOS EDITORES DE LIVROS, RJ

P275r

Parry, B. F., 1981-
    O reino dos sonhos / B. F. Parry ; tradução André Telles. -
1. ed. - Campinas, SP : Verus, 2016.
    23 cm.   (Oníria ; 1)

    Tradução de: Le royaume des rêves - Oniria, livre 1
    ISBN 978-85-7686-436-3

    1. Literatura infantojuvenil francesa. I. Telles, André.
II. Título. III. Série.

16-30704   CDD: 028.5
                                            CDU: 087.5

Revisado conforme o novo acordo ortográfico

A todos que sabem da importância de sonhar
e aos que esqueceram como fazê-lo

Prólogo

Sete anos antes,
num apartamento em Paris...

— E se eu fosse morto por um monstro, como a mamãe?

O garoto estava apavorado. Sentado na cama, de pijama, agarrava-se ao urso de pelúcia como se sua vida dependesse disso. Estava esgotado, mas lutava para manter os grandes olhos abertos.

— Sua mãe não foi morta por um monstro, Eliott — disse a avó, acariciando-lhe os cabelos. — Você não corre risco nenhum, os pesadelos não podem entrar no seu quarto.

— Mas eles estão nos meus sonhos, e eu também! — replicou o menino. — Encontrei um horrível ontem, era muito mau. Eu tenho certeza de que ele vai voltar hoje à noite.

— Então você vai ter que se defender como eu ensinei. Lembra?

— Lembro.

— Então me mostre como você faz.

O menino fechou os olhos.

— Pronto — disse —, estou vendo o monstro. É azul. Com o pelo muito comprido e seis braços. A boca é bem grande e cheia de dentes pontudos, e tem olhos enormes.

Aflito, o menino abriu rapidamente os olhos.

— Não vou conseguir, Mamilou — gemeu.

— Claro que vai. Vamos lá, tente mais uma vez.

O menino fechou os olhos novamente.

— Consegue vê-lo? — a avó perguntou.

— Sim — respondeu Eliott, a voz trêmula.

— Ótimo, então me diga qual é o ponto fraco dele.

O menino refletiu.

— Ele quer tocar em tudo.

— Tocar em tudo?

— Sim, é isso mesmo. Ele tem patas imundas. Algumas até esfoladas, sem dedos. Acho que os decepou em algum canto. Ele não consegue deixar de se agarrar a tudo, mesmo sendo perigoso.

A avó abriu um sorriso satisfeito. Aquele menino tinha um dom para perceber detalhes que escapariam a muita gente.

— E aí, o que você vai fazer com essa informação? — ela perguntou. — Lembre-se, é a sua imaginação que manda: você pode fazer surgir o objeto que quiser.

— Eu coloco um monte de coisas perigosas na frente dele: brasas, ouriços, ratoeiras, tomadas, piranhas num aquário... Ele se aproxima. Toca nas brasas. Ai, se queimou. Ele não fica nada contente e me olha com cara de mau.

O menino ameaçou recuar, mas não abriu os olhos.

— Agora ele está mergulhando as patas no aquário das piranhas... Xiii, coitado! Tocou na tomada elétrica e... desabou no chão. Ele não se mexe.

O menino voltou a abrir os olhos. Desta vez, trazia um grande sorriso no rosto. A avó aplaudiu.

— Muito bem! — ela exclamou. — Você está cada vez melhor, estou orgulhosa. É bom que esses monstros saibam com quem estão lidando!

O menino esfregou os olhos e deu um grande bocejo.

— Vamos lá. A gente precisa dormir agora — disse a avó, erguendo o edredom para o menino se deitar. — Amanhã tem aula.

PRÓLOGO

— Ah, não. Só mais um pouquinho, Mamilou! Conte uma história de Oníria, por favor.

A avó sorriu e se sentou novamente na cama.

— Está bem — cedeu. — Mas vai ser curta, porque já é tarde. Por acaso já contei a história da fada que fazia tudo errado?

— Não.

— É a história de uma fada que conheci uma vez, há muito tempo. Eu estava passeando pelo Reino dos Sonhos...

— Oníria — esclareceu o menino. — O mundo habitado pelos nossos sonhos e pesadelos...

— Exatamente. Como você sabe, o Reino dos Sonhos, Oníria, é governado por um rei.

— Esse rei é o Mercador de Areia? — perguntou Eliott, em meio a um bocejo.

— Não, o Mercador de Areia distribui a Areia aos habitantes do mundo terrestre para fazê-los sonhar. Ele não se mete em política. Em Oníria quem reina é outra pessoa, alguém escolhido pelo povo. Na época desta história, o rei de Oníria se chamava Gontrand, o Flamejante. Seu melhor amigo era um príncipe sinistro, que tinha o apelido de Sam Cicatriz. Um dia, eles partiram para inspecionar uma província remota de lá...

A avó interrompeu a frase. O garoto adormecera. Então ela lhe deu um beijo na testa, puxou o edredom até seus ombros e, na ponta dos pés, deixou o quarto.

⌛

Louise, também conhecida como Mamilou pelo neto, entendia bem o medo de dormir — a hipnofobia, como dizem os especialistas —, pois ela mesma sofrera desse distúrbio quando era jovem. A primeira vez em que Eliott tivera uma crise, parte do passado dela ressurgira. Ela se lembrou daquela época distante: como *o* encontrara, como *o* curara; como sua vida havia virado de ponta-cabeça no dia em que *ele* lhe deu a ampulheta, no dia em que foi *lá* pela primeira vez... Fazia quase quarenta anos que Louise procurava esquecer aquele período de sua vida. Às vezes, quando nos vemos forçados a abrir mão da felicidade, sua lembrança é mais dolorosa que a própria infelicidade.

No entanto, diante da angústia do neto de cinco anos, ela não hesitara. Para ensinar Eliott a usar a força da imaginação, ressuscitara recordações soterradas sob décadas de amnésia voluntária. Sabia que essa era a melhor das terapias. Depois, não era só isso. Ela já era idosa. Um dia precisaria lhe passar a ampulheta. Não queria que, após sua morte, alguém mexesse em suas coisas e a encontrasse. Não. Queria dar um sentido àquilo tudo. Eliott provara ter uma capacidade de observação excelente, bem como uma imaginação fértil. Tinha o dom, com certeza. Um dia, quando estivesse pronto, era para ele que daria a ampulheta. Com aqueles exercícios, além de ajudá-lo a dominar seus medos, ela começava a iniciá-lo...

Louise não contara nada ao filho, Philippe, pai de Eliott, muito menos a Christine, a nova mulher de Philippe. Dissera-lhes apenas que conhecia o problema da hipnofobia e que o menino estava se tratando. Melhor assim. Christine tinha o espírito racional demais para compreender os métodos de Mamilou e, de qualquer forma, não se incomodava nem um pouco com o fato de a sogra cuidar de uma criança que ela adotara por obrigação, mas que nunca considerara seu filho de verdade. Quanto a Philippe... Louise não lhe contara nada quando ele era criança. Na época, ela ainda estava muito frágil; ainda precisava acreditar que tudo aquilo nunca tinha acontecido, para não se entregar à dor. Queria sobretudo proteger o filho. Dar-lhe uma chance de crescer sem se atormentar com todas aquelas questões. E agora, como revelar aqueles segredos a um filho de trinta e cinco anos? Louise simplesmente não sabia o que fazer.

Além disso, depois da morte de Marie — a primeira mulher de Philippe e mãe de Eliott —, seu filho havia mudado. Continuava sendo um homem encantador, um filho atencioso e pai admirável; mas ele, que sempre se interessara por tudo, que fora um apaixonado pelas grandes questões existenciais, que queria compreender todas as religiões...

Pois bem, uma chama se apagara dentro dele. Passou a se interessar somente pelo presente e pelo concreto, fugindo de tudo o que fosse inexplicável. Inexplicável como a morte de Marie, aos trinta anos, na cama. Durante muito tempo, procurou refúgio no trabalho e nas viagens. Mais tarde, pareceu ter encontrado certo equilíbrio ao conhecer a pragmática Christine, para quem tudo que não tivesse uma explicação lógica não passava de tolice e ninharia.

Ambos estavam a anos-luz de distância de Louise e seus métodos.

Louise abriu a porta da sala sem fazer barulho. Philippe e Christine estavam sentados nas confortáveis poltronas, o rosto contraído e a tez pálida. Cada um dava mamadeira a um adorável bebê embrulhado em um pijama cor-de-rosa. As duas garotinhas pareciam prestes a cair no sono, finalmente saciadas.

— Pronto — sussurrou Louise, espreguiçando-se no sofá de couro.

— Conseguiu acalmá-lo?

— Sim — ela confirmou num tom cansado. — Até a próxima vez.

— Depois do nascimento das gêmeas, isso virou hábito — suspirou Philippe.

— O que você queria? — disse Louise. — Sabíamos que a chegada das meias-irmãs mexeria com Eliott. Até acho que ele está contente no papel de irmão mais velho, mas o nascimento delas trouxe a lembrança da mãe. Ele sabe que ela morreu durante o sono, então tem medo de dormir. Isso me parece totalmente lógico. Precisamos dar um tempo a ele.

— De qualquer modo, a situação está ficando difícil de administrar — interveio Christine. — Aturar a Chloé e a Juliette, que ainda não dormem a noite toda, além dos pesadelos do pequeno, é estafante! Volto ao trabalho em menos de um mês, precisamos resolver o problema até lá!

— Notou alguma melhora, mamãe? — perguntou Philippe.

— Sim. Ele está melhor e se acalma cada vez mais depressa. Mas ainda é necessário um tempo para as crises cessarem totalmente.

— Quanto tempo? — perguntou Christine.

— Difícil dizer — suspirou Louise. — Semanas, talvez meses...

Louise podia ler o desespero nos olhos cansados da nora. Christine lançou um olhar de súplica a Philippe, que concordou com a cabeça.

— Então está decidido — ela disse. — Marquei uma consulta com um psiquiatra infantil amanhã. Precisamos fazer o possível para resolver a situação o quanto antes. Gostaria de levá-lo, Louise?

Louise fez cara de cética, mas guardou os pensamentos para si. Embora duvidasse que a intervenção de um psiquiatra infantil pudesse acelerar as coisas, mal não faria. Para que contrariar Christine? Quando aquela mulher decidia fazer alguma coisa, era praticamente impossível fazê-la mudar de ideia. Inútil desperdiçar uma energia tão preciosa. Então ela levaria Eliott ao psiquiatra.

E daria continuidade à sua iniciação.

① Um dia complicado

O dragão parecia ferocíssimo.
A princesa, então, devia ser belíssima.

Eliott retesou o arco e ajustou a mira, registrando quase no mesmo segundo os movimentos repetitivos do monstro. Sua janela de tiro era minúscula. A flecha seguiria direto para o coração, mortal. Só que o dragão cuspiu uma longa chama que carbonizou a flecha muito antes de ela atingir o alvo. O jeito era lutar corpo a corpo. Eliott empunhou a espada e o escudo antifogo e correu na direção do monstro, pulando e rolando no chão para evitar os jatos das chamas. Mais alguns metros e ele poderia golpeá-lo. O garoto era veloz, muito veloz, mas o dragão era ainda mais. Ele aumentou o jato de fogo, e uma labareda acertou Eliott em cheio. O ataque foi tão poderoso que o escudo antifogo de repente perdeu toda a energia: o próximo fogaréu seria fatal. A poucos metros de onde estava, Eliott avistou um objeto que poderia salvá-lo. Ele lançou mão de suas últimas forças mágicas para mergulhar o dragão numa espécie de letargia; depois, pulou até onde se encontrava o amuleto da supervelocidade e o passou em volta do pescoço. Bem na hora! Imediatamente livre da mágica fugaz, o dragão soprou em Eliott uma língua de fogo ainda mais poderosa. Mas o superveloz Eliott já tinha alcançado a zona de luta de contato. Então empunhou sua espada e o golpeou no meio do coração.

Foi neste exato instante que, vindo de lugar nenhum, ele recebeu um golpe traiçoeiro no crânio que o fez desequilibrar e cair.

⧗

Quando levantou a cabeça, Eliott deu de cara com um dragão de uma espécie completamente diferente: era o sr. Mangin, professor de matemática. Pequenos e cruéis olhos pretos atrás dos óculos de armação escura, sorriso carnívoro sob um bigode fininho, o mestre tinha nas mãos um livro de matemática fumegante, ou quase isso, resultado da bordoada que dera na cabeça de Eliott.

— Então, Lafontaine, sonhando de novo durante a minha aula?

— Eu... sinto muito, senhor! — balbuciou Eliott.

— Passe-me a caderneta de anotações — rugiu o professor.

Um rumor abafado de risadinhas e murmúrios ressoou pela sala do sétimo ano. Ainda zonzo por ter sido bruscamente arrancado de seu devaneio, Eliott se debruçou para pegar a caderneta na mochila.

— O que é isso?

O tom de voz do professor imobilizou sua mão no meio do caminho. O sr. Mangin estava com o dedo apontado para o caderno de Eliott, aberto sobre a carteira.

— Meu caderno de matemática, senhor.

— Não seja insolente — rosnou o professor. — Sei perfeitamente que é seu caderno de matemática. Estou me referindo a isto!

Então os olhos de Eliott furaram o nevoeiro. Viram o que o professor apontava: um cavaleiro, uma princesa, uma torre, um dragão... todo o seu sonho mecanicamente rabiscado a lápis na margem da lição de geometria. O professor apanhou o caderno e o exibiu para toda a classe.

— Olhem o que o colega de vocês desenhou! — exclamou, caçoando.

Quem esticava mais o pescoço conseguia ver. Os alunos se cutucavam, e o zum-zum-zum se transformou em alvoroço.

— Parece que o sr. Lafontaine se acha um bravo cavaleiro matador de dragões! — continuou o professor, satisfeito com a reação da turma. — Esqueça os contos de fadas, Lafontaine, volte para a terra e trate de decorar a tabuada.

A classe inteira caiu na risada. A vontade do garoto era cavar um buraco no chão e sumir. Para piorar as coisas, sua punição foi ficar duas horas além do tempo normal e uma advertência a ser assinada pelos pais.

Nada teria sido assim no ano anterior.

No sexto ano, Eliott era um menino alegre, louco por uma partida de futebol ou brincar de bater a bola contra o muro. Nunca se separava de seu melhor amigo, Basílio, com quem dividia tudo desde o começo do ensino fundamental. As caricaturas de professores ou celebridades que desenhava num piscar de olhos faziam sucesso no recreio, assim como as histórias incríveis que o pai trazia de inúmeras viagens e que Eliott repetia com entusiasmo. Philippe Lafontaine, seu pai, tinha sido um grande repórter. Trabalhava para um importante canal da televisão francesa, que o enviava aos quatro cantos do mundo para cobrir assuntos da atualidade. Eliott o adorava. Quando o pai viajava a trabalho, ele nunca perdia o jornal da tevê, esperando sua entrada no ar e assistindo com fervor. Mais tarde, na cama, imaginava as aventuras do pai naqueles países distantes que o faziam sonhar. No colégio, não era raro um colega comentar que vira seu pai na televisão. Eliott não era arrogante, limitando-se a sorrir. Mas, no fundo, no fundo, que orgulho ser filho de um aventureiro!

Então o pai ficara gravemente doente. Alguns colegas perguntaram por que não o viam mais no noticiário. Eliott não respondeu. Evitava tocar no assunto. Exceto com Basílio, claro, mas a mãe de seu amigo tinha sido transferida, e toda a família se mudara para Bordeaux. Em menos de dois meses, Eliott perdera o pai e o melhor amigo. Estava desorientado. E foi nesse momento que começou a se retrair.

Como se não bastasse, a volta às aulas em setembro o presenteou com uma nova maldição chamada Arthur. Novo no colégio, Arthur vinha dos Estados Unidos e vivia contando todas as maravilhosas coisas que tinha visto e feito "nos States", como ele dizia. Eliott era o único da classe a não cacarejar de admiração a cada palavra que ele pronunciava; já tinha coisas demais na cabeça para se preocupar em fazer parte da corte do "rei Arthur". Mas Arthur não apreciara a indiferença de Eliott. Havia começado a lançar pequenas indiretas para provocá-lo, afirmando que o que Eliott sentia era inveja. Eliott ficara louco de raiva. Pela primeira vez em meses, falou das viagens do pai, querendo impressionar Arthur. Calculou mal. Arthur chamara Eliott de bebê que precisava do pai para existir. Eliott xingara Arthur de cretino pretensioso. A guerra estava declarada. Uma guerra desequilibrada. Arthur era seguro de si, carismático e fazia sucesso com as meninas. Eliott, por sua vez, era quase sempre irritado, vivia no mundo da lua e podia ser agressivo se lhe fizessem muitas perguntas. Pouco a pouco, toda a classe se voltara contra ele.

Eliott soltou um suspiro de alívio e arrumou suas coisas rapidamente assim que o sinal tocou. Estava acabada a sexta-feira, até que enfim!

Foi o primeiro a sair da sala e despencou escada abaixo, quase derrubando uma aluna que descia muito devagar. Ao chegar ao pátio, entrou numa galeria escura que dava em um outro pátio, menor: o da escola de ensino fundamental, situada ao lado do colégio. Como era sexta-feira, era ele quem pegava as irmãzinhas, Chloé e Juliette, na saída. Torceu para que elas não se atrasassem, pois queria deixar o bairro o mais rápido possível; as ruas próximas não demorariam a ser invadidas pelos alunos de sua turma, e ele não estava com a mínima vontade de encarar os olhares irônicos.

Felizmente, as gêmeas estavam prontas e o esperavam na outra ponta do pátio, muito empertigadas com suas botas e capa amarela, que contrastavam alegremente com o cinza do chão, o cinza dos muros, o cinza do céu. Novembro em Paris: o pátio estava tão encharcado que pais e crianças tinham que ziguezaguear entre as poças. Eliott não per-

UM DIA COMPLICADO

deu tempo: atravessou em linha reta, ensopando os tênis. Sem uma palavra, agarrou as gêmeas com firmeza pela mão, uma de cada lado, e as arrastou, as fazendo acompanhar seus passos apressados rumo à saída. Eles enveredaram pelo beco que dava no colégio e logo chegaram à esquina da Rua Rembrandt.

— Então, Lafontaine, saindo de fininho?

Era a voz de Arthur. Eliott resmungou uma série de palavrões. Nada de bom poderia sair de um confronto com aquele idiota. Se estivesse sozinho, poderia despistá-lo. Campeão de atletismo, Eliott corria muito mais que todos os alunos da turma. Mas as gêmeas eram um estorvo. Além do mais, não queria passar por covarde. Então deixou que um grupo de alunos de sua sala o alcançasse e barrasse a passagem.

Vendo as pessoas à frente, Eliott deu um suspiro cheio de irritação. Por sua vez, seu "detalhômetro" estava tinindo. Era assim que ele chamava seu apurado senso de observação, que num piscar de olhos lhe permitia perceber detalhes que ninguém mais via, e disso deduzir fatos quase sempre exatos. Arthur Cretino estava no centro, de braços cruzados, jeans justo, mecha rebelde e sorriso no canto dos lábios. Suas unhas, impecavelmente lixadas e limpas, estavam revestidas de uma fina camada de esmalte transparente. Estava na cara, o suposto chefão da turma ia à manicure! Isso merecia um novo apelido: "Arthur Belezura" era perfeito. À direita de Belezura, Teófilo Vira-Lata se coçava atrás da orelha esquerda, o que reforçava o lado canino daquele brucutu espinhento que seguia Arthur aonde quer que ele fosse, como um bichinho de estimação. Finalmente, à esquerda de Arthur, a sempre superempolgada Clara Furiosa exibia seu sorriso mais cruel. De manhã, ela chegara ao colégio com um olho roxo, afirmando que pusera para correr dois marmanjos de dezesseis anos. Mas nada enganava o detalhômetro de Eliott: no fim do mesmo dia, o machucado sumira em vez de mudar de cor. Era maquiagem!

— Está correndo para salvar sua princesa, Lafontaine? — zombou Arthur, fazendo os outros dois gargalharem.

— Ah, não preciso disso — respondeu Eliott —, tenho uma bem a minha frente, com belas unhas esmaltadas.

Clara Furiosa olhou estupidamente para os sabugos que chamava de unha e levantou a cabeça, dando de ombros. Arthur Belezura, por sua vez, ficou vermelho até a raiz dos cabelos loiros e escondeu as mãos nos bolsos do casaco.

— Vamos, saiam daqui pra gente passar — disse Eliott.

— Fora de cogitação. Vocês não saem daqui até eu decidir — latiu Arthur, em tom de ameaça.

Chloé se aproximou de Eliott. Quanto a Juliette, Eliott agarrou com firmeza sua mãozinha nervosa. Ele sabia que ela estava pronta para fazer Arthur provar sua temível especialidade: o chute na canela.

— É isso mesmo. Fora de cogitação — repetiu Teófilo. — Só vamos deixar vocês passarem se, se, se...

Faltava imaginação ao Vira-Lata. Mas não à Furiosa.

— Se você cantar pra gente a canção de amor que ia cantar pra sua princesa — ela emendou.

— Se você cantar pra gente a canção de amor! — berraram os dois chatos.

— Sinto muito, não trouxe meu bandolim hoje — Eliott respondeu secamente. — Agora me deixem passar.

— Ah, parece que o ilustre cavaleiro ficou bravinho! — zombou Arthur.

— Pois eu tenho uma música! — gritou Clara. — Ouçam!

A Furiosa pôs-se a cantar, com a voz de taquara rachada, uma melodia que lembrava vagamente o único sucesso de um jovem cantor por quem todas as garotas do colégio eram apaixonadas:

— "Eliott é um ilustre cavaleiro que não tem medo de nada, medo de nada. Eliott é um ilustre cavaleiro que não tem medo de nada, a não ser do sr. Mangin!"

Os dois garotos caíram na gargalhada e repetiram em coro a canção inventada por Clara. Consternado diante da estupidez dos colegas, Eliott suspirou e, a fim de se livrar do obstáculo, arrastou as gêmeas na direção contrária.

— Olhem só o covarde! — exclamou Arthur. — Na primeira dificuldade, bate em retirada.

— Igualzinho ao pai! — bradou Teófilo.

Eliott parou na mesma hora. Ele virou e pousou os olhos no Vira-Lata. O que aquele idiota poderia ter a dizer sobre seu pai? Teófilo, todo satisfeito por ser o centro das atenções uma vez na vida, repetiu lentamente, enfatizando cada palavra:

— Pois eu bem sei por que não vemos mais o pai do Eliott na tevê. Tem seis meses que ele faz tratamento no hospital onde a minha mãe trabalha. Parece que ele grita de pavor dia e noite. Se borra todo.

Chega! Eliott largou as gêmeas e se lançou para cima de Teófilo com a firme intenção de estrangulá-lo. Vira-Lata perdeu o equilíbrio, e os dois caíram na calçada molhada, logo na companhia de Clara Furiosa, que não perderia uma chance tão boa de brigar. O resultado foi um emaranhado de braços torcidos, cabeçadas, pontapés e joelhadas. Eliott investia todas as forças contra os outros dois, que lhe retribuíam. Uma dor forte na mão esquerda lhe arrancou um grito: Clara o mordera até sangrar!

— Cuidado, tem gente vindo! — exclamou subitamente Arthur, que não entrara na briga, se limitando a assistir.

De fato, duas professoras do colégio tinham acabado de dobrar a esquina. A conversa delas estava tão animada que ainda não haviam reparado nos brigões. Teófilo levantou-se de um pulo e puxou Clara pela manga do casaco. Meio contrariada, ela largou o cabelo de Eliott, e os três comparsas fugiram correndo, deixando o garoto encharcado no chão, com a mão sangrando, o uniforme rasgado e o corpo todo dolorido. Chloé e Juliette se aproximaram do irmão, mas ele recusou as duas mãos que elas lhe estenderam. Levantou-se sozinho, xingando.

As duas mulheres passaram por eles sem notá-los.

Quando Eliott entrou no belo apartamento situado no segundo andar de um prédio chique da Rua de Lisbonne, logo percebeu que seus aborrecimentos não haviam terminado. Uma mala de grife estava na entrada, ao lado de um par de sapatos perfeitamente alinhados, uma capa preta estava pendurada num gancho na parede; uma lufada de perfume de preço exorbitante pairava no ar... Não restava dúvida, Christine voltara.

As gêmeas tiraram as botas e capas às pressas e invadiram a sala correndo, impacientes para encontrar a mãe, que voltava de uma viagem de negócios depois de dez dias. Eliott limpou os tênis enlameados no capacho. Seu aspecto era lamentável! A madrasta não poderia vê-lo daquele jeito. Escondeu a mão ensanguentada no bolso do uniforme e seguiu na ponta dos pés, tentando não fazer ranger os tacos do assoalho. Com um pouco de sorte, poderia se esgueirar até o quarto e mudar de roupa antes de encarar Christine. Mas a sorte não estava do seu lado neste dia. Christine o avistou através da dupla porta de vidro da sala e o indagou imediatamente:

— Mas o que você andou aprontando de novo? — ela perguntou com uma voz superaguda, sem nem sequer lhe dar bom-dia.

Ela se aproximou, ereta feito uma régua em seu terninho preto, os cabelos ruivos presos em um coque perfeito, e examinou Eliott dos pés à cabeça.

— Olhe o seu estado! Completamente ensopado, com o uniforme rasgado. Ei... tire os sapatos imediatamente, vai espalhar lama pela casa toda!

Eliott bufou alto, mas obedeceu sem protestar. Fazia muito tempo que desistira de discutir as ordens de Christine. Tirou os tênis e as meias. Christine então percebeu sua mão sangrando. Ficou histérica.

— E cuidado com esta mão — rugiu —, vai espalhar sangue por tudo!

Desta vez, ela exagerou. Nem sequer lhe perguntou se estava doendo! Eliott se plantou diante da madrasta, descalço, os tênis nas mãos e um sorriso insolente nos lábios:

— Bom dia, Christine — ele disse. — Também estou contente de te ver.

⧖

Christine era uma pessoa importante. Tinha um cargo importante num importante escritório de advocacia empresarial; nunca largava o smartphone, com medo de perder uma ligação importante; conhecia um monte de gente importante e, quando tinha convidados em casa, discutiam por horas a fio assuntos importantes, como o preço do petróleo, as próximas eleições, ou o vinho-que-harmoniza-melhor-com-este-foie-gras-delicioso; todo domingo de manhã, ia à academia de ginástica com seus tênis de salto para fazer aulas de esportes com nomes bizarros como "pilates" ou "body pump", porque manter-a-forma-é-muito-importante; detestava perder tempo com coisas-de-pouca-importância, como jogos de tabuleiro, assistir a um filme ou curtir as férias; em contrapartida, achava superimportante que tudo estivesse sempre em ordem e organizado.

Eliott sempre engolira o jeito rigoroso de Christine, mesmo não sentindo grande afeição por ela. Só que, depois que seu pai fora para o hospital, ela se tornara simplesmente intragável.

Christine fingiu não notar a impertinência de Eliott. E foi direto ao ponto, como sempre:

— Estou esperando suas explicações! — disse.

— Caí — mentiu Eliott.

— Caiu... — repetiu Christine, num tom irônico.

— Foi — confirmou Eliott. — Tropecei na calçada.

Christine fuzilava Eliott com um olhar severo. Suas unhas compridas esmaltadas tamborilavam no dorso de seu celular. Era o que ela sempre fazia antes de explodir numa cólera mensurável na escala Richter. As gêmeas observavam a mãe com um ar preocupado.

— Ele brigou — Chloé deixou escapar subitamente.

— Que beleza — comentou calmamente Christine, sem despregar os olhos de Eliott.

— Com uma garota — esclareceu a menina. — Porque ela fez uma música para ele.

— Não foi nada disso! — corrigiu Juliette. — Primeiro ele pulou em cima do garoto por que ele falou que o papai se borrava todo. Foi depois que ele bateu na garota.

— Obrigado pela solidariedade, meninas — irritou-se Eliott. — Vou me lembrar disso!

— Não fuja do assunto — interveio Christine. — Que história é essa de música? E qual é a relação com seu pai?

Eliott suspirou. De um jeito ou de outro, precisava fazer Christine assinar sua caderneta. Melhor contar tudo de uma vez. Então ele explicou o sonho na sala de aula, os desenhos no caderno, a humilhação que o sr. Mangin lhe impusera, as horas de castigo e a advertência a ser assinada pelos pais... As gêmeas haviam se afastado, mas Eliott as ouvia cantarolando o refrão inventado por Clara. Às vezes, elas mereciam mesmo um corretivo! Quanto a Christine, ouvia o relato por alto, enquanto escrevia uma mensagem no celular. Quando Eliott estava explicando o motivo da briga, ela levantou bruscamente a cabeça.

— Já escutei o suficiente! — interrompeu, num tom seco.

— Tá legal! — protestou Eliott. — Você não escutou nada!

— Chega! — rosnou Christine. — Não fale nesse tom comigo. Passe-me a caderneta e vá direto para o quarto! Vai ficar sem jantar.

Eliott sentiu uma onda de raiva o invadir. Christine nem ao menos tentava compreendê-lo, só sabia julgar e condenar. Aquela mulher não era nem sua verdadeira mãe, com que direito infernizava sua vida daquele jeito? Com o rosto cor de pimenta e cerrando os punhos, ele fez um esforço considerável para controlar o surto de violência prestes a irromper de dentro dele. Em seguida, abriu a mochila, pegou a caderneta e a atirou aos pés de Christine.

— Toma — ele disse.

Christine se empertigou ainda mais, se é que era possível. Eliott via fúria em seu semblante.

— Não se esqueça de estar pronto amanhã às dez e meia em ponto — ela disse, com uma voz de aço. — Vamos visitar seu pai no hospital. Até lá, não quero mais ver você na minha frente!

— Que coincidência, eu também não — retorquiu Eliott.

Ele pegou a mochila e os tênis e saiu da sala feito um furacão.

As gêmeas tinham parado de cantar.

UM DIA COMPLICADO

Ao passar em frente à porta da cozinha, Eliott viu Mamilou com um avental xadrez cor-de-rosa amarrado na cintura; ela estava preparando um cozido com um cheiro delicioso. Mamilou era a avó paterna de Eliott. Viera morar com seu pai e ele quando a mãe de Eliott morrera, dez anos antes. No início, era para ser provisório. Mais tarde, porém, quando o pai veio a se casar com Christine, Mamilou ficou com eles. Philippe e Christine trabalhavam loucamente, e era conveniente para todo mundo que Mamilou cuidasse de Eliott e da casa. Ela o levava à escola, fazia compras e cozinhava também. Continuara ali depois do nascimento das gêmeas; preparou papinhas, leu histórias, deu-lhes a mão para que aprendessem a andar... e nunca mais fora embora.

Eliott acenou rapidamente para a avó.

— Bom dia — resmungou ele.

— Dia difícil? — ela perguntou.

— Você nem imagina — respondeu ele.

Mamilou apontou com o queixo para a mão de Eliott.

— Quer ajuda para fazer um curativo? — perguntou.

— Não, tá tudo bem — grunhiu Eliott. — Eu me viro sozinho.

— Como preferir — respondeu a avó. — Estou aqui se precisar.

Eliott foi até o banheiro. Lavou a mão na pia, a desinfeccionou, fez um curativo simples e correu para o quarto. Fechou a porta imediatamente e se recostou nela, aliviado.

O quarto de Eliott era o único lugar não "christianesco" do apartamento. A madrasta desistira de mandar que ele o arrumasse, o que Eliott considerava uma vitória pessoal. O chão era atulhado de livros, roupas, canetas, piões e cartões de diversos jogos de tabuleiro, bem como de uma quantidade impressionante de desenhos. Eliott passava grande parte do tempo desenhando. E não só durante as aulas de matemática. Desenhava os heróis de suas histórias preferidas, inventava paisagens, personagens, objetos mais ou menos extravagantes. Desenhar o deixava relaxado e lhe permitia evadir-se para um mundo só dele. Um mundo em que Christine, o sr. Mangin, Arthur, Clara e os outros não existiam.

Neste dia, contudo, Eliott não estava com vontade nem de tocar nos lápis. Atirou o par de tênis encharcados do outro lado do quarto, largou a mochila pesadíssima no carpete e desabou na cama. Seus olhos pousaram no retrato da mãe, em destaque numa moldura prateada na mesinha de cabeceira. Sua mãe. Censurava-a por ter morrido e deixado seu pai se casar de novo com aquela Christine sem coração. Censurava-a e censurava-se por censurá-la por isso. Haviam lhe dito que ela morrera dormindo, serenamente, sem se dar conta. Por isso, durante meses, ele sentira medo de dormir, achando que também morreria. Foi preciso toda a habilidade e paciência de Mamilou, bem como inúmeras e detestáveis sessões no psiquiatra infantil, para que finalmente compreendesse que dormir não era perigoso para ele. Ainda naquele momento, embora sem mais temer pela própria vida todas as noites, continuava sem poder aceitar que uma mulher de trinta anos pudesse morrer na cama como uma velha senhora. Questionara isso cem vezes. Cem vezes obtivera a mesma resposta insatisfatória, a fornecida pelos médicos: isso pode acontecer, mas é absolutamente fora do comum.

Horas depois, Eliott continuava ruminando suas ideias depressivas quando ouviu cinco batidinhas à porta. Soube imediatamente que era Mamilou. Levantou-se da cama e disse-lhe para entrar. Mamilou entrou no quarto sem fazer barulho, fechou a porta e colocou um dedo sobre a boca de Eliott, para que ele não falasse. Com um ar malicioso, trazia uma cestinha de vime na mão. Aproximou-se da cama e quase tropeçou num dicionário de inglês aberto no meio do cômodo.

— Cá entre nós, Eliott — ela murmurou —, você poderia deixar pelo menos uma passagem de acesso para a sua cama!

Depois emendou, com um ar conspiratório:

— Eu trouxe duas ou três coisinhas pra você. Mas não diga nada a Christine! Nem às gêmeas, que têm a língua solta.

— Não tem perigo — suspirou Eliott, que não tinha vontade nenhuma de falar nem com uma nem com as outras.

Mamilou sentou-se na cama, colocou a cesta ao lado e dela retirou um potinho de plástico com cozido, além de pão, queijo e uma garrafa de água. Eliott atirou-se em seu pescoço.

— Mamilou, você é a melhor! — elogiou em voz alta. — Estou morrendo de fome!

— Tenho outra coisinha pra você — ela disse.

— O que seria? — perguntou Eliott, devorando um pedaço enorme de queijo camembert.

Mamilou procurou na cesta de vime. Tirou dali um bloco grosso de desenho e uma caixinha de ferro, que estendeu para o neto. Eliott abriu primeiro a caixa. Encontrou um monte de potinhos de tinta, um lápis, uma borracha e alguns pincéis. Interrogou a avó com o olhar.

— Achei isso hoje, enquanto arrumava o armário do fundo do corredor — ela explicou. — Era o material de aquarela da sua mãe.

— O material da mamãe! — murmurou Eliott, emocionado.

— Olhe isso — disse Mamilou, estendendo-lhe o bloco de papel.

O garoto pegou o bloco e ergueu a capa. As primeiras páginas estavam cobertas com estudos de aquarela representando animais fantásticos. Sua mãe provavelmente estava fazendo uns testes para um novo projeto... Ela era ilustradora de livros infantis. Havia uma série de livros seus alinhados na estante de Eliott. O garoto não deixava ninguém tocar neles, sobretudo as gêmeas.

— Que bonito! — ele suspirou, acariciando o desenho de um dragão. — Os detalhes, as cores, a expressão... Tudo é magnífico. Parece tão real! Ela era realmente talentosa.

— Muito talentosa! — confirmou Mamilou. — Igual a você.

Eliott ensaiou um sorriso. O primeiro do dia. Mas era um sorriso triste. Não. Era um sorriso sofrido. Com um gesto brusco, agarrou a caixa de tintas e o bloco de papel e os atirou com toda a força na outra ponta do quarto.

— De que adianta ser talentoso? — explodiu. — Ela nunca vai poder sentir orgulho de mim!

Eliott permaneceu imóvel por alguns minutos, os olhos pregados nos potinhos de tinta espalhados no chão, à beira das lágrimas. Mamilou esperou antes de tomar a palavra.

— Será que você pode me contar o que aconteceu no colégio? — perguntou, lhe estendendo um lenço de papel.

— É complicado — resmungou Eliott.

Ele assoou ruidosamente o nariz.

— Tenho todo o tempo do mundo — respondeu Mamilou.

Eliott levantou a cabeça. Mamilou olhava para ele com afeto. Eliott a achava bonita, com os cabelos brancos e curtos, olhos azuis inquietos e o semblante enrugado por milhares de sorrisos. Depois de seu pai, era a pessoa que ele mais amava no mundo.

Ele decidiu contar seu dia para a avó. Mamilou o escutou sem interromper. Nada a ver com aquela víbora da Christine. À medida que colocava palavras nas emoções que o haviam tirado do sério, sentia-se mais leve. Quando terminou sua história, calou-se. Não sabia mais o que dizer. Esperava apenas que a avó não se zangasse. Isso porque sabia muito bem que cochilar na aula de matemática, ou brigar na rua, mesmo por bons motivos, não entravam na definição de neto-modelo.

Foi Mamilou quem rompeu o silêncio:

— Sabe, Eliott, você tem direito de estar com raiva.

Eliott não esperava por isso. Deixou-a continuar.

— Sua mãe morreu e seu pai está no hospital há seis meses. Isso é totalmente injusto! No seu lugar, eu também estaria com raiva. Mas não é culpa de ninguém, e sua raiva não deve impedi-lo de viver; sua vida está apenas começando e ainda lhe reserva muitas surpresas boas. Só que você precisa reagir! Suas notas estão caindo demais, não deve mais haver espaço na sua caderneta, de tantas advertências dos seus professores, não convida mais amigos para virem em casa e, agora, briga na rua! Você vale muito mais que isso, Eliott. Pense no seu futuro! Precisa fazer um esforço, não pelos seus professores, não por Christine, tampouco por seu pai ou por mim, mas por você.

Eliott não soube o que responder. Claro, ela tinha razão, precisava corrigir o rumo. Mas não tinha certeza de ter coragem para isso: estava tão cheio de tudo!

— Você pode me abraçar, vovó? — ele choramingou.

— Claro, querido — ela se derreteu.

Mamilou abriu os braços e o apertou com ternura. Eliott enfiou o nariz no xale de lã azul-claro da avó. Cheirava a cozido.

— Não conte para ninguém, hein? — ele disse.

— Ora, o quê?

— Que, com a idade que tenho, ainda peço cafuné.

— Claro que não, querido, fique tranquilo. Sua reputação está protegida.

E os dois caíram na risada.

2
A ampulheta

Às dez e meia da manhã em ponto no sábado, Eliott parou na entrada do apartamento, onde não encontrou ninguém. Ele acordara no último minuto, tomara uma chuveirada rápida, lavara bem a mão e, depois de pegar uma roupa qualquer no armário, engoliu uma tigela de cereais com achocolatado, batendo recordes de velocidade. Sua mão tinha parado de sangrar, e ele substituíra a gaze da véspera por um curativo simples, após encharcar a ferida com água oxigenada.

— Melhor não economizar — resmungara para si mesmo. — Tenho certeza de que aquela doente da Clara Furiosa é capaz de transmitir raiva!

Mamilou saiu de seu quarto e o encontrou na entrada. Parecia fantasiada de bombeiro, com calças pretas, casacão e botas de couro vermelho, com a capa de chuva combinando. Eliott não pôde reprimir um sorriso. Sua avó às vezes vestia umas roupas realmente originais, que usava com grande naturalidade.

— Vamos lá — ela disse. — Christine e as gêmeas estão esperando no carro. Foram na frente para encher o tanque.

Eles desceram a larga escada do prédio, atravessaram o portão da entrada e se viram na rua, na calçada forrada de folhas secas. Estava caindo um pé d'água. Eliott subiu a gola da blusa e afundou a cabeça nos ombros, procurando o grande sedã preto de Christine. O carro estava estacionado um pouco adiante, em fila dupla. Mamilou e ele correram para se proteger.

— Cuidado para não sujar os bancos! — saudou Christine.

— Bom dia, Christine — respondeu Mamilou.

Eliott parecia mudo. Não gostava nem um pouco de conversar com a madrasta.

— Oi, Eliott. — Chloé e Juliette riram.

— O que é tão engraçado? — irritou-se Eliott.

— Você está com bigode! — exclamou Juliette.

— É, um lindo bigode, como seu professor de matemática! — ecoou Chloé, enquanto Christine arrancava com o carro, xingando a chuva infindável.

— Como você sabe que meu professor de matemática tem bigode? — resmungou Eliott, limpando com a manga o resto do achocolatado acima do lábio.

— Ora, estávamos lá quando ele chamou a mamãe porque você pagou um mico na aula! — respondeu Juliette.

— Chega, Juliette, não é bonito dizer isso — interveio Christine, num tom que sugeria que não pensava muito diferente.

O silêncio que se seguiu não foi longo. A menção ao professor de matemática de Eliott inspirara Juliette, que cantarolou: "Eliott é um ilustre cavaleiro que não tem medo de nada, medo de nada. Eliott é um ilustre cavaleiro que não tem medo de nada, só do sr. Mangin".

Eliott protestou energicamente, o que só agravou as coisas, Chloé pôs-se a cantar também e, instigando-se mutuamente, as gêmeas pareciam dispostas a não parar nunca mais. Mamilou bufou, mas não disse nada. Raramente chamava a atenção das gêmeas na frente da mãe delas. Quanto a Christine, a musiquinha devia lhe agradar, pois começou a batucar no volante, marcando o ritmo. Como o uso da força estava impedido pelo cinto de segurança que o imprensava no assento, Eliott se voltou para o vidro e fingiu dormir. Privadas do prazer de irritá-lo, as gêmeas acabaram se cansando e começaram a desfiar um monte de idiotas aliterações em "s", como "Sissi saboreou esse delicioso salame e sussurrou 'sensacional!' sem sujar sua saia". Christine se extasiava diante daquele domínio da língua por parte de crianças tão pequenas. Eliott, por sua vez, espumava diante da impunidade de que gozavam suas irmãzinhas na presença da mãe.

A chuva dera uma trégua quando eles chegaram ao hospital. Christine estacionou o carro próximo à entrada do prédio, na área reservada aos visitantes. Cumprimentaram Liliane, a recepcionista, que já os conhecia de tanto vê-los passar todos os sábados pela manhã, e se espremeram no pequeno elevador de visitantes. Quando as portas se abriram, foram surpreendidos por berros que ressoavam por todo o corredor. Eliott reconheceu a voz do pai e sentiu um aperto no peito: ele não parecia ter melhorado, muito pelo contrário.

Quase seis meses antes, mais precisamente no dia 25 de maio, Philippe Lafontaine não se levantara, como sempre fazia, para o café da manhã com a família. Christine pensou que ele tivesse tomado um calmante para se recuperar do fuso horário, pois acabava de chegar de uma viagem a Tóquio. Então ela saíra para o trabalho, Eliott e as gêmeas para a escola; Mamilou, para fazer visita à sobrinha, que acabara de ter um bebê. À noite, porém, quando Eliott chegou do colégio, encontrou um veículo do serviço de emergência estacionado em frente ao prédio. Philippe continuava inconsciente.

O veredito do hospital: coma. No entanto, ele não levara nenhum tombo, e os exames de sangue não revelaram nenhuma substância tóxica. O coma, portanto, fora provocado por uma doença. Mas qual? Os médicos submeteram Philippe a uma batelada de exames. A cada etapa, diversos diagnósticos eram eliminados, e os que restavam eram cada vez mais assustadores. Semanas mais tarde, ele foi transferido para uma unidade especializada em tratamentos longos, na qual outros médicos assumiram o caso. Não saíra mais desde então, e seu estado só fizera piorar. Começou a ter convulsões, a balbuciar frases incompreensíveis, depois a gritar. Os médicos o haviam entupido com doses cada vez mais pesadas de sedativos, mas ele continuava tendo crises terríveis.

Naquela manhã, ele não gritava mais — uivava.

As gêmeas se aconchegaram a Mamilou. Após fazer uma pausa na saída do elevador, Christine dirigiu-se num passo decidido até o quarto 325, situado no fim do corredor. Mamilou e as gêmeas a seguiram, e Eliott, mal-humorado, ficou no final da fila. Não tinha certeza de querer ver o pai naquele estado.

Quando entraram no quarto, Philippe havia se acalmado. Mas dava pena ver: o cabelo castanho estava cheio de fios brancos, as feições, cansadas, os olhos com olheiras, as faces profundas. A pele estava pálida, e ele tinha um ar esgotado. Eliott estremeceu ao constatar que os pulsos e tornozelos do pai estavam amarrados. As enfermeiras deviam temer que ele caísse da cama, ou se ferisse. Ele pensou em Teófilo. Quem poderia ser a mãe dele? Era médica? Enfermeira? Faxineira? Qual daquelas mulheres que passavam por ele era a mãe do Vira-Lata? Se conseguisse identificá-la, adoraria ter o prazer de lhe esmagar os pés com um dos carrinhos que sempre ficavam à toa nos corredores.

Alguns minutos depois, o médico-chefe da unidade, o eminente dr. Charmaille, bateu à porta. O cara impressionava: imenso, com um corpo de jogador de rúgbi e duas enormes mãos peludas, usava um jaleco branco superjusto, que lhe dava um aspecto de um gorila com roupas de domingo.

— Senhora Lafontaine, bom dia. Eu gostaria de falar um instante com a senhora — ele disse, parado sob o batente da porta.

Christine e Mamilou viraram. Só então Mamilou percebeu que não era a ela que se dirigiam e, após cumprimentar o médico, foi se sentar numa poltrona. Christine saiu do quarto e fechou a porta. Eliott ouviu seus passinhos se afastando pelo corredor. Suspirou. Não era um bom sinal o grande pajé pedir para conversar em particular com Christine.

— O que está havendo? — Eliott perguntou. — Por que o dr. Charmaille quer conversar com a Christine?

— Não sei — disse Mamilou, cujos olhos revelavam preocupação.

— Será que ele finalmente descobriu a doença do meu pai? — sugeriu Juliette.

— Pode ser — disse Mamilou, com ar descrente.

As gêmeas se aninharam nos braços de Mamilou, e Eliott mergulhou na contemplação de um buquê de flores secas, que datava de sua visita anterior. Longos e angustiantes minutos escoaram em silêncio, antes que os saltos de Christine voltassem a soar no corredor. A porta se abriu. Ao deparar com a madrasta, Eliott teve a impressão de que uma mão gelada lhe apertava o coração. Os olhos de Christine estavam vermelhos. Tinha chorado, o que era bastante incomum.

O dr. Charmaille se posicionou ao pé da cama, com ar grave.

— O que vou lhes comunicar não é nada fácil de dizer — começou.

Eliott se agarrou ao pé da cama onde jazia o pai.

— Apesar de todos os nossos esforços nos últimos seis meses, não descobrimos a doença do sr. Lafontaine. Fizemos todos os exames, consultamos os maiores especialistas, dissecamos os anais da medicina... Não chegamos a nada. Continuar assim seria inútil. Eis por que decidimos suspender as pesquisas.

— O quê? — exclamou Eliott. — Mas o senhor não pode desistir! É preciso continuar pesquisando. Os senhores devem ter se esquecido de alguma coisa!

— Entendo a sua reação — disse o dr. Charmaille. — Mas realmente tentamos tudo. O que está acontecendo com seu pai é uma coisa fora de nosso entendimento. Não podemos fazer mais nada por ele.

— Podem mantê-lo vivo — interferiu Mamilou. — Vão mantê-lo vivo, não é?

O dr. Charmaille soltou um suspiro.

— Podemos efetivamente continuar a mantê-lo vivo, alimentá-lo, prevenir as complicações ligadas à posição deitada prolongada... Mas tudo isso é artificial. Não temos mais esperança de que um dia ele venha a sair do coma. E ele não pode ficar indefinidamente neste estado. A saúde dele só piora. Ele se dirige lentamente para um ponto do qual não é possível retornar.

— Então quer dizer que ele vai morrer — disse Eliott, com um fiapo de voz.

— Sim — disse o dr. Charmaille. — Eu sinto muito.

Um silêncio ensurdecedor invadiu o quarto. Eliott teve a súbita impressão de que não havia mais sequer um átomo de oxigênio à sua volta para respirar.

— Quanto tempo de vida ele tem? — perguntou Mamilou.

— Difícil dizer — disse o dr. Charmaille. — Alguns meses, no máximo. Tudo depende da evolução das funções vitais. Vamos transferi-lo para nossa unidade de cuidados paliativos, onde a equipe fará todo o possível para evitar seu sofrimento.

Eliott quis pedir mais esclarecimentos, mas o corpo comprido de Philippe agitou-se novamente, e ele começou a emitir uma espécie de uivo. No início, era um encadeamento de sílabas incompreensíveis. Depois, pouco a pouco, articulou algumas palavras e, finalmente, frases.

— Não! Pare! Pare! — ele implorava, com a voz rouca de quem já tinha gritado muito. — Me deixa! Me deixa, eu suplico! Não, a Areia não, a Areia, não!

Então, num piscar de olhos, ele voltou a ficar tão calmo e tranquilo como uma estátua.

— Eu tinha certeza! — murmurou Mamilou.

Todos viraram para ela. Por um momento, pareceu perdida em pensamentos, depois notou que todos a observavam.

— Eu... Me desculpem — ela balbuciou. — Foi a emoção!

Atarantada, Christine se recuperou e ordenou que todos pegassem suas coisas. Despediram-se do dr. Charmaille e retornaram ao carro, caminhando pesadamente depois do que acabavam de saber. O caminho de volta se fez no silêncio mais absoluto. Eliott olhava, distraído, as ruas que desfilavam pela janela. Sentiu a mão de Chloé procurando a sua e apertou-a suavemente.

Almoçaram em silêncio, e a tarde transcorreu tranquila: as gêmeas brincavam no quarto; Mamilou acendera a lareira da sala e contemplava as chamas, parecendo ausente; Christine se trancara em seu escritório, como de costume; e Eliott relia pela décima vez seu livro preferido, *A fantástica fábrica de chocolate*, de Roald Dahl, mas não conseguia se concentrar.

Ninguém tampouco falou durante o jantar. Até a tagarelice constante das gêmeas enguiçara. Porém, enquanto Eliott pegava a travessa de frutas de sobremesa, Christine rompeu o próprio silêncio.

— Pensei muito — ela declarou. — Nós não podemos continuar assim.

Quatro pares de olhos questionadores se voltaram para ela.

— De nada adianta continuarmos indo ao hospital semana após semana. Philippe nem ao menos se dá conta de nossa presença, e isso virou um verdadeiro martírio para todos nós. Temos que dar um basta nisso.

— Quê?! — exclamou Eliott.

A travessa de frutas tornara-se incrivelmente pesada. Quase sem forças Eliott colocou-a sobre a mesa, antes de desabar na cadeira. Seu pai já estava desenganado pelos médicos, não merecia agora ser abandonado pela família! Sem falar que ele também precisava daquelas visitas semanais. Nos últimos seis meses, agarrava-se a elas como se a uma tábua de salvação, para não ir a pique.

— Esta semana — continuou Christine —, me ofereceram um posto em Londres. É uma oportunidade belíssima para a minha carreira, e Londres é uma cidade agradável. Decidi aceitar. Faremos a mudança durante as férias de fim de ano. Já me informei: não há nada que impeça vocês de ser matriculados na escola em janeiro.

— Isso não é verdade! — contestou Eliott. — É uma piada! Diga que é uma piada!

— É seríssimo!

— Ora, não vamos abandonar o papai sozinho em Paris! — insurgiu-se Eliott.

— Continuaremos a visitá-lo de tempos em tempos, durante as férias — respondeu Christine.

— De tempos em tempos! — exaltou-se Eliott. — Durante as férias! Mas é agora que ele precisa de nós! Depois será tarde demais. Além disso, não tenho vontade nenhuma de morar em Londres!

— Vamos, Eliott, seja razoável! — irritou-se Christine. — Não se pode dizer que tenha muitos amigos em Paris. E, depois, seu início de ano escolar é um verdadeiro desastre... Mudar daqui só pode lhe fazer bem! Aliás, pensei em mandá-lo para um colégio interno particular. Recomendaram-me um ótimo em Hampshire.

Eliott ficou boquiaberto. Interno num colégio particular? Ele? Com seu nível de inglês abaixo da crítica? Longe do pai e de Mamilou? Era só o que faltava? Estava tão furioso que foi incapaz de articular uma resposta. Christine, sem dúvida, entendeu seu silêncio como uma aprovação, uma vez que estampou um sorrisinho satisfeito e se voltou para as gêmeas.

— E vocês, meninas — continuou ela. — Tenho certeza de que vão adorar morar em Londres!

— Não sei — disse Juliette.

— O Eliott tem razão — disse Chloé —, a gente devia continuar visitando o papai enquanto isso ainda é possível.

— Ora, meninas! — insistiu Christine. — Londres, a rainha, os ônibus de dois andares, os uniformes dos colégios, os parques, o Big Ben...

As meninas não pareciam convencidas. Fitaram a mãe com uma cara de dúvida.

— E a Mamilou — perguntou Chloé —, viria conosco?

— Não tenho certeza, precisamos perguntar a ela — respondeu Christine, voltando-se para Mamilou. — Gostaria de ir conosco para Londres? Não me atrapalha nada se quiser ficar em Paris; certamente encontrarei uma governanta para cuidar da casa e das crianças. Você decide!

Eliott lançou um olhar desesperado para Mamilou. O rosto da avó estava crispado, numa expressão de fúria contida, muito longe da doçura habitual.

— É muito gentil de sua parte, Christine, me autorizar a decidir o lugar onde desejo viver! — ela começou num tom glacial. — Optei por morar com você durante todos esses anos porque acredito que minha presença junto às crianças é muito mais benéfica para elas do que a de uma governanta inglesa. Mas está fora de questão largar meu filho sozinho. Portanto ficarei em Paris.

— Muito bem, então isso já está acertado — concordou Christine. — Vou começar a procurar um apartamento...

— Não terminei — interrompeu-a Mamilou.

Christine a encarou. Não estava acostumada a que Mamilou lhe cortasse a palavra. Eliott e as gêmeas cravaram os olhos na avó.

— Suponho que seja inútil pedir que reconsidere sua decisão — disse Mamilou. — E lembrar que, ao se casar com Philippe, você lhe prometeu socorro e ajuda em todas as dificuldades.

— Ora, isso não adianta nada — respondeu Christine, acuada. — Não sou médica! Não sou mais útil a Philippe em Paris do que em Londres... É tudo o que tem para dizer?

— Não — continuou Mamilou. — Eu acho que essa viagem é precipitada demais para as crianças. É um período difícil para elas. Acho que trocá-las de escola e de cidade no meio do ano escolar seria um erro.

— Isso sou eu quem decide, não a senhora! — retorquiu Christine.

— E nós? — insurgiu-se Eliott. — Não quer saber nossa opinião?

— Você, cale-se! — disse Christine.

— Mas eu...

— Fique fora disso, por favor — pediu Mamilou, num tom firme.

As duas mulheres se encaravam. Pareciam duas feras se avaliando antes de passarem ao ataque.

— As crianças já sofreram o suficiente com essas visitas ao hospital, vendo um homem que grita e não as reconhece — justificou-se Christine. — Não podemos continuar vivendo como se ele estivesse para chegar de uma viagem. Temos que virar a página.

— Mas você fala como se ele estivesse morto! — exclamou Mamilou, indignada.

— É a mesma coisa! — respondeu Christine. — Você ouviu o dr. Charmaille, não resta mais nada a fazer.

— Não! — gritou Mamilou, socando a mesa. — Não posso permitir que diga isso, Christine!

Então, mais calma, prosseguiu.

— Precisamos continuar tendo esperança! Até agora não foram aplicados os meios corretos para curá-lo. Mas existe uma solução, eu sei.

— Quer dizer que agora se julga mais sabichona que os melhores médicos de Paris? — irritou-se Christine.

— Claro que não! — exclamou Mamilou. — Mas tenho... uma intuição.

— Uma intuição! — sibilou Christine, com a voz superaguda. — Que glória! Pare de confundir seus sonhos com a realidade, Louise, e, principalmente, pare de dar falsas esperanças às crianças. Sua atitude é totalmente irresponsável. Vamos para Londres, com ou sem você, é a minha última palavra.

— E você, pare de camuflar sua fuga com desculpas esfarrapadas! — replicou Mamilou. — Ofereceram-lhe um baita emprego em Londres, ótimo, estou torcendo por você. Mas não diga que quer se mudar pelo bem-estar das crianças; isso é mentira.

— O bem-estar das crianças está no centro de minhas preocupações! — exclamou Christine.

— Vamos tentar encontrar uma solução para que as crianças terminem o ano escolar em Paris — sugeriu Mamilou. — Elas poderiam ficar aqui comigo, você alugaria alguma coisa em Londres e viria passar o fim de semana, por exemplo. Isso permitiria que pensássemos com calma na questão das visitas ao hospital. Partir para Londres é uma decisão cheia de consequências para as crianças: elas serão obrigadas a largar a escola, a casa, os amigos e, acima de tudo, a se afastar do pai...

— O que será ótimo para elas — rugiu Christine. — Philippe virou um fardo, tanto para as crianças como para mim.

Mamilou empalideceu, indignada diante do que acabava de ouvir. Eliott, por sua vez, estava vermelho de raiva. Teve de morder a língua para não gritar.

— Então é assim que você vê meu filho? — disse Mamilou com uma voz engasgada. — Um fardo! Um fardo para sua imagem e para sua carreira! Ele foi útil para você enquanto era um jornalista célebre, respeitado pela nata parisiense. Mas de que lhe serve um marido doente?

— Pense o que quiser, estou me lixando — desdenhou Christine com secura. — Mas pare de criticar minhas decisões.

— Sinto-me falando com um ditadorzinho vagabundo! — Mamilou deixou escapar. — Caramba, você já tentou se colocar no lugar dos outros?

— Pelo menos sei o meu lugar, o que, visivelmente, não é o seu caso — rebateu Christine. — Preste atenção, Louise. Tolero sua presença aqui há muito tempo, mas as coisas podem mudar.

— Ameaças, agora? A gente vê de tudo! Seus métodos são dignos da máfia!

— Chega! — ladrou Christine. — Não permito que me insulte na presença das minhas filhas!

— E eu não permito que trate meu filho e meus netos como gado!

Houve um breve silêncio, então Christine retomou a palavra.

— Saia da minha casa — ordenou ela, num tom duro como aço.

Mamilou não reagiu.

— Saia da minha casa imediatamente — repetiu Christine. — Você não tem mais nada para fazer aqui. Pegue suas coisas e suma da nossa vida.

Eliott, Chloé e Juliette não ousavam fazer um gesto. Seus olhos, apavorados, iam de Christine para Mamilou e de Mamilou para Christine. Como as duas puderam chegar àquele ponto?

Mamilou permaneceu como que congelada por um instante. Depois, sem dizer uma única palavra, dobrou o guardanapo com esmero, deu o gole final em seu copo d'água e deixou a mesa.

Eliott tinha lágrimas nos olhos.

Duas horas depois, o garoto estava em seu quarto, desenhando com rabiscos raivosos caricaturas de Christine como ditador, com bigodinho e uniforme militar. Ouviu cinco batidinhas à porta. Mamilou. Correu para abrir. A avó, postada entre duas malas e uma sacola de viagem, tinha um semblante grave.

— Vim me despedir — ela anunciou.

— Não é verdade, Mamilou — disse Eliott, recuando um passo. — Você não pode nos deixar, não agora!

Mamilou passou o braço em volta dos ombros de Eliott e o arrastou para dentro do quarto, fechando a porta.

— Não tem jeito, Eliott. Vou embora hoje, mas eu volto, prometo. Nunca vou abandonar seu pai, nem suas irmãs, nem você..

— Então me leva junto! — ele suplicou. — Não aceito ficar neste apartamento maldito com aquela psicopata! Prefiro pular pela janela...

— Não diga tolices, Eliott — disse Mamilou. — Sei que é difícil aceitar, mas é melhor você ficar aqui, pelo menos por enquanto. Não vai durar, prometo.

— Mas quando vamos voltar a nos ver?

— Não sei — respondeu Mamilou. — Ainda não.

— E para onde você vai? — perguntou Eliott, com um nó na garganta.

— Não se preocupe comigo, tenho mais de um coelho na cartola. Mas há uma coisa que eu gostaria de conversar com você.

Mamilou se sentou na cama e fez sinal a Eliott para fazer o mesmo. Em seguida, mergulhou os olhos nos do neto.

— Eliott — ela disse —, tenho uma coisa importantíssima para lhe dizer. Não temos muito tempo, então você precisa me escutar atentamente, sem me interromper. Fechado?

— Fechado, mas eu...

— Eliott!

Eliott se calou. Mamilou inspirou profundamente.

— Sei a doença que seu pai tem.

— Quê?!

— Eu já desconfiava de uns tempos para cá — continuou Mamilou —, mas me certifiquei ainda há pouco, no hospital. Seu pai não está em coma, Eliott. Ele não está doente. Ele dorme um sono artificial e sem fim.

Eliott franziu as sobrancelhas. Não compreendia nada daquela maluquice.

— E você, Eliott, pode tirá-lo deste estado — acrescentou Louise.

— Eu?!

— Sim, você! Existe um meio de salvar seu pai. Eu gostaria de cuidar disso sozinha, mas é impossível. Já você pode fazê-lo. Mas é perigoso. Corre o risco de se machucar se entrar nesta aventura. Tudo dará certo se você seguir ao pé da letra o que vou lhe dizer, mas quero que tome a decisão pessoalmente.

— Mas do que está falando, Mamilou?

— Vou lhe explicar tudo — disse a avó —, mas só depois que responder a esta pergunta: Você aceita correr riscos para salvar seu pai?

— Eu faria qualquer coisa para salvar o papai — respondeu Eliott.

— Então vou lhe revelar um segredo. Um segredo guardado a sete chaves: não contei nem ao seu pai, nem ao seu finado avô Charles.

O corpo inteiro de Mamilou tremia de emoção.

— Você se lembra das histórias que eu lhe contava quando era pequeno? — perguntou Mamilou. — Lembra-se de Oníria?

— Claro que sim — assentiu Eliott. — Mas qual a relação?

— Oníria existe, Eliott. Todas as histórias que contei são verdadeiras. Não inventei nada. Sei que me acha uma louca agora, mas precisa acreditar em mim.

Eliott esbugalhou os olhos, se perguntando se de fato a avó não estaria ficando lelé. Mamilou tirou do bolso um objeto brilhante que Eliott nunca tinha visto e o colocou na mão do neto. O garoto examinou com curiosidade a estranha joia que pendia na ponta de uma corrente de ouro. Era um objeto sem idade, de linhas elegantes: uma medalha de ouro perfeitamente redonda, com motivos estranhos gravados ao fundo e tendo, embutida entre as bordas grossas, uma delicada ampulheta de vidro. Eliott virou-a de um lado para o outro. A areia que escoava era de um azul tão escuro que parecia absorver a luz. O garoto era incapaz de dizer se aquela joia tinha sido fabricada na véspera, ou três mil anos antes. Mas achou-a magnífica. Mais que isso. Sentia-se irresistivelmente atraído por ela. Uma força incontrolável obrigou-o a passar o pingente ao redor do pescoço. Estava como que hipnotizado.

— Esta ampulheta é o sésamo que permitirá que você vá a Oníria — explicou Mamilou. — Você vai conservá-la no pescoço esta noite e...

A porta do quarto se abriu bruscamente, e Christine apareceu sob o batente.

— E então — ela começou —, já se despediu?

— Preciso de mais tempo — respondeu Mamilou.

— Tem um minuto — estipulou Christine.

— Preciso de pelo menos dez! — indignou-se Mamilou.

— Se não tiver partido dentro de um minuto, jogo suas malas pela janela — ameaçou a madrasta. — Vou esperar.

Christine permaneceu na soleira da porta, os olhos cravados no mostrador do relógio de pulso. Mamilou parecia desamparada. Hesitou um instante, depois apertou Eliott nos braços.

— Quando estiver lá — sussurrou a seu ouvido —, peça para ver o Mercador de Areia e lhe explique minuciosamente o que está acontecendo com seu pai. Mostre-lhe a ampulheta; ele vai ajudá-lo. Lembre-se de tudo o que lhe ensinei quando você era pequeno... Vai precisar disso lá. Evite os pesadelos e não terá problemas. Se cruzar com um, sabe como se defender. Use a imaginação.

— O minuto terminou — disse Christine, bem alto.

Mamilou afrouxou o abraço.

— Seja corajoso, Eliott querido — ela o incentivou, mal dissimulando a preocupação. — Tudo vai correr bem. Até logo, querido.

— Até logo, Mamilou — murmurou Eliott, com a voz vacilante.

A avó se levantou e andou até a porta. Ela virou antes de sair e acenou um adeus. Eliott retribuiu o gesto; depois, emudecido, a viu pegando as malas. A revolta que explodia dentro dele se chocava com um muro de impotência e incompreensão.

— Já deu um beijo nas meninas? — perguntou Christine.

— Já.

— Então nada mais a prende aqui. Adeus, Louise.

— Adeus, Christine.

Eliott ouviu os passos de Mamilou e o ranger das malas com rodinhas se afastando pelo corredor; depois, o barulho da porta da entrada.

Após um momento, ele se levantou para fechar a porta do quarto, arrasado e com cabeça fervilhando de perguntas. Sentia o metal frio do pingente no peito.

Eliott não captava as frases incoerentes que a avó acabara de pronunciar. Mamilou tinha inventado Oníria para ajudá-lo a pegar no sono quando era pequeno. Oníria era o reino onde se desenrolavam os sonhos e pesadelos dos humanos. Um mundo imenso, onde as criaturas, objetos e lugares nascidos da imaginação dos que dormiam continuavam a existir depois que seus criadores despertavam. Um mundo fantástico onde elfos e princesas de contos de fadas conviviam com os monstros mais ferozes, numa alegre desordem. Um mundo onde se podia beber bom humor, ou colher uma cadeira. Um mundo onde era possível ir atrás de autênticos tesouros guardados por dragões, ou ainda voltar no tempo para encontrar os incas. Os únicos limites eram os da imaginação dos que, noite após noite, dormiam e criavam Oníria, graças ao pó reluzente que o Mercador de Areia lhes dava para que sonhassem.

Era evidente que aquele lugar não existia! Como Mamilou podia declarar, e com toda a gravidade, o contrário? Haveria uma mensagem dissimulada em suas afirmações? Ou a aflição era tão grande que seu cérebro amolecera?

De uma coisa Eliott tinha certeza: aquela noite ele dormiria com o pingente de Mamilou no pescoço. Sabia que não tinha escolha. Era uma sensação estranha... de que aquela ampulheta lhe impunha sua vontade.

3

O rastro de um sonho

Eliott custou a pregar o olho. Deitado na cama, manipulava a ampulheta de Mamilou com a ponta dos dedos. Já estava com dor de cabeça de tanto buscar respostas para perguntas impossíveis, mas mesmo assim repassava mentalmente os acontecimentos dos últimos dois dias.

Revivia aquela visita ao hospital, seu pai berrando e o terrível comunicado do dr. Charmaille; depois, o momento em que Christine anunciara a iminente mudança para Londres; e Mamilou lhe dando o pingente; Chloé e Juliette fazendo aliterações em "s" no carro; a caderneta escolar atirada aos pés de Christine; o sr. Mangin batendo nele com o livro de matemática; Arthur e Clara cantando "O ilustre cavaleiro"; as gêmeas em suas capas amarelas... O dr. Charmaille afirmando que não se podia fazer mais nada por Eliott e que só restava mandá-lo para o colégio interno; as gêmeas de uniforme tomando chá com a rainha da Inglaterra; Mamilou propondo a Eliott cortá-lo ao meio para enfiá-lo em suas malas; Christine agitando um relógio de pulso imenso e repetindo, com ar ameaçador: "Tique-taque, tique-taque, tique-taque, tique-taque..."

⧗

Christine tinha um bigodinho quadrado e usava um uniforme militar verde-cáqui com um grande cachecol branco. Media pelo menos cinco metros de altura e caminhava, titubeante, com os braços abertos, como um boneco gigante de Olinda. Perseguia Eliott, gritando com uma voz grossa: "Se continuar assim, vou mandá-lo para um internato muito rígido, onde só se estuda matemática, você vai ver!" Christine tirou de seus bolsos gigantes dois livros de matemática com capa amarelo-limão e os atirou na direção de Eliott. Voando a toda velocidade como canários bizarros, os dois exemplares alcançaram o menino e puseram-se a esvoaçar à sua volta, piando: "Oi, idiota! Consegue sussurrar sem cessar essas suaves sentenças?", ou "Sissi saltou subitamente por cima de seu saxofone, isso é certo". Rodopiavam, rodopiavam e bicavam seus braços e rosto fazendo estalar algumas páginas. Ele foi obrigado a se jogar no chão e se encolher todo para se proteger.

De repente, uma música ensurdecedora e cantada em tom fanhoso ressoou. Intrigados, os livros-canários suspenderam o ataque. Eliott aproveitou para levantar prudentemente a cabeça: umas dez carroças de circo se aproximavam. O comboio parou na altura deles, e um tal sr. Loyal desceu da primeira delas, seguido por dois acrobatas supermusculosos, uma pantera negra e uma trupe de palhaços.

Sem mais nem menos, os acrobatas se lançaram sobre a Christine gigante e a imobilizaram com cordas multicoloridas, dando saltos incríveis à sua volta para amarrá-la melhor. Ela se debateu furiosamente e até mesmo tentou fugir, mas suas pernas se emaranharam nas cordas e ela caiu de comprido, quase atropelando o sr. Loyal neste movimento. Sem parecer se perturbar, ele sacou do bolso uma grande pistola de plástico lilás e mirou no pescoço da gigante Christine. Sem hesitar, apertou o gatilho, e a prisioneira ficou imobilizada imediatamente, incapaz de se mexer ou emitir um som. Apenas seus olhos giravam a toda velocidade nas órbitas.

A pantera, por sua vez, pusera-se no encalço dos livros de matemática. Feito um gato perseguindo canários, ela pulava e dava patadas e dentadas, arrancando algumas páginas a cada ataque. Por mais que os livros batessem páginas feito loucos, tinham cada vez mais dificuldade de escapar do animal. Finalmente, a pantera conseguiu dar uma patada num deles e abocanhar o outro. O sr. Loyal se aproximou, acompanhado de dois palhaços, que se apoderaram dos livros. Ele sacou novamente a grande pistola lilás, atirou na capa de cada um dos livros, ordenou que os prendessem também, depois declarou que não tinha mais munição e se dirigiu decidido até a frente do comboio. Eliott acompanhou-o com os olhos. Uma inscrição estampava em letras grandes, lilás e prateadas, a primeira carroça: "Célula de Rastreamento, Interceptação e Manutenção da Ordem".

Eliott sentiu atrás de si o bafejo quente e arfante de um animal. Ele virou lentamente a cabeça. Dois olhos brancos em meio a uma pelagem negra, a pouca distância de seu rosto, lembraram a ele que estava sentado, indefeso, bem ao lado de uma pantera negra livre! Tomado de um pânico súbito, levantou-se e começou a correr. Correu feito uma gazela. Muito. Mas não tão velozmente quanto a pantera, que o alcançou, pulou sobre ele e o derrubou violentamente com o rosto na terra. Eliott sentia as garras do animal nas costas, prontas para rasgá-lo ao menor movimento. Mesmo assim conseguiu virar a cabeça para o lado. Uma dúzia de palhaços se aproximava.

— Socorro! — gritou. — Chamem o domador! Me salvem!

— O domador? — ofendeu-se uma voz feminina a suas costas. — Mas eu não preciso de domador, sei me comportar!

Era a pantera.

— Senhora pantera, por favor — pediu Eliott, numa tentativa desesperada —, me deixe partir! Não sou uma boa refeição, sou muito magro.

— Comer? Quem pensa que sou, afinal? Sou vegetariana: só me alimento de grãos e legumes orgânicos.

— Então por que me atacou? — gemeu Eliott, que continuava engolindo terra.

— Não o ataquei — retorquiu a pantera —, foi o senhor que fugiu. Pensei que talvez tivesse feito alguma coisa errada, então o agarrei. E devo constatar que suas declarações são tão suspeitas quanto sua atitude! Vamos aguardar tranquilamente até que o sr. Loyal volte.

Eliott procurava um meio de escapar, mas, quanto mais pensava, mais achava que aquilo não tinha sentido nenhum. Em primeiro lugar, nunca ouvira falar de pantera que tivesse o dom da fala. Muito menos de pantera vegetariana. Além disso, livros-canários também não existiam. Sem falar que, pelo que lembrava, Christine media muito menos de cinco metros de altura e não tinha bigode...

Subitamente, ele teve um lampejo. Como pudera não se dar conta disso antes? Estava, era óbvio, tendo um pesadelo! Para sair dele, então, precisava simplesmente acordar! *Isso não vai demorar!*, tranquilizou-se mentalmente. *Quando nos damos conta de que estamos no meio de um pesadelo, acordamos imediatamente depois.*

Mas Eliott não acordou imediatamente depois. Nem pouco mais tarde. Nem sequer muito mais tarde. A pantera continuava ali e não parecia, de forma alguma, disposta a deixá-lo partir. Ele começou a ficar angustiado. *Preciso falar*, pensou. *Vou gritar e acordar.*

Pôs-se então a gritar:

— É um pesadelo, é um pesadelo, é um pesadelo, É UM PESADELO!

Isso teve como único efeito provocar uma reação bizarra nos palhaços, que haviam permanecido a certa distância. Aproximando-se de Eliott, com os braços à frente como zumbis, gritavam, marcando o ritmo:

— Pesadelo! Pesadelo! Pesadelo! Pesadelo!

Eliott estava aterrorizado. Os palhaços estavam a poucos metros de distância.

— Pesadelo! Pesadelo! Pesadelo! Pesadelo!

Eliott tentou se desvencilhar, mas as garras da pantera arranharam dolorosamente suas costas.

Eliott despertou em sobressalto e se viu na cama, suando, o coração a mil e o corpo todo dolorido. Foi ao banheiro jogar um pouco de água no rosto. Quando se levantou e se olhou no espelho, quase deu um grito de susto. Seus cabelos castanhos estavam empapados de suor e o rosto magro, ainda mais pálido que de costume, a tal ponto que seus grandes olhos escuros pareciam fora das órbitas. Parecia um louco em pleno delírio. Mas o que mais o perturbava eram as estranhas riscas vermelhas no rosto e na testa. Olhou mais de perto. Eram pequenas feridas. Arranhões, ou melhor, beliscões... Mirando o reflexo da própria mão, Eliott percebeu que ela tinha marcas iguais. Imediatamente, arregaçou uma das mangas do pijama, depois a outra: seus braços estavam cheios de marcas até o cotovelo. Um pressentimento assustador o invadiu. Uma ideia absurda que logo descartou. Mas essa ideia voltou tão rápido quanto ele a expulsara. Apreensivo, tirou a parte de cima do pijama e, torcendo o pescoço, observou as costas no espelho.

Quatro pequenas feridas em forma de arco sangravam, justamente no lugar onde a pantera cravara as garras...

O incrível segredo

Eliott passou toda a manhã de domingo girando em círculo dentro do quarto. O que estava acontecendo com ele era simplesmente bizarro! Aquela ferida nas costas fora causada pelas garras da pantera? E as marcas vermelhas dos livros-canários? Teria realmente estado em carne e osso em Oníria, o Reino dos Sonhos, durante o sono? Era o que afirmara Mamilou na véspera, ao lhe dar a ampulheta... E, no entanto, era absurdo! Totalmente insano! Não, provavelmente tinha sido um inseto. Eliott sentou-se à escrivaninha. Ligou o computador e pesquisou num site de busca todos os insetos que enxameavam os apartamentos parisienses e o tipo de feridas que provocavam. Nada se parecia com o que vira no espelho. Irritado, jogou-se para trás no encosto da cadeira e ficou absorto, contemplando o teto. Ao cabo de alguns minutos, levantou-se precipitadamente e abriu, pela décima vez naquela manhã, a gaveta da mesinha de cabeceira na qual guardara a estranha joia. O que seria aquela ampulheta? E por que Mamilou nunca lhe dissera nada sobre ela? Até ele aprender a ler, a avó lhe contara histórias de Oníria quase todas as noites. Nunca mencionara a existência de uma ampulheta com virtudes mágicas. Claro, começava sempre suas histórias com: "Um dia, quando eu passeava por Oníria...", ou algo do tipo. Eliott, naturalmente, acreditou que existia um mundo paralelo e secreto que a avó era a única a conhecer. Mas na época também acreditava em Papai Noel! Eliott virou e revirou a ampulheta em todas as direções, à procura de um indício. Em vão. Os desenhos gravados no fundo da medalha pareciam-lhe puramente decorativos. E, ainda que não fossem, ele evidentemente era incapaz de decifrar seu sentido. Respirou forte, pôs-se de pé e começou a andar de um lado para o outro.

Na verdade, precisava mesmo era falar com Mamilou. Precisava que ela lhe contasse tudo o que não tivera tempo de lhe dizer na véspera. Enfim... partindo do princípio de que ela não havia simplesmente enlouquecido! Seja como for, precisava falar com ela. Obviamente, a avó não tinha celular nem endereço de e-mail; teria sido simples demais. Ela sempre dizia que essas novas tecnologias não eram para ela e que não entendia bulhufas daquilo... Onde poderia estar? Ela tinha uma irmã, é verdade, mas morava em La Rochelle. Mamilou com certeza não pegara um trem às dez horas da noite! Teria aparecido de surpresa na casa de amigos no meio da noite? Eliott sentiu um calafrio só de pensar que poderia ter ido para um hotel: impossível ligar para todos os hotéis de Paris a fim de verificar!

Era mais ou menos meio-dia e meia quando a voz de Christine ressoou na sala, chamando Eliott e as gêmeas para o almoço. O som da voz daquela criminosa, enxotadora de avó e abandonadora de pai, foi o suficiente para dar a Eliott ganas de matar alguém. Planejou ficar trancado no quarto o dia inteiro, mas seu estômago se revirava de fome. Além do mais, se Christine tivesse qualquer informação a respeito de Mamilou, ele precisava saber. Resolveu então sair de seu antro.

Grudou o ouvido na porta para verificar se o caminho estava livre. As gêmeas passaram correndo e depois mais nada. Podia sair. Eliott correu para o banheiro e deu duas voltas na chave. Ficou aliviado ao ver o próprio reflexo no espelho: as riscas vermelhas tinham diminuído bastante, quase desaparecido. Se alguém perguntasse alguma coisa, podia alegar que se arranhara. Quanto à ferida nas costas, parara de sangrar e, de qualquer forma, não dava para ver nada sob o suéter. Podia aparecer para o resto da família.

O almoço desenrolou-se numa atmosfera eletrizante. As gêmeas não paravam de reclamar da comida. Diziam preferir muito mais o frango assado que Mamilou preparava todos os domingos. Furiosa, Christine afirmou que a comida estava obrigatoriamente deliciosa, uma vez que viera do melhor restaurante de Paris, e informou às gêmeas que, se continuassem a reclamar, ficariam sem televisão durante a semana. Elas acabaram se calando. Era o momento de pescar informações.

— Christine, sabe para onde a Mamilou foi? — perguntou Eliott.

Imediatamente, Chloé e Juliette ergueram o nariz do prato.

— Mas não é possível! — exasperou-se Christine. — Por acaso os três combinaram? Não sei onde ela está e não quero saber. Entendido?

— Quer dizer que nunca mais vamos vê-la? — Juliette se atreveu a perguntar, com a voz preocupada.

— Não sei — trovejou Christine. — E chega de perguntas.

Christine não sabia nada, isso estava claro.

Eliott se refugiou no quarto assim que terminou o almoço. Tentou recapitular o conteúdo de história para se preparar para a prova do dia seguinte. Esforço inútil! Largou tudo quinze minutos depois, após ter lido vinte vezes a primeira frase sem captar uma palavra que fosse. Esgotado, terminou se deitando para tirar uma sesta. Sem a ampulheta, para não correr riscos.

⧗

Eliott acordou assustado com a campainha da porta da entrada. Olhou para o despertador: passava das dezesseis horas. Dormira quase duas horas. Prestou atenção, esperando, sem acreditar muito, reconhecer a voz de Mamilou. Mas a que ressoou na entrada não era da avó. Um instante depois, Chloé bateu à porta e enfiou a cabecinha loira pelo vão:

— A mamãe está chamando você na sala — disse.

Eliott esfregou os olhos e, descabelado e sonolento, seguiu a irmã, se perguntando o que afinal Christine poderia querer com ele. Sua madrasta estava conversando com uma velha senhora que Eliott conhecia de vista: era a sra. Binoche, vizinha do quarto andar. Christine voltou-se para ele, estampando seu sorriso mais gracioso.

— Eliott, querido — ela disse, num tom meloso que lhe deu náuseas —, poderia fazer a gentileza de ajudar a sra. Binoche? Ela precisa de uma mãozinha.

Christine talvez quisesse impressionar a sra. Binoche ao chamá-lo de "querido". Nunca o chamava assim. Em geral, era simplesmente "Eliott", ou "guri", ou ainda "você aí", mas "querido" jamais.

— Fiz massa de waffle — explicou a sra. Binoche, com a voz semelhante à de uma cabra. — Só que, como não faço com muita frequência, guardo a máquina no alto de um armário. Não me atrevo a subir na escadinha por causa da minha perna ruim. Então pensei comigo: "Colette, há um rapazinho no segundo andar que certamente vai topar ajudá-la em troca de um ou dois waffles!" Você gosta de waffles, não é mesmo, mocinho?

— Humm... sim — grunhiu Eliott, sem vontade nenhuma de ir à casa da sra. Binoche, com ou sem waffles.

— Então vá até lá, Eliott — concluiu Christine. — Mas não enrole, tenho certeza de que ainda tem muito o que estudar.

Eliott tinha vontade de recusar e voltar para o quarto batendo a porta. Em contrapartida, precisava arejar as ideias. Afinal, por que não? Então ele seguiu a sra. Binoche, esperando não se arrepender da decisão. Não conhecia direito a velha senhora, mas seu detalhômetro farejava uma roubada: com seu colete de tricô rosa e os chinelos combinando, a sra. Binoche parecia a típica avó que vive em um apartamento escuro fedendo a gato, com um monte de bibelôs espalhados, e que convida alguém para tomar chá para lhe falar horas a fio sobre os assuntos mais entediantes do mundo, ou, pior, mostrar retratos velhos e amarelados de gente que você não conhece.

Quando a sra. Binoche abriu a porta do apartamento, Eliott não ficou surpreso ao se ver num ambiente escuro, com papel de parede com flores grandes e um gancho atulhado de casacos do tempo do onça na parede. A velha lhe pediu que esperasse na cozinha enquanto ela passava os ferrolhos. Havia três, além da tranca da fechadura. Uma paranoica! A coisa estava começando mal.

Eliott entrou na cozinha e seu coração chacoalhou dentro do peito. A máquina de waffle já se encontrava sobre a mesa, dois belos waffles esperavam num prato e, diante deles, estava Mamilou, com um imenso sorriso nos lábios.

— Geleia ou açúcar? — ela perguntou.

Eliott provou o primeiro waffle, que achou delicioso: crocante por fora e macio por dentro, leve, delicadamente perfumado. Mas era sobretudo a presença de Mamilou que lhe emprestava sabor. Enquanto comia, observava a avó de rabo de olho, espreitando eventuais sinais de senilidade precoce. Mas Mamilou parecia em plena posse das faculdades mentais. A sra. Binoche, por sua vez, exibia um sorriso travesso; visivelmente, aquilo tudo a divertia muito. Já Eliott não tinha vontade nenhuma de rir. Uma mulher enxotada pela nora e obrigada a forjar estratagemas para ver o neto às escondidas... A sra. Binoche era tão idiota assim para não perceber o aspecto trágico da situação?

— Então vai morar aqui agora? — resmungou Eliott.

— Não em definitivo — respondeu Mamilou. — Dormi num hotel essa noite. Mas eu precisava falar com você urgentemente. Depois do que aconteceu ontem à noite, fiquei maluca de preocupação. Foi por isso que vim bater à porta da minha amiga Colette, que gentilmente me convidou para morar com ela por um tempo.

— Não tem medo de que Christine descubra? — perguntou Eliott.

— Sei ser discreta — garantiu Mamilou. — Você precisa prometer que não vai contar que estou hospedada aqui. Não quero que ela venha se meter nos meus assuntos.

Eliott assentiu prontamente. Quanto menos Christine soubesse, melhor para ele; era uma regra que seguia havia muito tempo.

— E também não conte nada às gêmeas — acrescentou a avó. — Fico com o coração partido por não poder consolá-las, mas elas poderiam contar tudo à mãe.

— Não se preocupe, Mamilou, não vou contar nada a ninguém.

— Ótimo. A Colette também me prometeu ser discreta. Ela é que vai me ajudar a fazer contato com você sem despertar suspeitas. E podemos dizer que cumpriu sua primeira missão com louvor!

— Obrigado — agradeceu a sra. Binoche, toda prosa. — Devo confessar que representar uma velha senhora solitária me divertiu muito!

Mamilou sorriu.

— Colette, por favor — ela pediu —, preciso conversar a sós com meu neto. Poderia nos deixar um instante?

— Claro — respondeu a sra. Binoche. — Eu estava justamente pensando em arear a prataria.

Ela deu uma piscadela para Eliott e saiu da cozinha, fechando a porta atrás de si. Eliott não despregava os olhos da maçaneta. A sra. Binoche era surpreendente e estava longe de ser idiota. O detalhômetro estava precisando de uma revisão.

— Você dormiu com a ampulheta que lhe dei? — perguntou Mamilou, assustando Eliott.

Ele balançou a cabeça em sinal de aprovação.

— Correu tudo bem? — ela indagou. — Conseguiu estar com o Mercador de Areia? Ou marcar um encontro?

Mamilou falava do Mercador de Areia como se se tratasse de um professor, ou um gerente de banco. Parecia não perceber a extravagância do que dizia! Eliott, por sua vez, tinha tantas perguntas na cabeça que não soube como responder às de Mamilou. Limitou-se a levantar a roupa e mostrar as costas.

Mamilou ficou branca feito giz.

— Você está ferido! — constatou, preocupada. — Ah, meu Deus! O que aconteceu?

— Boa pergunta — rebateu Eliott. — E acho que você é que deve respondê-la.

Mamilou fechou os olhos e suspirou longamente.

— Tem razão — concordou ela —, peço mil desculpas. Eu achava que teria mais tempo, ontem à noite, para lhe explicar tudo com calma e prepará-lo para sua primeira viagem. Mas Christine chegou, eu estava abalada, não sabia quando voltaria a estar com você e... entrei em pânico. Eu já tinha lhe dado a ampulheta, não podia mais voltar atrás. Deixei-o partir para lá com pouquíssimas explicações; foi uma estupidez completa. Sinto muito, querido, juro.

Eliott nunca vira a avó tão perturbada. Mamilou sempre fora sua rocha, aquela com quem ele sabia que podia contar. Mesmo quando ela estava cansada ou doente, mesmo quando o próprio filho entrara em coma, Eliott nunca vira Mamilou vergar. Nunca, até este dia.

— Agora posso explicar — ela acrescentou. — Temos tempo de sobra.

Louise fez uma pausa e encheu uma xícara de chá. Eliott quicava de impaciência.

— Quando eu era pouco mais velha que você — ela começou —, conheci uma pessoa. Um rapaz. Chamava-se Amastan. Logo nos tornamos amigos. Amastan não era como nós; vinha de um mundo paralelo, que existe há tanto tempo quanto o nosso e ao qual está intimamente ligado. Ele vinha desse mundo, cujas maravilhas contei para você quando você era pequeno: Oníria, o Reino dos Sonhos.

Eliott teve que beliscar o próprio braço para constatar que ele mesmo não estava sonhando e que era de fato Mamilou, sua Mamilou, que estava lhe contando aquilo.

— Amastan era um dos aprendizes do Mercador de Areia — continuou Mamilou. — Vinha ao nosso mundo para fazer sua distribuição de Areia, e foi assim que o conheci. Um dia, ele me deu uma ampulheta que me permitia acessar seu mundo. Fui diversas vezes lá, ao longo de uns dez anos. Vivi aventuras incríveis.

Mamilou parecia ausente. Sorria, mas tinha os olhos tristes.

— Foi essa ampulheta que dei para você ontem à noite — ela prosseguiu, se recuperando. — Foi ela que o transportou a Oníria ontem à noite.

— Então você confirma o que me disse ontem? — perguntou Eliott, que não ousava acreditar naquilo. — Oníria existe, e durante a noite estive lá em carne e osso!

— Em carne e osso, não — corrigiu Mamilou. — Apenas o seu espírito viajou.

— Mas... e o ferimento?! — exclamou Eliott.

— Calma — disse Mamilou —, deixe-me explicar. A Areia que o Mercador de Areia e seus funcionários distribuem diariamente aos habitantes da Terra tem propriedades bastante singulares. Quando você era pequeno, para simplificar, eu disse que ela apenas fazia sonhar. Mas, de um ponto de vista técnico, o que a Areia faz é libertar nossa imaginação da influência do corpo.

— O que você quer dizer com...

— Sei que parece loucura — interrompeu Mamilou —, mas, por favor, escute até o fim. À noite, nosso corpo, nossa vontade e nossa inteligência, bem como todos os outros componentes de nosso espírito, recolhem-se ao leito. Porém, sob a ação da Areia, nossa imaginação escapa e se dirige à Oníria. Lá, ela se materializa sob uma forma física semelhante à do corpo terreno do sonhador, só que com os olhos brancos. É o que chamam de Mago.

— Então os magos a que você se referia nas histórias não eram mágicos! Eram...

— Imaginações sonhadas, sim.

Eliott encarou a avó. Não havia sinal nenhum de loucura naquele rosto que ele conhecia tão bem.

— Ok — disse. — Então você está me dizendo que, todas as noites, as imaginações de todos os seres humanos voam para um mundo paralelo e se materializam sob a forma de Magos sem que ninguém se dê conta disso.

— Exatamente.

— E que, de manhã, as imaginações retornam e todo mundo acorda como se nada tivesse acontecido!

— Isso mesmo — confirmou a avó. — Quando a imaginação reintegra o corpo do sonhador, o resto do espírito executa uma operação de embaralhamento. É por isso que, em geral, não nos lembramos, ou muito pouco, dos sonhos.

— Isso é a coisa mais doida que já ouvi! — balbuciou Eliott.

— Eu sei — disse Mamilou, sorrindo como quem pede desculpas.

— E o Mago — perguntou Eliott —, o que é feito dele quando a imaginação reintegra o corpo do sonhador?

— O Mago não passa da materialização da imaginação no reino dos sonhos — explicou Mamilou. — Se a imaginação não está mais em Oníria, ele desaparece... para reaparecer na noite seguinte.

— E nunca acontece de a imaginação ficar retida em Oníria?

— Nunca. Às vezes, quando alguém acorda assustado, sua imaginação, pega de calças curtas, pode levar alguns segundos para se juntar a ele. Isso gera uma confusão no espírito daquele que dorme, que não sabe mais direito onde está...

— Acordei assustado essa noite — confessou Eliott. — Mas eu sabia direitinho onde estava e me lembrava perfeitamente de tudo o que tinha acabado de acontecer... Foi por causa da ampulheta, certo?

— Sim, a ampulheta muda tudo — confirmou Mamilou. — Ou melhor, as ampulhetas, pois existem várias como essa. Elas são ainda mais poderosas que a Areia: permitem libertar o espírito inteiro, não só a imaginação. Uma vez livre, o espírito dirige-se à Oníria. Lá, materializa-se sob uma forma física que chamamos de Criador. Um Criador é muito diferente de um Mago, pois é constituído de um espírito inteiro, com a própria imaginação, claro, mas também vontade, inteligência, memória... Os Criadores nunca têm os olhos brancos, a não ser que assim o decidam. Resumidamente, assemelham-se ao corpo terreno do sonhador, mas, com treino, podem assumir outras formas. Eles se lembram de tudo que vivem em Oníria. Mas o principal é que os Criadores dominam o que fazem, ao contrário dos Magos, que não controlam nada.

— É por isso que nossos sonhos são tão bizarros? Porque os Magos não controlam nada?

— De forma alguma. A imaginação se alimenta do que pôde observar durante o dia e, uma vez transformada em Mago, cria todas as extravagâncias que lhe ocorrem. São essas extravagâncias que constituem Oníria: suas cidades, suas montanhas, suas infraestruturas, suas plantas, seus animais, bem como todas as criaturas de sonho e pesadelo que moram lá.

— Em outras palavras, Oníria é um reino criado por malucos...

— É uma maneira de ver as coisas — divertiu-se Mamilou. — É principalmente um mundo incrivelmente bonito e poético, com o qual teríamos muito a aprender... Mas estou desviando do assunto. A outra diferença fundamental entre Magos e Criadores é que os Magos não arriscam nada em Oníria, ao passo que os Criadores ficam tão expostos lá quanto em nosso mundo, se não mais. Foi por isso que você foi ferido.

— Espere, Mamilou — objetou Eliott —, há uma coisa que não bate aí: se meu corpo ficou na minha cama, se apenas meu espírito viajou, como eu pude me ferir?

Mamilou refletiu por um instante.

— Você lembra — disse finalmente — o dia da sua volta às aulas, no sexto ano? Você estava tão angustiado que vomitou o café da manhã. Estava morrendo de dor de barriga.

— Se lembro! — resmungou Eliott, que não gostava que lhe lembrassem o episódio. — O papai achou que era apendicite e me levou ao médico, mas eu não tinha absolutamente nada.

— Exatamente. Seu corpo não estava doente, mas seu espírito sim, porque você estava angustiado. Ele conseguiu persuadir seu corpo de que as coisas não iam bem, e você teve dor de barriga. Isso se chama somatização e é muito comum.

— Então foi isso que aconteceu com a pantera? — perguntou Eliott. — Foi meu espírito que persuadiu meu corpo de que eu estava ferido?

— Sim, foi... Que pantera? — estremeceu Mamilou.

— A que enfiou as garras nas minhas costas — explicou Eliott, apontando por cima do ombro com o polegar.

— Ah, meu amor, sinto muito, é tudo culpa minha — gemeu Mamilou. — Oníria não oferece perigo aos Magos, pois, sozinha, a imaginação é incapaz de convencer o corpo do que quer que seja. Mas, no caso dos Criadores, é diferente: por causa da somatização, tudo o que acontece lá tem exatamente as mesmas consequências que teria no mundo terreno. Foi por isso, entre outras coisas, que dei a ampulheta a você e não a outro qualquer. Porque, quando você era pequeno, ensinei-o a se defender dos pesadelos usando a força da sua imaginação.

— Por que "entre outras coisas"? — perguntou Eliott. — Você tinha outras razões para passá-la para mim?

— Faz muito tempo que o escolhi, Eliott — revelou Mamilou, com um sorriso.

— Quê?! — exclamou Eliott.

— Comecei a fazer sua iniciação quando você tinha cinco anos, falando de Oníria e o ensinando a usar a imaginação para combater os pesadelos. No início, eu só queria ajudá-lo a vencer sua hipnofobia. No entanto, pouco a pouco, fui constatando seus dotes. O senso de observação, a imaginação, o talento de desenhista, tudo isso o predispunha a se tornar um excelente Criador. Decidi então que seria a você que eu transmitiria a ampulheta, um dia, quando estivesse pronto.

Eliott sentiu uma espécie de confusão ao saber que a avó fizera planos para ele havia tanto tempo. Era uma sensação estranha, em que se misturavam a desagradável impressão de ter sido manipulado e o orgulho de ter sido escolhido.

— Idealmente, eu gostaria de esperar um pouco mais — continuou Mamilou. — Até os seus quinze anos, talvez... Mas seu pai adoeceu. E imediatamente suspeitei que aquilo poderia ter uma relação com Oníria e resolvi antecipar a entrega da ampulheta, para que você pudesse socorrê-lo. Mas eram apenas suspeitas, eu não tinha certeza, e ainda achava você jovem demais para enfrentar esse tipo de perigo... Hesitei muito.

— E num piscar de olhos, ontem à noite, você decidiu que eu estava pronto? — perguntou Eliott, em tom de censura.

— Claro que não! — defendeu-se Mamilou. — Mas tudo se precipitou ontem. Seu pai mencionou a Areia durante a crise; era a prova que faltava. E, depois, você ouviu o dr. Charmaille. Se quisermos salvar seu pai, não temos mais um minuto a perder. Em poucas semanas, vai ser tarde demais. Eu não podia mais esperar para lhe passar a ampulheta. Queria fazer isso em condições melhores, ter tempo de explicar... Passei a tarde refletindo uma forma de abordar as coisas com você. Mas houve aquela briga com a Christine, eu não sabia quando voltaríamos a estar juntos... Então decidi lhe dar a ampulheta antes de partir. Pensava ter tempo suficiente. Mas Christine irrompeu no seu quarto muito cedo. Ou muito tarde; eu já tinha lhe entregado o pingente, não podia mais retroceder...

— Por quê? Poderia pegá-lo de volta.

— Poderia, mas não queria. A ampulheta exerce uma atração irresistível sobre a pessoa que a vê pela primeira vez. Você não teria conseguido pregar o olho enquanto não colocasse o pingente em volta do pescoço. Se o pegasse de volta, eu o condenaria a noites em claro até arranjar um meio de revê-lo! Eu deveria ter resistido a Christine, deixado que ela jogasse minhas malas pela janela e esperado para explicar a você. Mas entrei em pânico. Estava, ao mesmo tempo, abalada, triste, com raiva, preocupada também... Mil desculpas, querido Eliott.

— Fique tranquila, Mamilou, não se sinta tão culpada — o neto a tranquilizou. — No fim das contas, acho melhor ter acontecido assim.

— Sério? — admirou-se Mamilou. — Não gostaria de ter recebido mais explicações?

— Sim, é claro — afirmou Eliott. — Mas, se tivesse me contado tudo isso ontem, antes da minha experiência dessa noite, antes do medo de não acordar a tempo, antes da descoberta desses arranhões incompreensíveis no meu corpo... eu nunca teria acreditado em você!

Mamilou sorriu e passou a mão nos cabelos do neto.

— Agora acredito — prosseguiu Eliott —, mas, mesmo assim, tem uma coisa que não entendo. Se já fazia tempo que você desconfiava que era preciso ir a Oníria para curar o papai, por que você mesma não foi?

— Pode acreditar, eu teria me despencado para lá se pudesse — garantiu tristemente Mamilou. — Mas não tenho esse direito.

— Direito?

A avó fez uma mímica confusa.

— Acontece... — ela hesitou. — Acontece que minha última aventura por lá não terminou muito bem. Fiz uma coisa... uma coisa proibida e fui banida de Oníria.

— O quê?! — exclamou Eliott.

— É verdade — disse Mamilou, chateada. — Fui banida, e as autoridades de Oníria botaram um feitiço na ampulheta para me impedir de utilizá-la novamente.

— Que tipo de feitiço?

Mamilou não respondeu imediatamente.

— Muito bem, é super-radical — ela murmurou. — Se eu utilizar a ampulheta uma vez que seja, assim que puser os pés em Oníria morrerei na mesma hora.

Eliott engoliu com dificuldade. Não poderia ser mais radical! Mamilou desviara o olhar, e sua voz se embargara. Ele não teve a presença de espírito necessária para lhe perguntar o que havia feito de tão grave para merecer tal punição.

— Mamilou — perguntou, após alguns segundos —, acha mesmo que o Mercador de Areia pode curar o papai?

— Ah, sim! — respondeu a avó, secando as lágrimas com um lenço. — De todo modo, se alguém pode fazer alguma coisa, esse alguém é ele. Minha hipótese é que uma pessoa mal-intencionada utiliza a Areia para fazer seu pai dormir o tempo todo.

— Mas por que alguém faria isso?

— Não faço ideia, Eliott. Tudo o que sei é que a resposta está em Oníria.

— Talvez seja o próprio Mercador de Areia que faz o papai dormir o tempo todo — sugeriu Eliott. — A Areia é dele, afinal. Se eu for até ele, pode ser que esteja me atirando na boca do lobo.

— Ah, isso me espantaria — retorquiu na mesma hora Mamilou. — Uma aberração deste tipo só pode ser resultado de um ato de maldade. Se o Mercador de Areia fosse culpado desse tipo de coisas... pois bem... não seria o Mercador de Areia.

Eliott olhou perplexo para a avó. Aquela explicação não tinha nada de satisfatório.

— Fique sabendo — continuou Mamilou — que o Mercador de Areia não tem quase nada a ver com o que os nossos contos populares falam sobre ele. Esse homem é mais poderoso que o presidente dos Estados Unidos! Mas ele não é escolhido pelo povo, como nossos governantes. Não faz campanha para ser eleito. E tampouco está no cargo por ser filho de alguém ou controlar o exército. Ele não deve nada a ninguém. É designado por uma criatura mágica; uma criatura imortal, infalível e incorruptível, que é capaz de ler as almas e assegura a harmonia de Oníria desde a noite dos tempos. Ele é naturalmente escolhido por sua competência, mas, também e acima de tudo, por sua honestidade. Pois Mercador de Areia é uma função extremamente delicada, que não admite qualquer desvio de conduta.

Mamilou falara com tanta propriedade que Eliott quase se arrependeu de ter sugerido que o Mercador de Areia estava metido naquela história.

— Está certo — disse ele. — Então, qual é o plano para encontrar esse Mercador de Areia?

— Ah, é muito simples — continuou Mamilou. — Espalhados por Oníria, há postos de acolhida para os recém-chegados. Eles servem para responder às perguntas dos sonhos e dos pesadelos que desembarcam, bem como às dos Criadores como você. Basta agendar uma reunião com o Mercador de Areia.

— Mas como eu encontro esses tais postos de acolhida? Pergunto à primeira pessoa que encontrar?

— É, pode ser. Os onirianos são muito amáveis, você vai ver. Em todo caso, para evitar aborrecimentos, melhor seria dormir pensando num lugar agradável.

— Ah, é, e por quê?

— Porque a imagem que você tem na cabeça no momento de dormir determina o lugar aonde você vai irromper em Oníria. Isso funciona com criaturas, objetos e lugares. Se dormir pensando na pantera que o feriu ontem, se verá automaticamente ao lado dela.

Eliott sentiu um arrepio.

— Se dormir pensando, sei lá... num campo de trigo, pois bem, você aparecerá num campo de trigo. Isso funciona sempre. Então, o melhor seria então você dormir pensando num lugar pacífico, no qual não corresse o risco de topar com um pesadelo, mas que não seja deserto, para

61

poder perguntar o caminho. Um estádio, por exemplo, ou uma escola. O importante é que o lugar pensado evoque algo positivo para você.

— E se mesmo assim eu topar com um pesadelo na minha frente?

— A princípio, não há nenhuma razão para que ele o ataque. Sobretudo se você disser que é um Criador: os pesadelos implicam com os Magos, mas deixam os Criadores tranquilos. Mas podem machucá-lo sem querer. E você deve desconfiar dos Magos, que são imprevisíveis e podem fazer estragos. Se por acaso algum deles atacar você, seja um pesadelo ou um Mago, pode se defender exatamente como se defendia dos monstros, quando era pequeno.

— Fecho os olhos, imagino uma arma ou qualquer outro objeto útil para me defender, e tudo o que visualizei na cabeça vai se materializar como que por encanto?

— Exatamente. Você pode criar praticamente o que quiser.

— Tem certeza? Porque, no meu sonho de ontem, não controlei absolutamente nada. Fui um mero joguete do início ao fim.

— É porque você não tinha consciência de ser um Criador! Você se julgava um Mago e se comportou como um. Mas, da próxima vez, você vai ver, basta fechar os olhos, se concentrar e imaginar um lugar ou objeto que ele vai aparecer imediatamente. É muito simples. Por exemplo, se estiver com sede, feche os olhos, imagine que tem um copo de água na mão e, *plim*, ele aparece. Se estiver com vontade de dar um mergulho, imagine que está na praia, e pronto.

— Isso é magia! — entusiasmou-se Eliott.

— Pode chamar assim. Na realidade, é apenas uma questão de foco e imaginação.

— E você acha que sou capaz de fazer isso? — maravilhou-se Eliott.

— Mas claro que sim! — garantiu Mamilou. — Você já tem uma boa prática com os objetos, logo aprenderá a fazer a mesma coisa com os lugares. No caso das criaturas, é diferente, são criações mais complexas. Os Magos conseguem criá-las sem problemas, pois não têm consciência da dificuldade e não são reprimidos pela consciência. Mas, no caso dos Criadores, é diferente! A maior parte é incapaz de criar um ser vivo. Além disso, considerando seu talento de desenhista e sua imaginação, acho que será bem-sucedido. Mas não imediatamente, vai precisar de um pouco de treino.

— Isso é incrível — concluiu Eliott, com os olhinhos brilhando como estrelas.

— Sim. É uma sensação inebriante poder criar tudo o que imaginamos — concordou Mamilou. — O mais importante são os lugares, que podem lhe salvar a vida.

— Ah, é?

— Literalmente. Se por acaso você topar com dificuldades, perder o controle sobre os fatos e não conseguir se defender, só lhe resta uma coisa a fazer: feche os olhos, visualize em sua mente um lugar, qualquer um, e estará lá num instante. Se esse lugar já existir em Oníria, você se deslocará para lá. Se ainda não existir, sua imaginação o criará onde você estiver. Chamamos isso de poder de deslocamento instantâneo. Isso funciona em quaisquer circunstâncias, mesmo com lugares que você ainda não visitou. Basta ter uma descrição bem detalhada, ou melhor, um retrato, para irromper em determinado lugar. Esse poder permitiu que eu me safasse várias vezes, na época. Você precisa incorporar isso como um reflexo.

— Espere, Mamilou — disse Eliott —, se posso fazer deslocamentos instantâneos, não preciso ir a um posto de acolhida. Basta pensar no Mercador de Areia e estarei a seu lado.

— Não, Eliott — advertiu Mamilou —, o deslocamento instantâneo só funciona com lugares, não funciona nem com criaturas, nem com objetos.

— Mas você disse que, se eu dormisse pensando na pantera, me veria ao lado dela!

— Exato! O instante em que dormimos é uma exceção. Mas encontrar uma pessoa é mais complicado do que encontrar um lugar ou um objeto. Uma descrição ou fotografia não bastam para visualizar um ser vivo de maneira suficientemente precisa: há também a voz, o gestual, todo um conjunto de coisas que são características, e que são fundamentais para identificar alguém. Portanto, para encontrar o Mercador de Areia, você terá de passar pelos postos de acolhida.

— Tudo bem, entendi — disse Eliott, um pouco decepcionado porque as possibilidades dos Criadores não eram ilimitadas. — Durmo pensando num lugar agradável para evitar os pesadelos, pergunto pelo posto de acolhida mais próximo e, lá, digo que sou um Criador e que gostaria de falar com o Mercador de Areia...

— E logo saberemos por que seu pai é mantido em coma há tanto tempo...

— Resolveremos o problema, e o papai vai acordar! — exaltou-se Eliott. — Ele vai voltar para casa, você também, e não vamos para Londres.

— Não coloque a carroça na frente dos bois — disse Mamilou. — Mas, claro, vamos ajeitar tudo. Então agora volte correndo para casa, caso contrário Christine pode desconfiar de alguma coisa. Eu não gostaria nada que ela viesse procurar você aqui! E, depois, você tem dever de casa, certo?

— Tenho, um monte! — respondeu Eliott, mal-humorado.

Esquecera-se completamente de seus deveres e não estava com a mínima vontade de queimar os miolos com isso. Era tão menos empolgante do que tudo que Mamilou acabara de lhe contar!

Eliott se levantou, e Mamilou o acompanhou até o vestíbulo. Pouco antes de abrir a porta, ela voltou a cabeça para a direita e a esquerda, para certificar-se de que a sra. Binoche não podia ouvi-los.

— E nenhuma palavra sobre isso com quem quer que seja! — sussurrou. — A existência de Oníria só é conhecida por um punhado de pessoas na Terra, e isso deve permanecer assim. Caso contrário, não ouso sequer imaginar o que poderia acontecer. Seria terrível.

— Não se preocupe — respondeu Eliott —, não estou nem um pouco a fim de ser chamado de louco!

Mamilou olhou afetuosamente para o neto e o beijou na testa.

— Vá, depressa — ela disse. — Cuide da Chloé e da Juliette. A situação também é difícil para elas. E não têm a sorte de saber tudo o que você acaba de escutar!

5

A princesa que acreditava nas lendas

Eliott se livrara rapidamente dos exercícios de matemática e conseguira se concentrar por dez minutos na lição de história. Melhor, impossível. Agora, esticado na cama, com a ampulheta de Mamilou pendurada no pescoço, esperava a chegada do sono. As mãos estavam úmidas, as pernas tremiam. Medo. De olhos fechados, respirou profundamente para tentar se acalmar, se esforçando para conservar uma imagem precisa na mente: a do lugar que escolhera para começar sua primeira viagem de verdade a Oníria, como Criador.

Escolhera uma das paisagens fantásticas que desenhava sempre que seu pai voltava de viagem, misturando as lembranças que o grande repórter tinha dos confins do planeta com suas invenções pessoais. Possuía uma coleção inteira, que guardava cuidadosamente, numa pasta de cartolina escondida sob o colchão. A que ele escolhera esta noite representava um pomar de árvores frutíferas: laranjeiras, pessegueiros, cerejeiras, figueiras... Frutas de todas as estações cresciam ao mesmo tempo; as árvores se vergavam para ajudar as crianças a subir em seus galhos; um ribeirão de chocolate serpenteava entre os troncos, e havia até mesmo máquinas de chantili. Eliott desenhara essa paisagem aos sete anos, quando o pai, de volta da Palestina, elogiara a beleza e o aroma dos limoeiros.

O traço ainda era hesitante. Eliott desenhara paisagens muito mais bonitas depois. Mas esta continuava sendo uma de suas prediletas, e ele sonhara muito com ela.

Acabou pegando no sono.

Por mais que esperasse por aquilo, ficou estupefato diante do espetáculo que se descortinou, minutos mais tarde. Centenas de árvores frutíferas, todas magníficas; um perfume de fruta madura e chocolate; crianças se espremendo em volta de uma máquina gigante de chantili... Todos os detalhes estavam ali. Era de fato o *seu* pomar, tal como o imaginara cinco anos antes.

Eliott não acreditava no que estava vendo.

Aproximou-se de uma cerejeira e estendeu a mão. A árvore prontamente abaixou um dos galhos, incentivando Eliott a subir. Ele hesitou. E se tudo aquilo não passasse de ilusão? Mas o galho no qual subiu era tão real e sólido quanto o da grande castanheira na qual ele trepava antigamente, no jardim de seus avós maternos. Provou uma cereja. Era mais vermelha, polpuda e saborosa do que todas as que experimentara no mundo terrestre. Eliott bateu na cara, beliscou-se e até mordeu o braço, para verificar se não estava no meio de um sonho comum. Mas aquelas árvores, suas frutas e os gritos das crianças que brincavam em seus galhos eram, de fato, reais.

Não havia mais dúvida. Mamilou dissera a verdade: Oníria realmente existia.

⧗

Eliott ficou um tempão empoleirado em sua árvore, maravilhado, antes de decidir pedir informações. Solicitou à cerejeira que o colocasse no chão e foi andando até a máquina de chantili. A maioria das crianças que minutos antes estavam na fila desaparecera. Só restava um estudante de sete ou oito anos, mochila às costas, que, com ar sério, despejava uma nuvem de creme numa tigela lotada de framboesas. Eliott perguntou onde ficava o posto de acolhida mais próximo.

— Não faço ideia — respondeu o garoto, dando de ombros. — Pergunte a Aanor, perto do rio, ela sabe um monte de coisas; certamente vai poder ajudá-lo.

Eliott ia descer na direção do rio quando seu olhar foi atraído por um brilho luminoso, vindo da máquina de creme. Ele se aproximou. Um cartaz estava colado na parafernália. Era fino como papel, mas luminoso como uma tela de computador.

Bem no alto do cartaz, ao lado de um emblema arredondado, uns dizeres em letras lilás e prateadas chamavam a atenção: "Célula de Rastreamento, Interceptação e Manutenção da Ordem". Eliott fez uma careta. Era igual ao que ele vira na véspera, na carroça de circo.

Então continuou lendo:

Procura-se
Criador
Por ordem de sua majestade, a rainha Dithilde, soberana de Oníria, todo e qualquer Criador deve se apresentar em um dos postos de acolhida, ou em um dos esquadrões da CRIMO no menor prazo possível. Exige-se a colaboração ativa de todo oniriano.
Sigurim
Diretor da CRIMO

Eliott não gostou daquilo.

Por que a rainha de Oníria queria porque queria se apoderar de um Criador? E qual era a função daquela CRIMO? Os termos "rastreamento" e "manutenção da ordem" lembravam a polícia ou o serviço secreto. Mas "interceptação"? O que isso quereria dizer? Uma imagem perturbadora surgiu na mente de Eliott: a do sr. Loyal usando sua pistola lilás para paralisar a Christine gigante, sem falar nada, sem uma unha de emoção, como se pregasse cartazes no muro com um grampeador.

Definitivamente, não gostou nada daquilo.

Eliott observou mais atentamente o emblema da CRIMO, à procura de um indício. Uma serpente, com a bocarra aberta, tinha o pescoço decepado pelos dentes afiados de outro animal. Um animal pequeno, focinhudo, com os olhos compridos e orelhas redondas. Um animal a cujo respeito o professor de biologia de Eliott falara em sala de aula, poucas semanas antes. Um animal protetor, venerado na Índia por sua capacidade de matar as cobras. Um mangusto. Eliott sentiu um arrepio. Protetor ou não, aquele desenho era de uma violência tão grande que seu instinto lhe ordenou que fugisse o quanto antes dali. Mas o orgulho e a necessidade imperiosa de salvar o pai o impediam de desistir tão facilmente. Então, o que fazer? Eliott refletiu. De uma coisa tinha certeza: nem pensaria em se apresentar num posto de acolhida enquanto não soubesse mais sobre aquela CRIMO e sobre as intenções da rainha. Só lhe restava, portanto, uma coisa a fazer: uma investigação. O estudante mencionara uma tal Aanor, que "sabia um monte de coisas". Começaria por ela.

Claro, tomando o máximo de cuidado para esconder sua identidade, a fim de evitar topar com uma pistola lilás apontada para sua cara.

Com a passada decidida, Eliott tomou a direção do rio. Quanto mais avançava, mais o aroma do chocolate se tornava inebriante. Ao chegar lá, tornara-se irresistível. O garoto mergulhou um dedo no líquido quente e macio. Aquele chocolate era tão delicioso quanto em sonhos, e não lhe restou outra coisa a fazer senão deitar de bruços e lamber diretamente no rio.

Quando se levantou, Eliott tinha chocolate até o queixo. Se não quisesse assustar a tal Aanor, precisava lavar o rosto. Mas não havia água naquele lugar, estava bem posicionado para constatar. Era hora de testar seus poderes de criação. Eliott olhou à direita e à esquerda, para verificar se não havia ninguém. Depois, fechou os olhos e se concentrou, visualizando os menores detalhes do objeto que queria criar. Sentia-se à vontade, seguro de si. Executara aquele gesto centenas de vezes quando era pequeno, a conselho de Mamilou. Quando reabriu os olhos, a pequena fonte de pedra que ele acabara de imaginar estava a poucos metros. Eliott a contemplou, fascinado. Mamilou tinha razão: que sensação inebriante poder criar tudo que imaginamos!

Eliott deu alguns passos, debruçou a cabeça e esfregou vigorosamente o rosto debaixo da água.

— Você costuma passear por aqui?

Pego de surpresa, Eliott bateu a cabeça na torneira. Uma adolescente um pouco mais velha que ele se sentara na mureta da fonte e o fitava com seu intenso olhar dourado. Com cabelos loiros que esvoaçavam na brisa, um sorriso enigmático do tipo Mona Lisa e o longo vestido branco, parecia um anjo. Era bonita. Linda.

Linda, alertou o detalhômetro de Eliott. Beleza tão perfeita não existia na realidade! Ela lembrava mais uma foto retocada no computador, ou um anúncio de xampu. Era uma garota de papel brilhante que, provavelmente, tinha uma ervilha no lugar do cérebro.

— Você passeia muito por aqui? — ela repetiu.

— Não, é a primeira vez — respondeu Eliott.

— Pois eu venho muito, é meu lugar preferido em Oníria!

— Eu também, é meu lugar preferido!

Eliott mordeu o beiço. Por que dissera algo tão estúpido! Agora seria ele a ter uma ervilha em vez de cérebro?

— Eu me chamo Aanor, princesa dos Sonhos — continuou a moça. — E você?

— Eliott. Príncipe de absolutamente nada.

Aanor caiu na risada.

— Você me lembra um dos bufões que se apresentam na corte — ela disse. — Suas piadas fazem todo mundo se contorcer de rir.

Eliott se sentiu ofendido. Não gostava nada do fato de a miss Xampu considerá-lo um bufão!

— Quer dizer, quase todo mundo — comentou tristemente a princesa. — Minha mãe nunca ri... Parece que o cargo de soberana de Oníria é incompatível com senso de humor.

Eliott abriu a boca para responder, mas não saiu nenhum som, pois uma informação acabava de fustigar seu cérebro entorpecido: aquela

Aanor era a filha da rainha de Oníria! Isso queria dizer duas coisas. Primeira, que era a última pessoa a quem ele deveria revelar sua identidade; e, segunda, que ela certamente poderia lhe explicar o que era a CRIMO e por que os Criadores estavam sendo procurados. Precisava jogar pesado.

Mas Aanor saiu na frente:

— Engraçado — ela disse —, passei por aqui minutos atrás e não me lembro de ter visto esta fonte.

Eliott a fitou. Será que já desconfiava dele? Difícil dizer. Ele resolveu fingir espanto.

— É mesmo? — ele perguntou. — Talvez um Mago tenha passado por aqui...

— Talvez — comentou Aanor, em um tom enigmático.

Ela se levantou logo em seguida e dirigiu a Eliott o sorriso mais encantador.

— Venha — ela o convidou —, vou te mostrar meu lugar preferido neste pomar. Meu cantinho, aonde vou quando quero um pouco de solidão.

Eliott a seguiu sem fazer perguntas. Conhecia de cor a paisagem imaginária que criara e sabia para onde estava sendo conduzido. Num canto de sua folha, desenhara um bosque de ameixeiras em flor. Eram as únicas árvores sem frutas de todo o pomar. Isso não se via no desenho, mas dentro dele havia um pequeno espaço protegido do tumulto e dos olhares pelas ramagens entrelaçadas: uma cabana natural que ele criara para se refugiar.

Aanor ficou de quatro para entrar na cabana pela estreita abertura, e foi logo imitada por Eliott. Então, surpresa! Ela arrumara tudo. Havia um espesso tapete marrom, almofadas douradas dispostas um pouco por toda parte e até uma pequena estante cheia de livros. Eliott tentou esconder o espanto e sentou-se ao lado da princesa.

— Bem que eu tomaria uma limonada fresca — ela desejou. — Poderia me trazer uma, por favor?

Eliott olhou à volta. Não havia sinal de limão naquela cabana, nem de água ou copos, aliás.

— Se você sabe fazer aparecer uma fonte — continuou Aanor —, sabe fazer aparecer dois copos de limonada. Até o menos bem dotado dos Criadores sabe fazer isso!

Eliott quase perdeu a fala.

— Não sei do que está falando — mentiu.

— Estou de olho em você desde que se aproximou do rio — disse Aanor. — Sei que foi você que criou a fonte. Só há três tipos de pessoas em Oníria capazes de fazer isso: os mágicos, os Magos e os Criadores. Um mágico de Oníria não teria mentido para mim, ainda há pouco, quando falei da aparição súbita da fonte. Teria corrido para me dizer que ele próprio a criara. E, se você fosse um Mago, teria os olhos brancos. Logo, você é um Criador. E um Criador que tenta esconder a própria identidade. Estou curiosa para saber por quê.

O raciocínio da princesa era impecável. Ele não tinha nada a dizer.

— Mas onde você estava? — resmungou Eliott, vencido. — Olhei em volta, não vi ninguém!

— Esqueceu-se de levantar a cabeça — zombou Aanor. — Eu estava bem em cima de você, numa árvore.

Eliott estava furioso por ter se deixado desmascarar com tanta facilidade. E com vergonha por Aanor tê-lo visto lambendo o chocolate do riacho como um cachorrinho. Mas, principalmente, temia que ela o denunciasse à CRIMO. Precisava convencê-la a manter silêncio.

— Quer saber por que faço de tudo para esconder minha identidade? — ele disse. — Pois bem: vi a convocação na máquina de chantili. Sei que deveria me apresentar à CRIMO. Mas tenho bons motivos para não querer fazer isso.

— Que motivos são esses? — perguntou Aanor, num tom inquisitivo.

— Encontrei uma equipe da CRIMO ontem — explicou Eliott. — Um circo, com acrobatas, palhaços, o sr. Loyal e uma pantera. A pantera quase me matou.

— Uma pantera da CRIMO quase matou você? — admirou-se a adolescente.

— Sim. Felizmente acordei a tempo, mas nunca senti tanto medo na vida.

— Posso imaginar! Isso é inadmissível! Minha mãe vai ficar furiosa quando souber disso!

— Eu preferiria que ela não soubesse! — interveio Eliott.

Aanor torceu o nariz.

— Juro que não tenho nada contra sua mãe! — exclamou Eliott. — Não tenho ideia de quem ela seja, acabo de chegar a Oníria. Mas não gosto desta maneira de recrutar os Criadores espalhando cartazes. Dá a impressão de ser um assassino perigoso.

— É verdade que é um método um pouco especial — reconheceu Aanor. — Mas minha mãe certamente tem boas razões para agir assim.

— Que boas razões?

— Não sei — admitiu Aanor.

— Muito menos eu — disse Eliott. — E não gosto da ideia de me entregar a pessoas que não conheço sem saber nada de suas intenções. Sobretudo pessoas que quase me mataram. Então, por favor, não diga nada!

Aanor permaneceu impassível durante um longo momento. Eliott ardia de impaciência.

— Está bem — ela disse finalmente. — Não direi nada. Nem à minha mãe, nem a ninguém. Será nosso segredo.

— Prometido? — perguntou Eliott.

— Prometido — concordou a princesa —, pode confiar em mim. De todo modo, é melhor assim.

— Por quê?

— Porque precisamos fazer alguma coisa antes que minha mãe o fisgue.

Se já não estivesse sentado no chão, Eliott teria desabado.

— Pode me mostrar sua ampulheta? — emendou Aanor.

Eliott foi incapaz de articular uma resposta. Fitava a princesa, atônito.

— Vou explicar o que iremos fazer — ela disse. — Mas, primeiro, gostaria muito de ver sua ampulheta. Nunca vi uma de verdade!

A PRINCESA QUE ACREDITAVA NAS LENDAS

Eliott esquadrinhou o rosto angelical da princesa. Ignorava o que ela esperava dele, mas o veludo dourado dos olhos de Aanor lhe dava muita vontade de saber mais. Tentou então puxar a ampulheta do meio da roupa.

Foi nesse momento que constatou que continuava de pijama. Uma onda de calor o invadiu, e ele corou até as raízes do cabelo. Aanor notou seu constrangimento.

— Os Criadores usam as roupas que imaginam — disse, dando uma piscadela —, podem mudar quando bem entendem.

Eliott fechou os olhos e imaginou-se vestindo roupas mais apresentáveis. Quando os reabriu, ficou aliviado ao ver que tinha funcionado e que não estava de calcinha e sutiã na frente da princesa.

— Então, não vai me mostrar essa ampulheta? — insistiu Aanor.

— Aqui está — respondeu Eliott, esticando a corrente que tinha em volta do pescoço.

Eliott piscou várias vezes para verificar se não estava delirando. Sacudiu a ampulheta, revirou-a... Mas não, sua vista não lhe pregava nenhuma peça.

— Viu? — disse ele. — A Areia...

— Quê?

— Está escoando ao contrário! — exclamou Eliott. — Para cima!

— É, e daí? — falou Aanor.

— E daí que isso não é possível!

— Tudo é possível em Oníria — disse Aanor, dando de ombros.

Óbvio. No Reino dos Sonhos, tudo era possível. Eliott sabia disso, claro. Mas não imaginara que até as leis da física poderiam ser desafiadas.

Aanor debruçou-se para examinar a ampulheta e resvalou em Eliott. Essa proximidade intimidou o jovem Criador. Para fazer alguma coisa, fez aparecer os dois copos de limonada que a princesa pedira um pouco antes. Só conseguiu respirar quando Aanor voltou a seu lugar.

— Por acaso você conhece a lenda dos Enviados e dos Eleitos? — perguntou a princesa.

— Não — respondeu Eliott. — Do que se trata?

— De acordo com essa lenda, sempre que Oníria está em perigo, um Criador chega do mundo terrestre graças a uma ampulheta como a sua. Esse Criador é chamado de Enviado. Ele faz uma parceria com um dos habitantes de Oníria, escolhido por sua competência e coragem e que, por sua vez, é denominado o Eleito, e ambos lutam juntos contra o perigo para salvar nosso mundo. Parece que houve centenas de Enviados e Eleitos na história de Oníria.

Eliott absorvia fascinado as palavras da princesa.

— Oníria está em perigo — continuou a princesa. — Não sei exatamente do que se trata, mas minha mãe anda uma pilha de nervos. Eu a ouvia dizendo várias vezes que a situação estava ficando catastrófica. Acho que precisamos de um novo Enviado.

A princesa apontou o dedo para o peito de Eliott.

— E aposto que é você.

— Quê?! — gritou Eliott. — Calma lá, você mesma disse que era só uma lenda...

— Acredito cegamente que é verdadeira — sustentou Aanor.

— Está bem, vamos admitir que a lenda seja verdadeira — concedeu Eliott. — Mesmo que Oníria esteja em perigo e que precise de um novo Enviado. Por que eu? Há outros Criadores, certo?

— Não neste momento. Veja bem, existem apenas cinco ampulhetas. E nos últimos anos não vimos sinal de Criadores em Oníria.

— Sem dúvida é uma coincidência — objetou Eliott.

— É possível, mas não acredito nisso — respondeu Aanor. — O único meio de ter certeza é consultar a Árvore-Fada. Infelizmente, a lenda não diz nem onde ela está, nem com que se parece. Mas vou dar um jeito. Sempre dou um jeito.

O olhar de Aanor perdeu-se numa ruga do tapete. Eliott sentia-se incomodado frente à determinação da princesa em vê-lo como salvador do mundo dos sonhos, pois era evidente que estava enganada. Ele não era aquele que ela pensava que fosse. A única pessoa que viera salvar era seu pai.

— Escute, Aanor — ele disse —, não quero que imagine coisas... Eu vim a Oníria para...

— Shhh! — cortou Aanor. — O que você veio fazer aqui não tem nenhuma importância: nenhum Enviado tem consciência de seu verdadeiro papel antes de encontrar a Árvore-Fada. Então me ajude a pensar num jeito de encontrá-la.

Eliott não soube o que responder.

— Eis o que diz a lenda — continuou Aanor. — A Árvore-Fada é uma criatura mágica que existe desde a noite dos tempos. É quem designa o Enviado e o Eleito. Garante assim a harmonia e a estabilidade do nosso mundo. Ela é imortal, infalível, incorruptível...

— ... e pode ler as almas! — concluiu Eliott.

Aanor ergueu a cabeça, pasma.

— Exatamente! Como você sabe disso?

— Você acabou de fazer a descrição exata da criatura mágica chamada Mercador de Areia! — explicou Eliott.

— Verdade? — Aanor se entusiasmou. — Mas esta é uma excelente notícia!

— Quê?! Mas você não sabia como o Mercador de Areia era nomeado? — espantou-se Eliott.

— Não — respondeu Aanor, pesarosa. — Eu achava que ele era eleito por seus pares, ou algo do gênero. Vivo trancada no palácio, com um tutor rabugento que não me ensina nada de útil, e só tenho direito a sair uma hora por dia. Não sobra muito tempo para eu me instruir.

— Sinto muito — justificou-se Eliott. — Eu achava que a filha da rainha conhecesse bem os costumes de Oníria.

— Ah, conheço os costumes de Oníria — disse Aanor. — Mas, como todos os onirianos, ignoro quase tudo de Oza-Gora.

— Oza-Gora? O que é isso? Um país?

— É outro domínio, situado no território de Oníria, mas independente. É lá que vivem o Mercador de Areia e seu povo. Os oza-gorianos são muito diferentes dos outros habitantes de Oníria: não são criados por Magos. São também os únicos habitantes do Reino dos Sonhos que não são súditos do soberano de Oníria. Mas isso é quase tudo que sei sobre eles, pois os onirianos têm muito pouco contato com os oza-gorianos.

75

Aanor fez uma pausa e tomou um gole de limonada.

— Em todo caso — continuou —, se o que você diz é verdade, isso quer dizer que o Mercador de Areia sabe onde se encontra a Árvore-Fada. Temos de interrogá-lo.

Eliott não acreditava na própria sorte. Sem saber, Aanor estava lhe sugerindo justamente aquilo de que ele precisava.

— Então o que estamos esperando para ir até lá? — ele se animou, dando um pulo.

— Espere — disse Aanor. — Não é tão simples!

— Eu achava que bastava pedir para obter um encontro com o Mercador de Areia!

— Para isso, teríamos que passar pela minha mãe — explicou Aanor. — Só ela pode contatar com facilidade as pessoas de Oza-Gora. Mas não posso mencionar você para ela, eu prometi. E, depois, não sei o que ela quer fazer, mas uma coisa é certa: se minha mãe te pega, adeus consulta à Árvore-Fada.

— Você não precisa falar de mim — sugeriu Eliott. — Invente outro pretexto para falar com o Mercador de Areia.

— Não posso mentir para ela — disse Aanor. — Impossível ludibriá-la, ponto-final. Nem para ver o Mercador de Areia, nem para encontrar a Árvore-Fada.

As palavras de Aanor fizeram brotar uma ideia luminosa no cérebro de Eliott.

— Mas espere — ele exclamou —, quem sabe não estamos complicando a vida à toa? Quem sabe não é precisamente porque deseja encontrar o novo enviado que sua mãe está à cata de um Criador!

— Isso é impossível — afirmou Aanor. — Minha mãe detesta as lendas. Diz que elas deixam as pessoas passivas e idiotas, pois os que acreditam nas lendas podem passar anos esperando um milagre sem tomar nenhuma iniciativa. Se ela soubesse que sei esta, trataria de encontrar a pessoa que me contou e de castigá-la duramente. E a encontraria, pode crer!

— Ela é tão terrível assim? — perguntou Eliott.

— É severa e determinada — respondeu Aanor. — Mas é minha mãe, eu a amo. E sei que ela só quer o bem de seu povo.

— Minha madrasta é severa e determinada — grunhiu Eliott —, e eu a odeio.

Aanor sentiu pena do jovem Criador.

— Se quisermos encontrar o Mercador de Areia — continuou —, precisamos ir a Oza-Gora. Mas vou logo avisando, é complicado. Muito complicado.

— Talvez eu pudesse ir por deslocamento instantâneo.

Mas logo se tocou. Aanor não sabia nada de Oza-Gora, e ele tampouco. Se não tivesse uma descrição precisa do lugar, não teriam como ir para lá. Simples assim.

— Mas suponho que não saiba como é Oza-Gora...

— Nadinha — confirmou Aanor. — Mas não se preocupe, tenho uma vaga ideia para ir até lá. É superarriscado, mas pode funcionar. Vamos conseguir chegar a Oza-Gora.

Eliott se sentiu novamente cativado pela determinação da princesa. Por motivos diferentes, encontrar o Mercador de Areia parecia tão importante para ela como para ele.

— E qual é seu plano? — ele perguntou.

Subitamente, o rosto da princesa se crispou. Ela levou as mãos às têmporas, como se ardessem.

— Desculpe, tenho que ir — disse precipitadamente. — Venha me encontrar amanhã à mesma hora, combinado? Então vou falar do meu plano.

— Eu... Combinado — balbuciou Eliott, desconcertado diante daquela brusca mudança de atitude.

— Até logo, Eliott, o Enviado — despediu-se Aanor, seguindo de quatro até a saída.

A princesa rastejou até o outro lado e enfiou novamente a cabeça pela abertura.

— Amanhã à mesma hora, sem furo? — ela insistiu.

— Sem furo — garantiu Eliott.

Aanor sorriu, depois desapareceu.

6

Demonstrações

O cérebro de Eliott fervilhava.

O simples fato de Oníria existir já era tão extraordinário que ele relutava em acreditar. Agora, o que se tornara uma evidência enquanto ele estava em seu pomar imaginário parecia muito mais incerto quando ele se via cercado de livros didáticos e meias sujas. Difícil pensar que tinha sido capaz de criar objetos exclusivamente pelo poder da imaginação, quando seu olhar sonolento observava o ponteiro do despertador já fazia dez minutos.

Mas isso não era tudo. Na véspera, Eliott deixara Mamilou apreensiva e confiante: ele encontraria o Mercador de Areia e este curaria seu pai. Simples, claro, rápido. Mas uma única viagem a Oníria abalara todas estas belas convicções. Nada mais era simples, ou claro. Nem a rainha que convocava os Criadores com cartazes de convocação, nem a obscura CRIMO, nem Aanor, que queria porque queria transformá-lo num super-herói destinado a salvar Oníria sabe-se lá de que perigo. Ele agora só tinha uma certeza: encontrar o Mercador de Areia seria muito mais complicado do que ele previra. E não era certo que chegaria lá a tempo para salvar seu pai.

Eliott suspirou, e os algarismos luminosos que ele via desfilar nos últimos instantes sem prestar atenção imprimiram-se subitamente em sua mente: 7h34. Ia se atrasar para o colégio de novo.

DEMONSTRAÇÕES

⧗

Eliott caiu definitivamente na real com as bolinhas de papel que Arthur, Teófilo e Clara não pararam de atirar em cima dele durante a aula de francês, mal a sra. Prévert virava as costas. Depois, com o sr. Mangin, que o mandou ir à lousa corrigir um exercício de matemática. Claro que ele tinha de ser o sorteado! Considerando o tempo que estudara na véspera, fez um papelão.

— Então, Lafontaine, travou? — perguntou o professor, enquanto Eliott fitava o quadro branco como se as respostas estivessem escondidas embaixo. — Mas a geometria não deveria ter segredos para o senhor, doutor desenhista! Leonardo da Vinci conhecia seus rudimentos.

Toda a classe caiu na risada.

— Silêncio! — berrou o sr. Mangin, o que causou um efeito imediato. — Lafontaine, qual é a particularidade dos ângulos de um triângulo equilátero?

— São todos iguais, senhor — respondeu Eliott.

— Certo. Agora termine este problema para mim — mugiu o professor.

A mão de Eliott tremia. Sentia em suas costas trinta pares de olhos fixados nele. Sabia que o problema não era difícil, mas seus neurônios estavam desativados. Fechou os olhos para se concentrar. Em vez de triângulos, tudo o que conseguiu visualizar foi a cara furiosa do sr. Mangin.

— Volte a seu lugar, Lafontaine — ordenou o professor, cansado de esperar. — Já exibiu o bastante de sua ignorância por hoje, temos mais o que fazer. Chabrol, ao quadro!

Arthur se levantou com um sorriso triunfante, e Eliott foi obrigado a vê-lo terminar o problema sem nenhuma dificuldade. Estava louco de raiva.

No fim da aula, correu até a cantina, almoçou às pressas e zarpou para a sala de estudos, a fim de estudar sua lição de história. Essas revisões de última hora lhe permitiram responder à maioria das perguntas da prova da tarde, e foi com alívio que entregou sua redação à doce srta. Mouillepied.

Precisava planejar melhor seu futuro para levar aquela vida dupla. Oníria à noite e colégio de dia era coisa de maratonista!

Quando seu dia enfim terminou, Eliott foi apanhar as gêmeas na escola. Em geral, era Mamilou quem as apanhava às segundas-feiras. Mas, uma vez que a avó não morava mais com eles, Chloé e Juliette tiveram de esperar mais de uma hora até que as aulas de Eliott terminassem, para voltar com ele.

Ao chegarem ao apartamento, os três fizeram um lanche na cozinha. Eliott estava pensando em seu futuro encontro com Aanor, quando um barulho insólito o arrancou de suas reflexões.

Tec.

As torradas pularam da torradeira.

O tipo de barulho que nunca se ouvia naquela cozinha, pois era sempre superado pelo falatório das gêmeas. Mas, neste dia, não. As gêmeas estavam quietas. Bizarro.

Eliott olhou para as irmãzinhas com preocupação. Não estavam com a cara boa.

— Tiveram um dia legal? — ele perguntou.

— Tivemos — elas responderam, sem erguer o nariz das torradas.

— Não estão falando muito hoje. Qual é o problema?

— Estamos com saudades da Mamilou! — explicou Juliette.

— E do papai também — acrescentou Chloé. — Você acha que ele vai morrer daqui a quanto tempo?

Num instante, Eliott compreendeu por que na véspera Mamilou lhe recomendara cuidar das gêmeas. Não notara na hora, mas agora estava muito claro. Ele estivera com a avó. Passara a alimentar uma esperança de salvar o pai. Chloé e Juliette, em contrapartida, sofriam e não sabiam de nada. Para elas, a realidade, a única realidade, era que seu pai, Mamilou, a escola, o apartamento e até mesmo Paris — tudo isso ficaria para trás.

Eliott gostaria tanto de poder tranquilizá-las! Mas não podia falar de Oníria, nem revelar que Mamilou morava dois andares acima. Caso contrário, corria o risco de Christine vir a saber e pôr fim à tudo aquilo. Pois as gêmeas eram quase de guardar um segredo: havia sempre uma delas para não resistir à pressão de Christine (especialidade de Chloé), ou para dar com a língua nos dentes sem querer (a de Juliette).

— Lembram-se do que Mamilou falou outro dia? — ele disse, finalmente. — Ela disse que ainda havia uma esperança de que papai ficasse bom.

— E você acredita nisso? — disse Juliette, com uma cara de dúvida.
— Acho que a mamãe disse que...

— Claro que acredito! — cortou Eliott. — Por acaso já ouviram Mamilou falar disparates?

— Não — admitiu Chloé.

— Então precisam acreditar também — assegurou Eliott. — O papai vai ficar bem, e a Mamilou logo vai voltar para casa. É só um momento ruim. E estamos juntos nessa, certo?

— É, pelo menos por enquanto — resmungou Juliette.

— Como assim, por enquanto? — espantou-se Eliott.

— Se você for para o internato, seremos apenas a mamãe e nós duas — gemeu Chloé.

— Quer dizer, nós duas sozinhas — corrigiu Juliette —, porque a mamãe não para em casa.

— Ah, isso eu garanto que nunca vai acontecer! — exclamou Eliott. — Se a Christine tentar me obrigar a ir para o internato, eu juro, vou dar um golpe nela e vou prender a mãe de vocês na Torre de Londres!

As três crianças desataram a rir.

⧗

Antes de ir para a cama, Eliott pegou o pingente na gaveta e o passou em volta do pescoço. A atração hipnótica que o obrigara a usá-lo na primeira noite desaparecera agora, e ele gostou disso. Incomodava-o saber que era manipulado por uma força mais poderosa que sua vontade. Aquela noite, era por livre e espontânea vontade que compareceria ao encontro com Aanor. Mamilou explicara que, se dormisse pensando num habitante de Oníria, se veria automaticamente ao lado dele. Era hora de checar essa teoria. Eliott fechou os olhos e visualizou o belo rosto da princesa.

A luz era tão ofuscante que Eliott teve de piscar várias vezes antes de distinguir o rosto de Aanor à sua frente. Neste dia, ela estava com os cabelos pretos, e o trono imponente no qual se sentava a fazia parecer mais velha. Com a testa cingida por um diadema de prata e diamantes, trajava um extravagante vestido lilás, digno de um grande costureiro, que tornava sublime sua pele de marfim. Era de uma beleza glacial.

Glacial? Aanor não tinha nada de glacial! Eliott observou atentamente os olhos que o encaravam. Seu brilho não era dourado, mas cinzento... Eliott estremeceu. Não era Aanor, era sua mãe. Elas tinham o rosto quase igual. Ele se concentrara no rosto da princesa na hora de dormir. Quem sabe aquela semelhança perturbadora não provocara um erro no ponteiro?

A sensação de ser insistentemente observado distraiu a atenção de Eliott. À esquerda da soberana, toda empertigada sobre o tamborete forrado de veludo lilás, Aanor, a verdadeira, dirigia-lhe um olhar súplice.

Não houvera erro de localização. Eliott encontrara Aanor como programado, na hora programada. Restava saber por que ela não estava só. Havia apenas duas possibilidades. A primeira era a de que Aanor não conseguira escapar a tempo para encontrar Eliott num lugar discreto. A segunda, de que Aanor não cumprira com sua palavra.

— Bom dia, Eliott, o Criador — disse a rainha, abrindo um largo sorriso —, eu estava a sua espera!

Todos os músculos de Eliott se enrijeceram. Não restava mais nenhuma dúvida: Aanor o traíra. Ele fuzilou a princesa com um olhar de desprezo. Aanor não se mexeu, não abriu a boca, não procurou sequer se justificar. Limitou-se a olhar para ele com olhos transbordantes de desculpas. Que idiota! Como pudera confiar nela? Claro, agora não restava dúvida: Aanor sempre tivera a intenção de entregá-lo à sua mãe e à CRIMO! Boa filha e boa cidadã... Driblara a desconfiança de Eliott, inventara uma história para boi dormir, fizera-se de princesa encantadora, tudo isso para atraí-lo até ali. Bruxa!

Um gato majestoso, com o pelo branco, avançou na direção de Eliott.

DEMONSTRAÇÕES

— Incline-se perante suas altezas reais, a rainha Dithilde, soberana de Oníria, e a princesa Aanor, e perante os membros do Grande Conselho — disse ele, num tom autoritário.

Eliott se inclinou. Erguendo a cabeça, teve tempo de examinar os membros do Grande Conselho. À direita da rainha, um imponente grifo permanecia meio dissimulado, na sombra do trono. Seu olho de águia, porém, via tudo, e sua poderosa garra não largava o braço do trono da rainha. Ele estampava no peito uma insígnia que Eliott reconheceu imediatamente. Um mangusto degolando uma cobra: o emblema da CRIMO.

O restante da assembleia era formado por umas vinte criaturas, umas simpáticas, outras não, que observavam Eliott como a um animal bizarro. A sala do trono era um imenso recinto abobadado, inteiramente revestido com mármore branco. Diante de cada uma de suas numerosas saídas, dois guardas em uniforme lilás se mantinham em posição de sentido. Aanor o atraíra para uma verdadeira arapuca. No entanto, Eliott não sentia medo. Sabia que, graças ao deslocamento instantâneo, poderia zarpar dali num piscar de olhos.

Por outro lado, estava furioso.

— É uma honra recebê-lo, caro Eliott — saudou a rainha. — Sabe que faz muitos anos que não recebemos nenhum Criador em Oníria e que estávamos ansiosos para encontrar um?

— Sei, sim — resmungou Eliott, olhando atravessado para Aanor.

— Sei, *majestade* — corrigiu o gato, com ar de reprovação.

— Vamos, vamos, Lázaro, não seja muito duro com Eliott — disse a rainha —, ele não conhece os costumes do nosso reino.

O gato se afastou alguns passos.

— Nós a-do-ra-mos os Criadores — continuou a rainha, separando bem as sílabas. — E acho que percebi que você não é qualquer um. A princesa Aanor nos contou que é especialmente talentoso.

— Ah, ela disse isso? — perguntou Eliott, com cara de poucos amigos.

— Sabe, fazer aparecer uma fonte na primeira tentativa não é para qualquer Criador — explicou a rainha. — Sobretudo um que acaba de chegar a Oníria!

Eliott detestou o tom de voz meloso com que a mulher dirigia a palavra a ele. Aonde ela queria chegar? Diria, afinal, o que desejava dele? Agora que já estava ali, queria saber.

— A senhora me procurou, aqui estou — ele declarou, desprezando todas as regras de recato e cortesia. — Agora, diga o que deseja de mim.

O gato sufocou um grito de horror.

— *Majestade* — acrescentou Eliott.

A rainha pareceu desconcertada por um instante, mas recuperou imediatamente a expressão afável.

— Você está intrigado, é mais do que normal — ela disse. — Compreendo perfeitamente. Mas fique sossegado, não queremos fazer nenhum mal a você, pelo contrário. Desejamos apenas verificar do que é capaz. Só isso. Tenho certeza de que a corte apreciaria uma pequena demonstração.

Eliott fitou a rainha, pasmo. Quase decepcionado. Aquela soberana de circo perseguia os Criadores como se fossem criminosos para que eles servissem de divertimento para seus cortesãos! Oníria não só era um reino criado por malucos: também era governado por malucos. Como Eliott pudera ter medo daquela rainha inconsequente e de sua CRIMO?

— Peço desculpas, majestade — disse, com uma voz decidida —, mas não estou em Oníria para ser bobo da corte. Tenho mais o que fazer.

Ele dirigiu à rainha uma breve saudação com a cabeça, depois girou nos calcanhares e, num passo decidido, caminhou até uma das portas da gigantesca sala do trono.

— E o que um jovem Criador pode ter para fazer de tão importante em Oníria?

A voz da rainha, clara e sonora, não tinha mais nada de meloso. Eliott estacou no lugar, voltando-se em seguida para a soberana. O grifo esboçou um movimento, mas a rainha o deteve com um gesto. Fitava Eliott com um olhar penetrante, perturbador. De repente, perdera a leveza, e Eliott se arrependeu de sua atitude intempestiva... Deveria responder à sua pergunta? Contar tudo a ela? Pedir-lhe que o pusesse em contato com o Mercador de Areia? Se ela era a única que podia comu-

DEMONSTRAÇÕES

nicar-se com as pessoas de Oza-Gora, talvez valesse a pena se mostrar mais cooperativo...

— Sabe, Eliott — disse a rainha, com a voz envolvente —, se fizer o que peço, será meu convidado de honra. E não recuso nada a meus convidados de honra. Se precisar de alguma coisa, ficarei lisonjeada em poder ajudá-lo.

Por um instante, Eliott julgou que a rainha lera seus pensamentos. Mas logo se tranquilizou: se fosse este o caso, ela teria compreendido mais depressa que ele era refratário a sua denguice suspeita. Respirou profundamente, voltou a se posicionar de frente para ela e se inclinou novamente. Desta vez, estava decidido a colocar a soberana no bolso.

— O que deseja que eu faça, majestade? — perguntou, com um sorriso encantador e hipócrita.

A rainha fez uma careta de satisfação, enquanto um murmúrio deslumbrado ressoava na assembleia.

— E se você começasse dando uns presentinhos aos membros do Grande Conselho? — ela sugeriu.

— Como quiser — disse Eliott. — Deseja alguma coisa especial?

— Humm... vejamos. Você poderia criar uma espada e um escudo para este jovem cavaleiro que perdeu os seus — ela sugeriu, apontando um rapaz loiro com o queixo quadrado, vestido como um cavaleiro da Idade Média.

— Pois não, majestade.

Não era difícil, Eliott sabia. Observou atentamente o cavaleiro, depois fechou os olhos, concentrou-se e imaginou uma bela espada de dois gumes, bem como um escudo comprido, com um brasão igual ao bordado na túnica do rapaz. Quando reabriu os olhos, o cavaleiro loiro rodopiava sua espada, dando gritos de alegria. O sorriso da rainha aumentara, e a plateia exultou.

— Magnífico! — exclamou a rainha. — Obrigado, Eliott.

— Não tem de quê, majestade — disse o garoto educadamente.

— E agora acha que seria capaz de criar uma coisa um pouco mais complicada? Um objeto mágico, por exemplo? Gostaria de lhe apresentar a fada Badiane, secretária-geral e porta-voz do Grande Conselho. Tenho certeza de que ela vai ter uma ideia.

Uma mulher rechonchuda, usando um chapéu pontudo verde-claro combinando com o vestido longo, avançou, sorrindo feito uma criança no dia de Natal.

— Eu gostaria de uma corda que se atasse e desatasse sozinha — ela pediu, com os olhos brilhando de expectativa.

— Vou tentar — disse Eliott.

Era mais complicado. Não bastava imaginar um objeto estático, desta vez. Era preciso dotar esse objeto de um poder mágico. Mas Eliott não se deixou impressionar. Fechou os olhos, e um silêncio ensurdecedor invadiu o aposento. Eliott se concentrou. Não levou muito tempo. Logo sentiu que o que ele visualizara na mente entrara na realidade. E, quando reabriu os olhos, uma corda fina e branca estava enrolada aos pés de Badiane. A fada ordenou à corda que fizesse um nó direito. A corda ergueu-se nos ares e, movida pelas próprias forças, enrolou-se em si mesma para executar um nó direito perfeito. Um murmúrio de admiração percorreu a assembleia. A fada pediu laçada de sapato, e a corda obedeceu novamente. Então, ela pediu um nó corrediço, um nó de cabresto, um nó em oito, um duplo nó em oito, um nó de cadeira, um nó de gancho e até um nó rabo de macaco. A corda realizava tudo o que ela pedia com uma precisão fantástica. A fada Badiane ergueu para Eliott um rosto eufórico:

— Obrigada — agradeceu —, é fantástica!

Uma chuva de aplausos explodiu, puxada pela própria rainha Dithilde. A soberana estava visivelmente satisfeita com a demonstração de Eliott. Até Aanor parecia impressionada. Eliott, no entanto, não compreendia o que fizera de tão extraordinário. Aquilo fora tão fácil, tão natural. Ele não tinha mérito algum.

— Bravo! — exclamou a rainha, depois que a calma voltou. — Você é muito talentoso! Realmente, muito talentoso!

— Obrigado, majestade — disse Eliott, inclinando-se.

— Eu me pergunto se você seria capaz de criar um ser vivo — acrescentou a rainha.

DEMONSTRAÇÕES

Um murmúrio febril percorreu a plateia. Eliott franziu as sobrancelhas.

— Sinto muito, majestade — ele disse —, mas ainda me falta experiência, e não tenho certeza se posso...

— Ninguém vai lhe querer mal se não conseguir — insistiu a rainha. — Mas eu gostaria que tentasse. Não peço que crie um ser dotado de pensamento, claro. Um animal simples já seria uma proeza. O que diria de um caramujo?

Um caramujo? Por que não, afinal? Um caramujo não era muito complicado. Um corpo molengo e alongado, uma conchinha, duas anteninhas e um fio comprido de baba... Eliott fechou os olhos. Concentrou-se longamente. Sabia que tinha grandes chances de não chegar a nada, mas queria tentar a sorte. Se conseguisse criar um caramujo, aí, sim, mereceria os elogios da rainha... E ela não poderia lhe recusar nada. Visualizou na cabeça um belo caramujo, com o corpo acinzentado e a concha marrom, duas anteninhas pontudas, rastejando numa folha de alface. Deteve-se em cada detalhe. Queria que sua criação fosse perfeita.

Quando abriu os olhos, Eliott compreendeu imediatamente que fracassara. A rainha continuava a sorrir, mas a decepção era visível em seu rosto. Examinava um monte de folhas de alface jazendo a meio caminho entre Eliott e o trono. Era tudo o que ele tinha conseguido criar. Folhas de alface.

— Sinto muito — disse —, fiz o melhor que pude.

Mas a rainha ergueu a mão para fazê-lo se calar. Continuava observando o monte de folhas. Eliott acompanhou seu olhar. Uma das folhas se pusera a mexer. Aos poucos, ele viu aparecer uma coisa cinzenta e mole, depois uma bela concha marrom. O caramujo estava mesmo ali, e se mexia. Eliott criara um ser vivo. Aplausos surgiram na sala, primeiramente tímidos, incrédulos, depois cada vez mais sonoros, logo amplificados por gritos de alegria e bravos. Eliott ergueu a cabeça. Desta vez, estava orgulhoso. Até Aanor aplaudia estrondosamente, lançando olhares admirativos para Eliott. Mas ele a ignorou. Aquela traidora não merecia que ele se interessasse por ela. Quanto à rainha, levantara-se, seu vestido tornara-se rosa-bebê, e ela ria feito uma garotinha.

O REINO DOS SONHOS

Estimulado por esse triunfo, Eliott decidiu criar um novo ser vivo, mais complicado. Tinha a sensação de que nada, nem ninguém, poderia detê-lo. Fechou os olhos e imaginou os menores detalhes de um magnífico pavão: o corpo azulado, a cabecinha com o bico pontudo, coroada por uma crista fina, as duas patas alongadas e, claro, a roda majestosa da cauda. Mas, quando abriu os olhos, a criatura que estava à sua frente não tinha nada de majestoso. Tudo bem, estava viva, mas só isso. Parecia o cruzamento de uma galinha com um pombo e girava incansavelmente em círculo, espalhando titica no chão imaculado da sala do trono. O zum-zum-zum cessou imediatamente, e a rainha ordenou que levassem o animal. Num piscar de olhos, o vestido da soberana recuperara a cor lilás.

— Obrigada, Eliott, obrigada — ela disse. — Você nos ofereceu um divertimento excelente, e agradecemos muito. Mas acho que agora deveria descansar. Criar é estafante, sobretudo quando se está começando.

Eliott fez uma careta. Estava decepcionado.

— Lázaro — continuou a rainha —, poderia instalar nosso convidado da maneira mais confortável possível?

O gato saiu e voltou acompanhado de quatro lacaios de uniforme lilás, que instalaram junto a Eliott uma poltrona macia e uma mesinha com os mais diversos refrescos e uma pirâmide de pequenos macarons multicoloridos. Eliott se jogou na poltrona. O cansaço recaíra sobre ele de uma só vez. Naquele momento, teria sido incapaz de criar qualquer coisa que fosse. Nem um simples copo de limonada. Aproveitou, então, para pegar um dos que lhe haviam trazido e recuperar um pouco das forças. Em seguida estendeu a mão para um dos irresistíveis macarons, mas um tapa na panturrilha o deteve. Ele abaixou os olhos: o gato Lázaro olhava para ele com um ar antipático e apontava a rainha com o queixo aveludado. A mensagem era clara. A contragosto, Eliott desistiu do doce e voltou a atenção para a rainha.

— Eliott, eu gostaria de pedir uma coisa — acrescentou ela, com uma voz doce.

— Estou escutando — disse ele, sem tirar os olhos das iguarias.

— Não fiz você vir até aqui somente para lhe pedir uma demonstração de habilidades. Preciso da sua ajuda.

Melhor esquecer os macarons! Eliott abriu bem os ouvidos.

— Sem dúvida você sabe que todos os onirianos são criados por Magos.

— Sim, claro.

— Somos criados com um certo número de características e capacidades, tanto físicas quanto psíquicas, sociais, comportamentais e até morais. Por exemplo, eu e minha filha fomos criadas rainha e princesa, mãe e filha, com forma humana, dotadas de inteligência, com certo número de semelhanças e diferenças. A fada Badiane pode transformar pedras em ouro, ou fazer aparecer aves multicoloridas com um passe de varinha mágica, e um de meus guardas canta canções que adormecem qualquer um que as escute. Foram nossos Magos que nos criaram assim.

— Os terráqueos também possuem características inatas — observou Eliott. — O tamanho, a cor dos olhos, dos cabelos, da pele, uma inclinação para a música ou a matemática...

— É verdade — concordou a rainha. — Porém, ao contrário de vocês, não conseguimos modificar o que somos. Não podemos adquirir novas capacidades. Por exemplo, não sei nadar. E poderia receber dezenas de horas de aulas de natação, isso não mudaria nada, eu continuaria sem saber nadar. E, se a fada Badiane quisesse fazer aparecer coelhos em vez de aves, seria incapaz disso. Somos exatamente o que os nossos Magos imaginaram para nós, e unicamente isso. Para sempre.

— Não podem aprender nada? — perguntou Eliott, pasmo.

— Somente se nossos Magos assim o decidirem. Por exemplo, o Mago que nos criou, a Aanor e a mim, desejou que minha filha tivesse talento para a literatura. Se ela quiser, pode decorar romances inteiros, ou escrever uma tese de literatura. Mas nunca saberá fazer uma divisão.

Eliott estava boquiaberto. Como devia ser frustrante não poder escolher o que se deseja aprender!

— Em geral, essa situação não cria nenhum problema para nós — continuou a rainha. — Somos felizes com o nosso destino e não sentimos falta de nada. Mas atualmente a conjuntura se apresenta de tal forma que necessitamos adquirir meios de nos defender.

— Por quê? — indagou Eliott.

O REINO DOS SONHOS

— Meu querido Eliott, naturalmente você sabe que os humanos têm sonhos, mas também pesadelos.

— Claro que sim.

— Muito bem, você precisa saber que os pesadelos são criaturas repugnantes, que não param de atormentar a população do meu reino!

A voz da rainha estava se tornando cada vez mais dura, e seu vestido, no espaço de um segundo, adquirira tom alaranjado antes de recuperar a cor lilás.

— Desculpa, majestade — interveio Eliott —, mas eu achava que os pesadelos faziam parte da população do seu reino...

— As coisas mudaram! — estrondeou a rainha, enquanto seu vestido passava a um vermelho reluzente. — Demonstrando grande fraqueza, meus antecessores toleravam os pesadelos entre nós, apesar dos múltiplos tormentos que causavam. Eu pus fim a este caos!

O tom de aço da rainha Dithilde era ainda mais impressionante na medida em que contrastava com as inflexões dolorosas que ela empregara antes. Eliott estava acostumado às crises histéricas de Christine. Mas de sua madrasta ele sabia o que esperar, ao passo que a montanha-russa dos humores da rainha o desestabilizava.

Mais uma vez, ela se acalmou num piscar de olhos, e seu vestido tornou a ficar lilás, como se nada houvesse acontecido.

— Desde o início do meu reinado — ela explicou —, dediquei-me a transformar Oníria num lugar seguro, onde viver fosse agradável. Para isso, criei uma força especial, a CRIMO — Célula de Rastreamento, Interceptação e Manutenção da Ordem —, cujos efetivos, em sua maior parte, são empregados nos esquadrões de interceptadores. Seu papel principal é localizar e neutralizar sistematicamente todos os pesadelos, desde sua criação. Eles os levam para Efialtis, o domínio dos pesadelos: um domínio de alta segurança, do qual ninguém pode sair sem autorização.

Quer dizer que era isso aquela tal de "interceptação": interceptar os pesadelos para neutralizá-los!

— Efialtis é uma prisão? — perguntou Eliott.

— Uma zona de segurança máxima — corrigiu a rainha. — Um lugar de vida para os pesadelos, com uma capital e algumas cidades-

-satélites. Lá, os pesadelos vivem entre si e não vêm mais atormentar as criaturas de sonho que habitam o restante de Oníria.

Eliott ficou pensativo. Afora o tamanho, não via a diferença entre "zona de segurança máxima" e "prisão".

— Parece-me que você topou com um esquadrão de interceptadores, certo? — continuou a rainha. — Espero que aquela pantera não lhe tenha machucado muito! Precisa perdoá-la, ela não sabia que você era um Criador e o tomou por um pesadelo. Sinto muito por isso.

Eliott não estava gostando nada que a rainha soubesse tanta coisa sobre ele.

— Não foi nada — respondeu, tentando esconder seu mal-estar crescente. — Só um arranhão.

— Sigurim — disse a rainha, voltando-se para o grifo —, como diretor da CRIMO, o senhor é responsável pelo comportamento de suas equipes. Cuide pessoalmente para que essa pantera apresente suas desculpas a Eliott. Faço questão disso!

O grifo se inclinou. Eliott não pedia tanto: não tinha a mínima vontade de rever a pantera vegetariana. Quanto ao grifo, dava-lhe calafrios na espinha.

— No entanto, devo admitir, caro Eliott — continuou a rainha —, que hoje lutamos contra um problema que não podemos resolver sozinhos. De fato, nos últimos tempos, reina uma agitação sem precedentes entre os pesadelos. Não alertamos a população até agora com o intuito de evitar o pânico generalizado, mas tememos uma revolução impossível de controlar.

Então Aanor não mentira completamente: Oníria estava mesmo em perigo.

— Eliott — questionou a rainha —, sabe o que acontece quando, durante um sonho absolutamente banal, um Mago, ou Criador, pensa numa criatura de pesadelo que já criara antes?

— Não, majestade — respondeu Eliott.

— Qual foi o último pesadelo que você teve? — perguntou a rainha.

— Bem, foi na noite em que encontrei a pantera — lembrou Eliott.

— Dois livros-canários estavam me atacando...

— Perfeito! — interrompeu a rainha. — Por favor, agora feche os olhos e imagine que essas criaturas estão presentes nesta sala. Interceptadores, preparem-se.

Meia dúzia de guardas de uniforme lilás se aproximaram de Eliott, prontos para intervir. Os membros do Grande Conselho recuaram um pouco, mas todos tinham os olhos pregados no jovem Criador. Eliott fechou os olhos e pensou nos dois livros-canários. Imediatamente, ouviu o bater impaciente das páginas, juntamente com o murmurar frenético da assembleia. Ele abriu os olhos e viu as duas criaturas enfezadas investirem contra ele a toda velocidade. Mal teve tempo de erguer os braços para proteger o rosto e os livros-canários começaram a bicá-lo, com mais força ainda do que da primeira vez. Felizmente, os interceptadores precisaram de apenas poucos segundos para aprisionar os bichinhos endiabrados e prendê-los numa gaiola com pesadas barras de ferro. A gaiola ficou exposta à vista de todos, no centro da sala do trono. Os livros-canários batiam freneticamente as páginas, atirando-se contra as barras para tentar fugir. Involuntariamente, Eliott não conseguia despregar os olhos daquele terrível espetáculo.

— Há apenas poucos segundos — proclamou a rainha —, essas malditas aves estavam confinadas em Efialtis. Lá, não podiam prejudicar ninguém. Mas bastou você pensar nelas para que o atacassem de novo, aqui, em plena sala do trono! Você as libertou.

Eliott engoliu a saliva com dificuldade. Não ousava imaginar o que teria acontecido se, em vez daqueles bichinhos, ele tivesse pensado num dos monstros sanguinários com os quais às vezes sonhava.

— Todas as noites, milhares de criaturas daninhas são libertadas assim pelos Magos — explicou a rainha. — É uma verdadeira calamidade. Felizmente, graças ao eficiente trabalho dos interceptadores, a maioria é rapidamente devolvida à zona de segurança. Mas às vezes os esquadrões demoram a interceptá-los, dando a esses pesadelos a liberdade de cometer as piores atrocidades.

A rainha fez uma pausa, dando tempo para Eliott gravar cada uma das palavras que pronunciara.

DEMONSTRAÇÕES

— O problema — continuou — é que, de uns meses para cá, os pesadelos vêm se aproveitando cada vez mais dessa falha para cometer crimes abomináveis. Crimes que eles sempre assinam, deixando no local um pergaminho com saudações.

O semblante da rainha se fechara, e o vestido lilás passara a um tom mais escuro, próximo do preto. Seu olhar varava Eliott como se ela não o visse. Então, sua voz ficou chorosa, enquanto o vestido ganhava um tom cinza lúgubre.

— Muitas criaturas de sonho já sofreram — ela lamentou. — Casos de tortura, mau-olhado, crianças desaparecidas, aldeias inteiras saqueadas e pilhadas... É intolerável!

O vestido agora estampava um vermelho sanguíneo. Afundado em sua poltrona, Eliott não ousava mais fazer um gesto.

— Eliott — prosseguiu a rainha, voltando ao tom melífluo —, você precisa compreender que somos criaturas de sonho: a grande maioria de nós é totalmente inofensiva, e os esquadrões da CRIMO não bastam para eliminar o fenômeno. Se não fizermos nada, o pior virá... Os pesadelos poderão tomar o poder em Oníria.

Um rumor ergueu-se na sala.

A rainha esperou o silêncio se restabelecer. Seu vestido recuperara a cor lilás. Ela se levantou do trono e veio ajoelhar-se diante de um Eliott estupefato. Pegou a mão do jovem Criador na sua e olhou fundo em seus olhos.

— Eliott — ela disse claramente, para que todos ouvissem —, Oníria está em perigo. Temos que nos preparar para nos defender dos pesadelos.

A rainha fez uma pausa.

— Você aceitaria criar um exército para nós? — continuou, num tom solene.

Os membros do Grande Conselho se agitaram. Houve um início de balbúrdia, e o gato Lázaro custou a impor a calma novamente. Desconcertado, Eliott teve o reflexo de olhar na direção de Aanor. A princesa agarrava o tamborete, prostrada. Tinha lágrimas nos olhos.

Eliott não sabia mais o que dizer nem o que fazer. Criar um exército! O assunto era grave. Não tinha nada a ver com cordas que se atam sozinhas e caramujos! Sem falar no risco de se enganar e imaginar criaturas degeneradas e destrutivas, que poderiam se revelar ainda mais perigosas que os próprios pesadelos. Eliott se atreveu a olhar nos olhos daquela rainha que se ajoelhara diante dele na esperança de que ele viesse em seu socorro. Sua aflição parecia tão sincera!

Eliott estava se sentindo tão desamparado que lhe ocorreu a ideia de fugir por deslocamento instantâneo. Mas não foi capaz de tal covardia.

— Não sei o que dizer, majestade — falou por fim. — O que a senhora está me pedindo é muito difícil. Eu poderia dar minha resposta mais tarde?

A rainha Dithilde fitou-o, o rosto congelado numa expressão que Eliott não soube decifrar. Em seu vestido lilás, cintilâncias de tonalidade vermelha apareciam e desapareciam. Mas, quando tornou a se levantar, seu vestido estava impecavelmente lilás e ela exibia um sorriso dos mais amáveis.

— Naturalmente, caro Eliott — ela sussurrou. — Compreendo que não queira tomar uma decisão dessas de maneira leviana; isso é muito natural, e felicito-o por sua sensatez.

— Obrigado, majestade — soprou Eliott.

— No entanto — continuou a rainha —, não temos muito tempo. Cada minuto perdido é uma vantagem a mais para os pesadelos. Eu o espero então amanhã aqui mesmo, torcendo por uma resposta positiva. Oníria inteira conta com você!

A rainha fez uma curta pausa.

— Sigurim — acrescentou, sem tirar os olhos de Eliott —, o senhor e suas equipes cuidarão para que o nosso caro amigo Eliott reencontre o caminho desta sala. Eu não gostaria que ele se perdesse, ou tivesse algum encontro desagradável nestes tempos conturbados.

O grifo se inclinou.

Quanto a Eliott, longe de acreditar naquilo, compreendera perfeitamente a alusão da rainha. Assim que voltasse a colocar os pés naquele Reino dos Sonhos, teria todos os esquadrões da CRIMO atrás dele, para obrigá-lo a dar a rainha a resposta que ela esperava.

7

Jogo de gato e rato

Eliott nunca fora tão desatento na sala de aula como naquele dia, o que não é dizer pouco. Não escutara nem as explicações do velho sr. Basson sobre a formação da orquestra sinfônica, nem as do sr. Baldran sobre os circuitos elétricos, nem as da sra. Prévert sobre a concordância do predicativo. Andara muito ocupado, remoendo os acontecimentos da noite em busca de um meio de contornar o terrível impasse em que se achava. Opção número um: ele criava o exército que a rainha Dithilde lhe pedira — o que, além do questionamento moral, lhe tomaria noites e noites —, na esperança de, em troca, ela aceitar colocá-lo em contato com o Mercador de Areia. Mas ele não tinha certeza de poder confiar naquela rainha "ciclotímica", ou, como se diz, naquela mulher de fases. Opção número dois: ele tentava alcançar Oza-Gora por seus próprios meios, sem nenhum intermediário, com a metade dos esquadrões da CRIMO no seu encalço. Opção número três...

Por mais que procurasse, Eliott não encontrava a opção número três. Quem sabe Mamilou não teria uma ideia?

Pelo menos daquela vez a sorte parecia estar a seu lado: Christine não passaria o dia em casa. Tinha avisado que chegaria tarde por causa de uma viagem a Bruxelas. Era a oportunidade de visitar Mamilou sem ter que dar explicações. Mas precisava garantir o silêncio das gêmeas.

Enquanto Chloé e Juliette se sentavam nos banquinhos da cozinha para jantar, Eliott plantou-se de pé diante delas, as mãos sobre a mesa.

— Meninas, vou dar a vocês duas um privilégio excepcional — anunciou num tom solene. — Esta noite, permitirei que brinquem sozinhas com o meu videogame.

— Viva! — exclamaram Chloé e Juliette em uníssono.

As duas entraram numa discussão acalorada sobre quem escolheria primeiro o personagem de seu jogo preferido.

Subitamente, Juliette ergueu um olho desconfiado para Eliott.

— O que você quer em troca? — perguntou.

— O que a faz pensar que quero alguma coisa em troca? — respondeu Eliott, envergonhado de ter sido tão facilmente desmascarado pela irmã.

— Você NUNCA empresta o controle do seu videogame para a gente! Isso significa que quer pedir alguma coisa! — ela explicou.

— Bem, já que você insiste — disse Eliott —, preciso que guardem um segredo.

— Que segredo? — perguntaram duas vozes agudas e curiosas.

— Preciso sair um instante e a Christine não pode saber disso de jeito nenhum.

— Você vai encontrar com a sua namorada? — perguntou Chloé, com um sorriso malicioso.

— Qualquer coisa — respondeu Eliott —, pensem o que quiserem. Preciso sair, só isso!

— Vai encontrar a namorada, tenho certeza — decretou Juliette.

— Bem, tá bom, vou encontrar a minha namorada, estão satisfeitas? — concedeu Eliott, que achou uma boa maneira de confundir as pistas e se odiava por não ter pensado ele mesmo naquilo.

As gêmeas trocaram olhares entre si.

— Não vamos falar nada — prometeu Chloé.

— Mas você vai ter que dar a sua semanada pra gente! — insistiu Juliette.

Eliott olhou para a irmã, sem poder acreditar.

— Está tirando sarro da minha cara? Isso é chantagem!

— É, mas é a condição! — as duas pestinhas disseram ao mesmo tempo.

— Então podem desistir. Não vou mais, pronto — decidiu Eliott. — Mas vocês não vão brincar com meu videogame. Nem hoje à noite nem nunca mais.

Eliott não errou. As gêmeas ficaram visivelmente contrariadas.

— Bom, então tudo bem — concordou Juliete num tom resignado —, você empresta seu videogame esta noite e não contamos nada para a mamãe.

— Prefiro assim — disse Eliott. — Não vou ficar fora muito tempo e estou levando o celular para garantir: o número está anotado na agenda. Liguem, se houver algum problema, tudo bem?

— Tudo bem — responderam as gêmeas em coro.

Eliott aproveitou aquele instante para observar suas meias-irmãs. Eram capazes do melhor e do pior! E ele não estava muito seguro de poder confiar nelas. Mas não tinha escolha. Precisava encontrar Mamilou. Após engolir um enorme pedaço de pizza, pegou o celular que Christine deixava sempre na entrada ("sabe-se lá"), certificou-se de que o chaveiro estava no bolso e deixou o apartamento feito um furacão.

Poucos segundos depois, ele batia à porta da sra. Binoche, ofegante após subir as escadas à toda velocidade.

— Eliott, entre depressa — disse a velha senhora assim que o viu. — Sua avó está impaciente para saber notícias suas! Ela está na sala.

Mas Eliott não teve tempo de entrar na sala, pois Mamilou veio ao seu encontro.

— Eliott, finalmente! — ela exclamou. — Pensei muito em você. Está tudo bem?

— Sim, Mamilou, mas tenho umas coisas para contar.

— Então venha depressa, vamos para a sala e você me conta tudo.

O aposento coincidia com a ideia que Eliott fazia de uma sala de avó: porta-retratos, toalhinhas nas mesas e flores de plástico. Ele imediatamente detectou o lugar mais confortável: uma ampla poltrona de veludo sobre a qual estava jogado um grosso xale de tricô multicolorido. Mas não ousou sentar ali, pois talvez fosse a poltrona oficial da sra. Binoche. Imitou então a avó, que se acomodara no sofá de couro.

— E então? — perguntou Mamilou.

— Então, não é tão simples como você tinha dito — começou Eliott.

— Ah, é? Por quê? — espantou-se a avó. — Você não encontrou o posto de acolhida?

— É mais complicado... Me disseram que só a rainha de Oníria pode contatar as pessoas de Oza-Gora e me colocar em contato com o Mercador de Areia.

— Sim, é verdade — confirmou Mamilou. — E são esses postos de acolhida que fazem o pedido para a rainha...

— Acontece que estive pessoalmente com a rainha de Oníria — interrompeu Eliott.

Mamilou ergueu uma sobrancelha, intrigada.

— A rainha Dithilde me recebeu numa audiência diante de todo o Grande Conselho — continuou Eliott. — Ela me pediu para criar coisas. Objetos e até um ser vivo. Consegui criar um caramujo!

— Ah, Eliott! — emocionou-se a avó. — Eu sabia que você era talentoso, mas agora devo dizer que estou impressionada!

— Obrigado — disse Eliott, orgulhoso.

— E aí, deu certo? — perguntou Mamilou. — A rainha fez contato com o Mercador de Areia para você?

— Ela meio que prometeu me ajudar, mas antes quer que eu faça algo por ela.

— Humm... — fez Mamilou, torcendo o nariz —, não gosto disso. O que ela pediu?

— Quer que eu crie um exército para ela poder lutar contra os pesadelos. Aparentemente, não consegue mais controlá-los. Teme uma revolução.

— Um exército? — exclamou Mamilou. — Para combater os pesadelos? Não compreendo. Não existe mais polícia?

— Sim, a CRIMO — explicou Eliott. — A pantera que me arranhou no primeiro dia faz parte dela. Eles interceptam os pesadelos assim que são criados, para prendê-los numa zona de segurança máxima chamada Efialtis.

— O quê?! — exasperou-se Mamilou. — Agora entendo por que os pesadelos querem fazer a revolução. Essa rainha perdeu completamente o juízo! Por que está fazendo isso?

— Ela explicou que os pesadelos eram criações nocivas e que seus antecessores os haviam deixado em liberdade unicamente porque eram fracos demais para agir — disse Eliott.

— Que conversa fiada é essa? — revoltou-se Mamilou. — Criaturas de sonho e pesadelos convivem livre e pacificamente em Oníria, desde sempre. Nunca houve problema. Confinar sistematicamente todos os pesadelos? Que horror! O que pode ter acontecido para a rainha chegar a este ponto?

— Não sei — replicou Eliott. — Ela só disse que as coisas tinham mudado.

Mamilou respirou ruidosamente, depois voltou um olhar severo para os olhos impressionados do neto.

— Seja como for — declarou —, está absolutamente fora de questão você fabricar esse exército. Estou sendo clara?

— Muito — respondeu Eliott, com um fiapo de voz.

Se pudesse, ele teria se enfiado todinho no sofá de couro da sra. Binoche.

— Agora só me resta alcançar Oza-Gora por minha conta e risco — acrescentou. — Com a CRIMO no meu pé.

— Como assim? — indagou prontamente Mamilou.

— A rainha pediu ao chefe da CRIMO que se certificasse de que eu "reencontre o caminho do palácio" — explicou Eliott. — Enquanto ela não tiver o que quer, eles não me deixarão em paz.

Mamilou suspirou, desencantada.

— Ah, meu Deus, o que foi feito de Oníria? — lamentou-se, balançando a cabeça.

No entanto, quando a avó ergueu a cabeça, Eliott leu uma determinação feroz em seus olhos.

— Eliott, você está disposto a continuar? — ela perguntou. — Considerando a situação, eu compreenderia perfeitamente se preferisse desistir.

— O que acontecerá com papai se eu desistir? — perguntou Eliott.

Era uma pergunta retórica, que não supunha nenhuma resposta. Mamilou não disfarçou. Limitou-se a morder o beiço.

— Não permitirei que meu pai morra se há uma chance de salvá-lo, sejam quais forem os perigos — declarou Eliott, com uma voz firme que surpreendeu ele mesmo. — Vou continuar!

Ela lançou um olhar de infinita ternura para o neto.

— Estou orgulhosa de você, Eliott — disse.

Essas palavras varreram as últimas hesitações de Eliott.

— Não penso que corra um perigo real em Oníria — continuou Mamilou. — Se os pesadelos forem sistematicamente perseguidos e confinados, você não tem nada a temer desse lado. Quanto à rainha, não vai lhe fazer mal algum, pois ela precisa de você. E, se a CRIMO conseguir capturá-lo, resta-lhe sempre a fuga por deslocamento instantâneo. Aliás, seria ótimo se você treinasse um pouco. Tente dar um ou dois saltos a lugares diferentes quando chegar a Oníria esta noite.

— O que seria realmente genial — sugeriu Eliott — seria poder ir a Oza-Gora por deslocamento instantâneo. Já esteve lá?

— Sim, já estive lá — afirmou Mamilou.

— Então você poderia fazer uma descrição precisa para mim! — Eliott se empolgou.

— O mais ínfimo detalhe de Oza-Gora está gravado na minha memória — disse ela. — Mas, mesmo que eu conseguisse fazer um desenho perfeito, isso não lhe serviria de nada.

— Por quê?

— Porque o domínio de Oza-Gora está protegido por uma poderosa magia. Um Criador só pode ir até lá por deslocamento instantâneo se tiver sido convidado por um oza-goriano.

JOGO DE GATO E RATO

— E como fazer quando não se é convidado? — resmungou Eliott.

— Como todo mundo — disse Mamilou —, caminhando. Mas não chegará lá sozinho, vai precisar de ajuda. E, uma vez que a rainha não está tão disposta a fazer isso, você vai ter de recorrer a alguém.

— Quem?

Os olhos de Mamilou se perderam em algum lugar entre o ombro de Eliott e uma luminária cujas cores incertas evocavam uma ostra leitosa.

— Jov — ela sussurrou. — Era um dos meus melhores amigos na época.

Seu olhar restabeleceu a conexão com o de Eliott.

— Confio cegamente nele — ela prosseguiu. — Vá procurá-lo. Ele vai ajudá-lo a chegar a Oza-Gora. Espero apenas que não tenha muita dificuldade para encontrá-lo. Faz tanto tempo!

Eliott fez careta. Seu entusiasmo começava a murchar. Primeiro, encontrar o tal Jov, para só depois encontrar o Mercador de Areia, ao mesmo tempo evitando cair nas garras da CRIMO... Sua missão heroica para salvar o pai estava se transformando num interminável jogo de gato e rato, no qual ele não tinha certeza de ser o gato.

— E onde vou encontrar esse tal Jov?

— Na época, ele morava em Hedônis, a capital de Oníria — explicou Mamilou. — A casa dele ficava pertinho do Louvre. Você pode começar por aí.

— Existe um Louvre em Oníria? — espantou-se Eliott.

— Claro, certamente há pessoas que sonham com ele à noite. Assim como com a Torre Eiffel, o Taj Mahal, o Big Ben ou a Casa Branca. Não são, evidentemente, cópias fiéis: cada sonhador pode acrescentar seu toque pessoal, que, por sua vez, pode ser modificado pelo sonhador seguinte. Isso muda o tempo todo, mas no geral acaba sempre ficando bem próximo do original.

Mamilou deu a Eliott algumas explicações complementares sobre a maneira de encontrar a casa de Jov, que descreveu com inúmeros detalhes. Depois, fez mil recomendações desnecessárias, como se manter

101

afastado do palácio da rainha, ou evitar criar qualquer coisa que desse na vista.

— Uma última coisa — ela falou —, a respeito da ampulheta. Cuide dela como se fosse a menina dos seus olhos. Se você a perder durante uma viagem a Oníria, seu espírito permanece preso lá, você não conseguiria se juntar a seu corpo no mundo terrestre. Então conserve-a sempre com você em todas as circunstâncias, combinado?

Eliott sentiu um calafrio só de pensar que seu espírito pudesse ficar definitivamente separado do corpo. Mas não quis demonstrar isso para a avó.

— Não se preocupe, não vou perdê-la — ele assegurou, com uma segurança forçada.

Mamilou fitou demoradamente o neto e lhe deu um abraço apertado.

— Vá, seja prudente, Eliott querido — disse. — E venha me visitar amanhã para me contar sua noite, combinado?

— Prometo ser prudente — declarou Eliott. — Quanto à visita de amanhã, não garanto nada. Tudo vai depender de Christine.

Quando Eliott voltou ao apartamento, Chloé e Juliette estavam superempolgadas: haviam conseguido bater seu recorde do jogo preferido e rodopiavam pela sala gritando "campeãs do muuuuuundo!". Eliott reuniu toda a sua coragem. Já eram dez horas da noite e Christine chegaria em pouco tempo. Seria melhor que ela encontrasse todos os três na cama. A tarefa anunciava-se difícil.

Eliott ouviu a chave girando na fechadura justamente no instante em que apagava sua luminária de cabeceira, depois de ter conseguido, não sem dificuldade, colocar as gêmeas para deitar. Fingiu dormir quando Christine entrou no quarto. Felizmente, ela não teve a ideia de colocar a mão sobre a luminária para verificar se estava quente, e saiu do quarto amaldiçoando a bagunça que reinava ali.

O perigo estava afastado. Por enquanto.

8

Louca metrópole

Eliott estava em pé bem no meio de um horrendo aglomerado de prédios de concreto. Uma fábrica desativada. Espetáculo mais desolador não há.

No entanto, ele estava fascinado.

Acabara de realizar com sucesso seu primeiro deslocamento instantâneo.

Não sentira nenhum efeito colateral: nem vertigem, nem sensação estranha. Era um pouquinho mais difícil do que criar um objeto. Precisara apenas se recolher mais tempo, se concentrando para visualizar todos os detalhes da paisagem que queria alcançar. Era tão simples, tão mágico, que Eliott quis verificar se aquilo funcionava de novo. Fechou os olhos. Antes mesmo de voltar a abri-los, soube que funcionara. O cheiro de enxofre e metal tinha desaparecido, sendo substituído por outro nitidamente mais agradável: o cheiro do mar. Eliott abriu os olhos. Estava numa praia comprida, de areia escura. Diante dele, as ondas. Atrás, uma selva inextricável. Nenhum sinal de vida. Talvez fosse o primeiro ser humano a pisar ali. Repetiu o exercício várias vezes, escolhendo lugares onde sabia estar abrigado: uma cabine de teleférico vazia, um edifício de escritórios no meio da noite, uma estrada campestre e, para terminar, o deserto.

Efeito do sol escaldante, ou dos vários deslocamentos, o fato é que o cansaço começava a dar as caras. Era hora de se juntar à civilização e partir em busca do famoso Jov. Destino: Hedônis, capital de Oníria. Eliott mentalizou o pátio do castelo do Louvre, seus pavilhões antigos e, no meio, a célebre pirâmide instalada na entrada do museu.

Segundos depois, ele se viu diante de uma gigantesca estrutura de vidro e metal em forma... de croissant. A princípio, julgou que se equivocara e tinha começado a fechar os olhos para se deslocar novamente quando ouviu uma voz familiar atrás dele:

— Não deixa de ser curioso esse croissant. Eu preferia quando era uma pirâmide! Um croissant em pleno Louvre não faz o menor sentido!

Eliott virou, intrigado. Reconheceu imediatamente a srta. Mouillepied, sua professora de história, mergulhada na contemplação da espantosa construção. Ou melhor, o Mago da srta. Mouillepied: ela reproduzia fielmente a srta. Mouillepied do mundo terrestre, mas seus olhos eram inteiramente brancos, sem íris nem pupila, o que não a impedia de enxergar perfeitamente. Por mais que Eliott estivesse a par daquela particularidade dos Magos, era a primeira vez que via um, e deu um passo para trás.

— Eliott, que satisfação ver que você também se interessa por arquitetura! — disse o Mago da srta. Mouillepied, ao avistá-lo.

— Bom dia, senhorita — cumprimentou Eliott, tentando soar natural.

— Você também preferia a pirâmide?

— Hummm, sim. Quer dizer, acho que sim!

— Resposta certa — continuou a srta. Mouillepied —, vou lhe dar um nove!

— Obrigado — respondeu Eliott, começando a se divertir com a situação. — Se pelo menos o sr. Mangin pudesse fazer o mesmo...

— Manjar? — perguntou a professora, que não escutara direito. — É uma boa ideia, estou faminta, seria capaz de comer uma coisa enorme. Ei, esse croissant, por exemplo. Vou devorá-lo.

Eliott caiu na risada ao ver a professora avançar em direção ao monumental pão de vidro, com os braços esticados para agarrá-lo.

— Parece delicioso. Delicioso! — ela repetia, para maior deleite de Eliott.

O jovem Criador foi trazido de volta à realidade por um barulho de hélices, bem em cima dele. Levantou a cabeça. Três helicópteros de tom lilás sulcavam o céu. A sigla CRIMO estava pintada em grandes letras brancas, nas laterais. Eliott começou a suar frio. Já fora detectado? Mas os helicópteros passaram rapidamente sobre o pátio do Louvre, sem interromper sua ronda. Eliott deu um suspiro de alívio ao vê-los se afastar.

Quando abaixou a cabeça, a pirâmide tinha recuperado sua forma habitual e o Mago da sra. Mouillepied havia desaparecido. Era hora de ir à procura de Jov. Eliott deu um passo e caiu para trás. Zonzo, olhou à volta e se deu conta de que estava bem no meio de um imenso rinque de patinação, surgido como que por encanto no pátio do Louvre. Um casal de patinadores artísticos, em trajes cobertos de lantejoulas, passou perto dele. A mulher tinha olhos brancos de Mago. Sem dúvida, fora ela quem provocara aquela novidade. Eliott se levantou, esfregando os cotovelos. Se havia tantos Magos em Hedônis, encontrar a casa de Jov talvez não fosse uma tarefa muito tranquila! Claro, Eliott poderia criar um par de patins de gelo. Mas não queria dar na vista. Então esperou pacientemente que outro Mago fizesse desaparecer o rinque; depois se dirigiu cuidadosamente para a saída.

Mamilou explicara que antigamente a casa de seu amigo ficava numa rua adjacente ao Louvre. Eliott decidiu então contornar o museu para procurá-la. Quando atravessou a arcada que separava o pátio da rua, ele congelou, estupefato. Tudo ali era estapafúrdio. A começar pelas casas: havia uma em forma de piano, outra com paredes em três lados e sem escada, como algumas casas de bonecas. Outras ainda flutuavam nos ares, ligadas à calçada por linhas de pipa. Diversos Magos deambulavam nas ruas sem se admirar diante de nada. O tráfego era pesado, tanto nas avenidas como nos ares: havia carruagens, carros esportivos, aviões, balões, mas também trens e caminhões de plástico, pares de sapatos gigantes andando sozinhos e até uma lata de sardinhas que avançava pulando, o que fazia um barulho terrível e chacoalhava loucamente as ocupantes.

Após minutos de êxtase, Eliott resolveu avançar. Enquanto procurava a casa de Jov, impossível não observar sofregamente tudo que o cercava. Ao lado de um poste de luz, um Mago, sentado numa poltrona situada três metros acima do chão, lhe pediu para pegar um jornal que ele acabava de deixar cair na calçada. Um pouco adiante, um sorveteiro vendia um sorvete com aroma de "prego enferrujado" para um robô. Mas o que mais impressionou Eliott foi a loja de um alfaiate, na qual um homem encomendava um terno. O alfaiate apresentou diferentes carneiros ao cliente, que, passando a mão em suas lãs, escolheu um. O alfaiate agarrou o animal pelas patas, colocou-o numa máquina enorme, apertou diversos botões e, minutos depois, um magnífico terno saía dela.

Ao cabo de um momento, Eliott se deu conta de que percorrera o museu e seus jardins sem encontrar o que procurava. Como receara Mamilou, a topografia de Hedônis mudara sob a ação dos Magos e a casa de Jov fora deslocada. Eliott decidiu se aventurar um pouco mais longe. Começava a sentir dores nos pés e ia se informar com um passante quando percebeu, na esquina de um beco, a casa descrita pela avó. Era uma casa extravagante de cores exuberantes — vermelho-sangue, amarelo, verde-anis —, aninhada nos galhos mais baixos de uma gigantesca macieira em flor. Não restava dúvida, era a casa de Jov.

Eliott entrou no beco, impaciente e um pouco intimidado de encontrar aquele amigo que a avó não via há tantos e longos anos. Ele lhe daria uma boa acolhida, como Mamilou parecia pensar?

Uma escada de madeira dava acesso à porta da entrada. Eliott subiu até a varanda que dominava a rua e deu três batidinhas secas à porta... Ninguém respondeu. Ele bateu mais forte: mesmo resultado. Girou a maçaneta. A porta estava aberta. Mas não ousou entrar, preferindo se aproximar de uma janela. Grudou o rosto no vidro e sentiu um aperto no coração. A casa parecia abandonada havia muito tempo. Uma grossa camada de poeira cobria o chão e os móveis, e era visível que animais selvagens haviam estabelecido residência na cozinha: estava tudo revirado, a louça estava quebrada e o ladrilho, atulhado de dejetos. Eliott desceu novamente a escadinha, cheio de amargura. Se Jov tivesse se mudado, seria um sufoco encontrá-lo. Naquele ritmo, nunca encontraria o Mercador de Areia a tempo de salvar seu pai!

Assim que Eliott pôs os pés em terra firme, alguém lhe tocou o ombro. Ele se voltou bruscamente e percebeu uma mulher com o rosto singular: não tinha nem nariz, nem orelhas, mas fendas, que pareciam brânquias abrindo-se nas faces. Sua pele acinzentada brilhava ao sol, e a boca horrenda exibia uma batelada de minúsculos dentes pontiagudos. Era, sem sombra de dúvida, uma mulher-peixe.

— Está procurando alguma coisa? — ela perguntou.

— Não, só olhando, muito obrigado — Eliott respondeu prudentemente.

A mulher o examinou da cabeça aos pés.

— Se está procurando Jov, ele não mora mais aqui — ela se adiantou.

Eliott suspirou. Já desconfiava que fazia tempo que ninguém morava mais naquela casa. Mas ouvir alguém dizê-lo em voz alta extinguia definitivamente todas as suas esperanças.

— Em compensação, sei onde ele está — continuou a mulher.

Eliott ergueu a cabeça. Ouvira direito?

— Ele não está longe — acrescentou. — Caso se disponha a esperar um pouco, vou buscá-lo.

— Ah, claro que sim — prontificou-se Eliott, recuperando a esperança. — Muito obrigado, senhora.

— Meu nome é Neptane — disse a mulher, dirigindo a Eliott um sorriso monstruoso que o deixou todo arrepiado. — E o seu?

— Thomas — mentiu o garoto, que preferia se manter incógnito.

— É um imenso prazer conhecê-lo, Thomas. Pode esperar na minha casa se quiser, lá ficará mais bem instalado. Moro bem ali — ela disse, apontando uma casa azul do outro lado da rua.

O REINO DOS SONHOS

— Não, obrigado — ele recusou —, prefiro esperar aqui.

— De toda forma, penso que seria melhor entrar em casa. Essa rua não é muito segura a esta hora; pesadelos foram detectados rondando por aqui ainda ontem. Imagine! Eu ficaria mais tranquila sabendo que você está protegido.

A presteza daquela mulher parecia suspeita. Porém, se havia pesadelos, também tinha interceptadores da CRIMO. Eliott preferia evitar cair nas mãos de um esquadrão. Então resolveu aceitar o convite de Neptane, mas mantendo um pé atrás.

— Tudo bem — disse —, vou esperar na sua casa. Muito obrigado!

— Será um prazer, Thomas. Venha comigo.

Eliott seguiu Neptane até a casa azul. Se a fachada parecia a de uma tradicional casa de praia, o interior, em contrapartida, era inesperado: as paredes, as divisórias e até mesmo os tetos eram constituídos por uma espécie de líquido transparente no qual nadavam centenas de peixes de todas as formas. Eliott ficou boquiaberto.

— Fique à vontade — disse Neptane, apontando um assento em forma de concha. — Não vou demorar muito.

A mulher-peixe saiu, deixando Eliott no estranho salão. Assim que ficou sozinho, ele se aproximou das paredes de água. Eram aquários gigantescos, com areia, pedrinhas, algas e corais, em meio aos quais peixes circulavam. Eliott reconheceu cavalos-marinhos, polvos, uma raia, várias estrelas-do-mar e até mesmo uma tartaruga, mas havia também animais mais inusitados, como peixes de plástico, que nadavam entre os outros fazendo bolhas. Aquelas paredes vivas eram fascinantes, mas Eliott sentia-se incomodado. Tinha a impressão de que o espiavam, e ficou o tempo todo virando para trás.

A luminosidade diminuiu bruscamente, e uma sombra inquietante envolveu Eliott. Lentamente, ele ergueu a cabeça. Um tubarão enorme passava bem acima dele, no teto. Um calafrio violento percorreu a coluna do garoto, que rezou para que a parede do teto-aquário fosse suficientemente firme. Ele aproximou o dedo de um dos vidros para se tranquilizar. Seu dedo entrou na água. Não havia parede nenhuma, a água se sustentava por si só!

— Olá! — disse uma voz, sobressaltando-o.

Eliott examinou o salão. Ninguém.

— Estou aqui — continuou a voz. — Na parede, bem diante do seu nariz!

Eliott esquadrinhou a parede a sua frente. Na altura do rosto, havia um peixe-palhaço, com listras laranja e brancas e uma mancha laranja em volta do olho esquerdo. Fitava Eliott direto nos olhos, batendo as nadadeiras.

— Você não quer me dar uma mãozinha? — perguntou o peixe--palhaço.

— Que tipo de "mãozinha"? — indagou Eliott, sem acreditar que estava falando com um peixe.

— Me tirar daqui — respondeu o peixe.

— Mas é a casa de Neptane — protestou Eliott. — Não estou na minha casa, não posso fazer isso!

— Você acha que ela ficou constrangida quando me acrescentou à sua coleção, contra a minha vontade? — perguntou o peixe. — Faz três dias que estou espremido aqui. Tentei todas as paredes, é igual em toda parte. A louca da Neptane pode enfiar a mão aqui quando quer, mas, para nós, é impossível sair. Ela não convida muita gente para entrar, você é minha única esperança. Então, por favor, mergulhe a mão nesta parede satânica e me tira daqui!

Eliott olhou ao redor. Exceto pelos peixes, continuava sozinho. Arregaçou as mangas, mergulhou as mãos na parede líquida e agarrou o peixe-palhaço entre os dedos, tentando não deixá-lo escorregar. Depois colocou o peixe no chão e se arrependeu na mesma hora do que acabara de fazer: o peixe começou a ter convulsões. Claro! Fora da parede, ele não conseguia respirar. Eliott estava prestes a devolvê-lo à água quando, de repente, numa última convulsão, o peixe se transformou num macaquinho marrom de pelo curto, a barriga e a cara castanhas e uma mancha alaranjada em volta do olho esquerdo. Por mais que Eliott soubesse que tudo era possível no Reino dos Sonhos, ficou sem respiração.

— Hahaha. Enganei você direitinho com o truque das convulsões, hein?! — riu o animal. — Sua cara foi hilária! Mas, enfim, obrigado, camaradinha, te devo uma!

— Não tem de quê — balbuciou Eliott.

— Meu nome é Farjo — disse o macaco, estendendo-lhe a pata.

— Eliott... humm, Thomas!

— Prazer em conhecê-lo, Eliotthummthomas — guinchou o macaco, com alegria.

Subitamente, barulhos de passos. Eliott virou bem a tempo de ver Neptane surgir no salão, acompanhada de meia dúzia de robôs equipados com grandes pistolas lilás. Interceptadores da CRIMO.

— Um esquadrão! — exclamaram Farjo e Eliott ao mesmo tempo.

Instintivamente, ambos recuaram para trás da mesa da sala de jantar.

— Agarrem o menino — gritou Neptane —, era ele que estava atrás do Jov. Quanto a você, macaco, não perde por esperar!

Os interceptadores partiram para cima de Eliott. Reagindo instantaneamente, o menino derrubou várias cadeiras entre os robôs e ele, para ganhar tempo. Com seus movimentos espasmódicos, os robôs tiveram dificuldade para desobstruir o caminho. Eliott fechou os olhos e tentou visualizar o primeiro lugar que lhe veio à mente. Mas não conseguia se concentrar, com todo aquele barulho ao redor, e, quando voltou a abrir os olhos, continuava na casa de Neptane. Farjo mantinha os robôs a distância atirando-lhes os pratos, copos, garfos e facas que pegava no guarda-louça. Eliott tentou ainda, várias vezes, imaginar um lugar onde estivesse em segurança. No entanto, a imagem que procurava visualizar era na mesma hora varrida por aquela, assustadora, dos robôs e da mulher-peixe. Por que perdera o poder de realizar um deslocamento instantâneo justamente quando mais precisava dele?

Esgotada a louça, Farjo passou a emitir gritos estridentes. Os agressores taparam os ouvidos de robôs com as mãos de robôs e começaram a girar em círculo. Tinha funcionado. Mas aqueles gritos continuavam impedindo Eliott de se concentrar, de modo que ele acabou dando uma ombrada no macaco para fazê-lo se calar. Os robôs então voltaram à perseguição. Aproximavam-se. Sem hesitar. Eliott e Farjo recuavam. Num determinado momento, Eliott sentiu as costas molhadas: estava encostado na parede de água, indefeso, e os robôs estavam a apenas poucos metros. A realidade prevalecia, não tinha como escapar.

Eliott partiu então para o tudo ou nada. Sem refletir, pegou Farjo pela pele do pescoço, respirou fundo e pulou com ele através da parede líquida, torcendo para ter tomado impulso suficiente para atravessá-la. Só que esquecera um detalhe: embora fosse fácil entrar na parede, só era possível sair dela sendo puxado por alguém do exterior. Caíra na armadilha. Não tinha escolha, precisava operar um deslocamento instantâneo bem-sucedido. Concentrou a atenção numa estrela-do-mar a seus pés, para tentar esvaziar a mente; depois, fechou os olhos e fez força para manter a imagem de outro lugar a sua frente, prendendo a respiração ao mesmo tempo.

Um formigamento nas panturrilhas o obrigou a abrir os olhos. Um polvo com uma mancha laranja em volta do olho esquerdo enrolara os tentáculos na perna de Eliott, tentando resistir às tenazes dos robôs que tentavam agarrá-lo. Eliott começou a entrar em pânico. Não daria certo! Não naquelas condições. Então esticou os braços na direção da parede. Melhor cair entre as tenazes dos robôs do que morrer afogado. Um deles agarrou a manga de Eliott e o puxou. Tudo que ele conseguiu tirar do aquário foi um pedaço de pano. Eliott procurou Neptane com os olhos, mas não a encontrou. Sua vista estava turva. A cabeça rodava. Em poucos segundos, seu diafragma o obrigaria, por reflexo, a inspirar. Os pulmões se encheriam de água.

Acordar. Precisava acordar. Convencer seu cérebro a deixar Oníria para voltar a seu lugar, em seu corpo, no mundo terrestre. Seria isso possível? Não importava, não tinha mais escolha. Eliott fechou os olhos. Imaginou estar rodeado pelo próprio quarto. O suave calor de seu edredom. O diodo da tela do computador emitindo uma tênue luz azulada. O glu-glu ocasional do sistema de calefação. Sua mãe o observando dormir, da moldura prateada do porta-retratos, na mesa de cabeceira...

Sem suportar mais, Eliott desbloqueou a respiração.

9
Ilusão de óptica

Ar!

Era ar de verdade que Eliott acabara de respirar!

Ele abriu os olhos. Estava sentado em sua cama, no quarto da Rua de Lisbonne.

Salvo.

Afobadamente, procurou a lanterna que escondia sempre debaixo do travesseiro. Lá estava ela, dura e fria sob seus dedos dormentes. Acendeu-a e passeou o facho de luz pelas paredes do quarto. Estava tudo ali. O armário aberto transbordante de roupas e objetos diversos, a escrivaninha com o computador, a mochila esportiva jogada no chão, os incontáveis desenhos espalhados. Eliott prestou atenção. Um som familiar e tranquilizador ecoava, vindo do quarto ao lado, a intervalos regulares: Eliott nunca ficara tão feliz ouvindo sua madrasta roncar.

Eliott respirou, depois apagou a lanterna e afundou no travesseiro. Permaneceu imóvel por um longo momento, de olhos fechados.

Nunca resvalara a morte de tão perto.

O que o inspirara a pular naquela parede de água? Arriscara uma morte certa para escapar de um esquadrão da CRIMO. Era delírio! Como se o seu instinto de sobrevivência tivesse se transformado em instinto de destruição... Sem falar naquele deslocamento instantâneo, no qual ele fracassara. Ah, era muito fácil evadir-se para uma ilha deserta sem um esquadrão da CRIMO nos calcanhares. Mas, pressionado pelo perigo, a conversa era outra! Ele superestimara suas forças. E Mamilou também. Era muito bonito saber criar caramujos, mas isso não lhe salvava a vida! Talvez, simplesmente, não estivesse à altura da missão que avó lhe confiara.

A propósito, não avançara uma polegada. Ao contrário! Tudo bem, encontrara a casa de Jov, mas estava abandonada há tempos. E, considerando a maneira como as coisas haviam degenerado com Neptane, parecia pouco prudente voltar lá para interrogar os vizinhos! As palavras da mulher-peixe ecoaram na cabeça de Eliott: "Era ele que estava à procura de Jov". Procurar Jov. Isso seria um crime naquele reino, que já não tinha quase nada a ver com o mundo de conto de fadas que Mamilou conhecera?

Os dentes de Eliott puseram-se a bater. A bem da verdade, ele tremia da cabeça aos pés. Suas roupas se grudavam à pele. Constatou subitamente que estava encharcado. Eliott mandou passear seu edredom molhado e prendeu um grito na garganta. Um minúsculo camundongo acabava de escapar de debaixo dos lençóis. Correu, guinchando, para o aparelho de calefação. Eliott bufou. Definitivamente, era seu dia! Livrou-se de suas roupas e enfiou um jeans e uma camiseta jogados no chão.

Seco, ele se sentia muito melhor.

— Ahhhhhh, que felicidade esta calefação — disse uma voz. — Estava tiritando debaixo desse edredom molhado!

Eliott levou um susto. Procurou o interruptor com a mão tremendo e acendeu a luz. Ao lado do aparelho, um ratinho branco esfregava energicamente as patas. Tinha uma mancha laranja à volta do olho esquerdo. Como o peixe-palhaço na parede de água. Como o macaco no salão de Neptane...

Farjo.

Eliott trouxera Farjo com ele para o mundo terrestre!

O REINO DOS SONHOS

Farjo olhou ao redor, com movimentos espasmódicos de rato.

— Uaaaaaau! — exclamou, com uma voz espantosamente potente para um animal tão pequeno. — O cara que mora aqui deve ser podre de rico!

— Mais baixo! — intimou-o Eliott. — Vai acordar a Chris...

— Viu todos esses desenhos? — continuou Farjo, sem abaixar o tom.

Num piscar de olhos, Farjo voltara a se transformar em macaco e recolhera metade dos desenhos espalhados pelo carpete, junto à calefação.

— Há tantos que acho que podemos pegar alguns emprestados — disse. — Há uma verdadeira fortuna aqui; Katsia é que vai ficar contente! Finalmente vai parar de dizer que só sirvo para lhe criar problemas.

Eliott não estava entendendo nada das manobras do macaco. Se Farjo tomava seus desenhos por Picasso, ia ficar muito decepcionado! Ao que soubesse, caricaturas do sr. Mangin, com um focinho de fuinha e um rabo de porco, não valiam muita coisa no mercado de arte... Mas isso não importava: era preciso arranjar um jeito de reconduzir Farjo para seu mundo antes que ele acordasse toda a família!

Até aquele momento, o macaco recolhera tantos desenhos que não sabia mais o que fazer com eles. Mantinha com dificuldade a pilha entre as patas e o queixo e não conseguia mais se mexer. De repente, colocou tudo no chão e se transformou em canguru. Em seguida, recolheu os desenhos e os enfiou na bolsa da barriga.

— Não vai pegar alguns? — ele perguntou.

— Alguns o quê?

— Desenhos, babaca!

— Humm, não, tudo bem — disse Eliott. — Escute, preciso te contar uma coisa...

— Ah, percebo — cortou-o Farjo, com a voz estridente. — O cavalheiro tem princípios: "É errado roubar, patati-patatá..." Pois bem, eu replico: achado não é roubado!

— Faça o que quiser — autorizou Eliott, dando uma espiada preocupada na direção da porta —, mas eu lhe suplico: fale mais baixo!

114

— Por quê? — perguntou Farjo, se reerguendo. — Está com dor de ouvido?

— Não, eu...

— Foi por causa do banho nas paredes de Neptane! — interrompeu Farjo. — Isso não é bom, aquela água toda, quando não se está acostumado. Felizmente, posso me transformar em qualquer animal! É superprático. Mas logo vi que você não era capaz disso. Aliás, não entendi por que nos jogou naquela prisão de água salgada. Os humanos não conseguem sobreviver na água, isso é mais que sabido. Já eu...

Farjo ainda era pior que as gêmeas no quesito "falar pelos cotovelos". Eliott o escutava sem escutar e se perguntava como fizera para trazer aquele animal com ele para o mundo terrestre. A primeira ideia que lhe ocorreu foi que Farjo havia passado para o mundo terrestre em virtude do contato físico que tivera com ele. Farjo e o polvo haviam se agarrado a sua perna, no momento em que acordara. Mas Eliott foi obrigado a desistir dessa bela ideia, lembrando que a pantera que ele encontrara no primeiro dia não o seguira até o mundo terrestre. E, no entanto, ela tocara nele no momento em que ele acordara. Era o mínimo que se podia dizer, considerando as marcas das garras que ela deixara. Mas, se não fora por contato físico, como fora então? Como Farjo aterrissara ali, no quarto de Eliott? E, sobretudo, o que Eliott faria para levá-lo de volta a Oníria, antes que fosse descoberto pelas gêmeas ou, pior, por Christine?

— Enfim, você nos tirou de lá, isso é o essencial — continuou Farjo. — Eu gostaria de saber como fez isso. Estar aqui, como que por encanto, sem atravessar um Portal... Confesso que isso nunca tinha me acontecido. Você é mágico, é isso? Pode se deslocar para qualquer lugar? Conheci um bruxo capaz disso, mas ele nunca tinha me levado com ele! Só que ele usava uma varinha mágica. E você, qual é o seu truque? Estala os dedos? Franze o nariz? Fórmula mágica?

Depois, silêncio. Desconcertante. Farjo olhava para Eliott com seus olhinhos pretos de canguru. Esperava uma resposta. Era a hora da verdade. Eliott ia ter que comunicar a Farjo que o trouxera a seu mundo.

O REINO DOS SONHOS

Inspirou profundamente.

— Escuta, preciso confessar uma coisa — começou, incomodado.

— Ihh... — ponderou o canguru, bocejando —, não estou pedindo explicações solenes, hein?! Se não quiser falar nada, não fale. Não sou como aquela fuinha da Neptane! Veja bem, para provar isso, não vou nem lhe perguntar por que você estava atrás de Jov! Porque, acredite em mim, morro de vontade de perguntar.

— Você conhece o Jov! — exclamou Eliott.

— Claro que conheço o Jov! — respondeu o macaco, dando de ombros. — Como todo mundo. Mas, evidentemente, não sei onde ele está! Em compensação, gostaria muito de saber por que está atrás dele.

O canguru mordeu o lábio.

— Argh! Falei que não faria perguntas, então não farei — continuou. — Palavra de Farjo! O que conta para mim é que você me tirou do sufoco. E ninguém vai dizer que o Farjo é um ingrato. Então, se houver alguma coisa que eu possa fazer por você, diga e farei.

Eliott deu um rugido. Era decididamente impossível ter uma conversa com aquele Farjo.

— Farjo, preste atenção, vou explicar...

— Blá-blá-blá... Não quero saber de nada — cortou Farjo. — Gostaria de saber, mas não quero. Sacou a diferença? Vamos, me fale o que posso fazer por você. Detesto dever alguma coisa a alguém. Você tem alguma coisa que preza muito? Alguma coisa que gostaria de fazer? Um lugar aonde gostaria de ir? É minha especialidade. Posso entrar em praticamente qualquer lugar. Porque sou polimorfo! Posso rastejar, voar, entrar à força, passar desapercebido... Já falei, é genial.

Eliott bufou. Farjo era teimoso, além de tagarela.

— Eu gostaria de ir a Oza-Gora — murmurou. — Mas...

— Oza-Gora! — exclamou Farjo.

O canguru ficou boquiaberto. Durante vários segundos, nenhum som mais saiu de sua boca.

— Você deve ser louco para querer ir lá! — deixou escapar, finalmente, num tom sinistro. — Ou então está completamente desesperado.

116

Eliott abanou tristemente a cabeça. Louco ou desesperado, para ele dava no mesmo.

— Mas, enfim, isso não muda nada — continuou o canguru. — Prometi ajudá-lo e ninguém dirá que Farjo faz promessas ao vento. Quer dizer, agora, imediatamente, não sei direito o que posso fazer por você, mas o que lhe proponho é um encontro com Katsia. Ela sempre tem uma inspiração quando se trata de explorar lugares inacessíveis.

— Quem é Katsia?

— É uma amiga aventureira. Moramos juntos e viajamos por aí. Ela adora viajar, é o barato dela, principalmente se for perigoso. Mas vou avisando, a garota é meio maluquinha! O ideal seria levá-la no bico. Mas, com ela, isso é missão impossível!

— E ela sabe como ir a Oza-Gora? — perguntou Eliott, intrigado.

— Não sei. Mas não custa tentar. Se alguém sabe como ir até lá, é ela. Me siga.

Farjo sequer deu tempo de Eliott reagir. Deu vários saltos até a porta do quarto e girou a maçaneta.

— Espera! — gritou Eliott, se precipitando em sua direção.

Mas a porta já estava aberta. Eliott paralisou, estupefato. Pois do outro lado da porta não havia sinal da luz verde dos néons da cidade que irrigava normalmente o corredor à noite. Nem mesmo a luminária acesa no quarto de Eliott iluminava o móvel antigo encostado à parede do corredor. Todo o espaço deixado vazio pela porta aberta estava escuro como a noite. Escuro, tão escuro que parecia absorver a luz.

Sem hesitar, Farjo deu um pulo para a frente e desapareceu. Eliott aproximou uma hesitante mão. No momento em que ia tocar com o dedo o estranho véu negro, uma cabeça de canguru apareceu, flutuando no ar a poucos centímetros dele. Eliott fez menção de recuar.

— Ou você vem ou vamos ficar horas assim! — reclamou Farjo. — Nunca atravessou um Portal de Oníria por acaso?

Oníria.

Eles continuavam em Oníria. Eliott não despertara. Realizara um deslocamento instantâneo. Levara Farjo para uma réplica exata de seu quarto, situada em Oníria. Uma réplica tão exata que até os sons eram idênticos aos do mundo terrestre. O garoto estava tão atônito que não conseguia se mexer.

— Vamos, avie-se — insistiu Farjo. — Estou tiritando de frio! Além disso, não tenho como me transformar num urso polar, senão vou perder todos os desenhos.

A cabeça do canguru desapareceu. Eliott inspirou, fechou os olhos e deu um passo à frente, esperando pelo pior. Mas não houve nenhuma resistência, nenhuma sensação estranha. Era só uma porta igual a todas as portas. Só que não se via, não se ouvia, não se sentia o que havia do outro lado enquanto não se transpunha a soleira.

⧗

Assim que atravessou o Portal, Eliott foi tomado por um frio intenso. Abriu os olhos. Estava bem no meio de uma vasta extensão nevada, atulhada de centenas de pedras escuras. A neve caía aos montes, e Eliott afundara nos flocos até os tornozelos. Farjo estava bem a seu lado. Ambos tiritavam de frio.

Eliott não hesitou nem por um segundo. Se continuasse de camiseta, não aguentaria cinco minutos naquele meio ambiente. Paciência se Farjo descobrisse que ele era um Criador. Então fechou os olhos, concentrou-se e fez aparecer um par de grossas botas forradas e dois grossos casacos de pele. Enfiou as botas e um dos casacos e estendeu o outro a Farjo, que imediatamente se agasalhou.

— Ei, são muito maneiros seus passes de mágica! — exclamou o canguru. — Acho que agora só vou viajar com você. Nem Katsia teria me dado um casaco tão bonito!

Farjo tinha a delicadeza de não levantar suspeitas sobre os dons de Eliott. O calor do casaco e aquela constatação ajudaram o jovem Criador a relaxar. Afinal, tudo corria bem. Tudo bem, Eliott não encontrara Jov, escapara por um triz de um esquadrão da CRIMO e quase se afogara. Mas terminara por efetuar o próprio deslocamento instantâneo, e seu novo companheiro o estava levando para um encontro com uma amiga aventureira capaz de guiá-lo a Oza-Gora. Não era o que planejara, mas dava no mesmo! Katsia em vez de Jov, que importância fazia, contanto que alguém pudesse conduzi-lo ao Mercador de Areia?

— O que fazer agora? — perguntou o jovem Criador.

— Procuramos um Portal, claro — respondeu Farjo.

Eliott evitou observar para Farjo que eles tinham tantas chances de encontrar uma porta naquelas montanhas quanto de se tornar amigos de Neptane. Ele olhou para trás: a porta de seu quarto desaparecera. Em seu lugar, erguia-se um enorme bloco de pedra. Farjo tentou uma série de saltos, afundando às vezes até a altura das coxas na neve fresca, de modo que Eliott foi obrigado a ajudá-lo a se libertar várias vezes. Eliott se preparava para pedir explicações quando o canguru parou em frente a uma rocha que brilhava como se incrustada de lantejoulas.

— Aposto que há um Portal aqui — ele declarou.

Aproximou-se do rochedo, colocou a pata em cima, e uma abertura oval, escura como a noite, apareceu instantaneamente no meio da pedra, de um tom cinza-cintilante, sob o olhar extasiado de Eliott.

— Na mosca! — exclamou Farjo. — Finalmente vamos poder nos aquecer um pouco!

Um Portal. Um Portal de Oníria. Tinha sido assim que Farjo chamara o véu negro pelo qual haviam saído do quarto. Então era daquele jeito que se viajava no interior do Reino dos Sonhos! Oníria devia se parecer com um extraordinário cacho de uvas, com um lugar contido em cada semente e Portais para conectar os lugares entre si. Um cacho que se modificava permanentemente, influenciado pela atividade dos Magos e Criadores. Era pura e simplesmente fascinante. Eliott varreu o horizonte com o olhar: se Portais se escondiam atrás de um décimo daquelas rochas, talvez houvesse milhares.

Farjo atravessou novamente o Portal. Meio segundo depois, reapareceu e se jogou na neve, berrando.

— O que aconteceu? — alarmou-se Eliott, correndo em sua direção.

— Um vulcão em erupção — gorgolejou o canguru, rolando na neve. — Tenho certeza de que estou com queimaduras de quinto grau! É horrível, pavoroso, insuportável. Socorro!

— Espere, vou verificar — prontificou-se o jovem Criador.

Eliott examinou Farjo, que gemia como se estivesse gravemente enfermo. Seu casaco estava um pouco queimado, e a pele de canguru, ligeiramente chamuscada em alguns pontos, mas não parecia muito grave. Nada, em todo caso, que justificasse aquele teatro todo.

— Acho que você se safa dessa — disse Eliott, num tom zombeteiro.

— Estou sem ar, estou sufocando, vou morrer de calor! — queixou-se de novo o canguru, bufando.

— Não sei do que está reclamando! — retorquiu Eliott, começando a se irritar com a cena. — Você não queria calor? Está na mesa!

O canguru olhou envergonhado para Eliott, depois, sem transição, desatou numa imensa risada.

— Ah, você tem humor, camaradinha — alegrou-se, dando uma patada no ombro de Eliott. — Gosto muito disso!

A hilaridade de Farjo era tão contagiante que Eliott pôs-se a rir também. Ele era, definitivamente, um personagem surpreendente.

— Acho que o melhor a fazer é darmos no pé — sugeriu Eliott, que batia os dentes apesar do casaco de pele. — Daqui a pouco, vou me transformar numa pedra de gelo.

— Tem razão, camaradinha — concordou Farjo. — Vamos procurar outro Portal.

Em plena forma, ele se levantou de um pulo e declarou que inspecionaria outros rochedos um pouco adiante. Mas Eliott o deteve com um gesto.

— Tenho uma coisa mais eficaz em matéria de deslocamento — disse.

— Carambola, mas é claro! — exclamou Farjo. — Eu tinha esquecido que estava viajando com o melhor mágico de Oníria. Você me agrada, gatão!

Eliott não pôde deixar de sorrir. Torcia sobretudo para não estar enganado e poder mais uma vez levar Farjo com ele num deslocamento instantâneo.

— Bom, afinal onde podemos encontrar sua amiga Katsia?

— Tínhamos um encontro marcado ontem em Tombstone. Suponho que ela continue lá. Vai ficar furiosa!

— O que é Tombstone?

— Nunca foi até lá? — espantou-se o macaco. — É uma cidadezinha do Faroeste, onde aconteceu a célebre batalha de O.K. Corral. É incrível o número de Magos que brincam de caubóis, juro; todos se consideram astros do cinema. Enfim, se consideravam, porque o gênero faroeste perdeu um pouco do prestígio nos últimos anos. Os Magos que vemos lá, hoje, não têm mais nada de vital, se entende o que quero dizer...

— Isso não vai ser nada mole, não — interrompeu-o Eliott. — Deve haver dezenas de cidadezinhas do Meio Oeste em Oníria! Preciso de mais detalhes. Há alguma coisa especial que diferencie essa cidade das demais?

— Bolas, é aquela em que há um galpão baixinho, com uma entrada de madeira e uma tabuleta com os dizeres "O.K. Corral" em cima. Fica bem no fim de uma rua típica deste tipo de lugar. É o suficiente?

— Não sei. Vamos tentar e veremos. Se não formos para a cidade certa, recomeçamos.

— Contanto que zarpemos daqui, para mim está ótimo — declarou Farjo. — Está um frio de rachar! E depois, com toda essa neve, meus belos desenhos vão pegar umidade, talvez até rasgar... Que angústia! Sem falar que estou cheio de ser canguru, é um estresse ter de saltar para me deslocar...

Eliott não esperou Farjo terminar o falatório. Agarrou-o pela pata, fechou os olhos e imaginou diante de si uma rua de faroeste, como nos filmes, com a poeira, as casas de madeira de ambos os lados, os caubóis, o xerife, os cavalos bebendo água em grandes calhas de bambu, e, principalmente, uma entrada de madeira com uma tabuleta em cima: "O.K. Corral".

Instantes depois, Eliott e Farjo estavam num cenário mais verdadeiro que o original. Bem diante do nariz, estampavam-se em letras enormes os dizeres "O.K. Corral Feed & Livery Stables". Eliott não precisava ser um expert em inglês para entender que tinham desembarcado no lugar certo. O deslocamento instantâneo era muito mais fácil quando não havia um esquadrão de interceptadores da CRIMO nos calcanhares!

Farjo começou a pular em todas as direções.

— Estamos aqui, estamos aqui, você é fera mesmo, camaradinha! — guinchava.

A primeira coisa que Eliott fez foi trocar sua armadura contra o frio por botas e um chapéu de caubói. Farjo não fez nenhuma pergunta e continuou seus saltos alegres, sem se preocupar com Eliott. Mas sua dancinha durou pouco. Uma primeira bala assobiou, depois uma segunda, e foi um verdadeiro tiroteio que explodiu logo atrás deles. Eliott voltou-se. Vários caubóis estavam entretidos numa batalha em regra. Alguns deles tinham olhos brancos: eram evidentemente Magos. E Farjo tinha razão, não estavam mais nos bons tempos.

— Opa! — exclamou o canguru. — Vamos nos proteger, senão vamos ser mortos como coelhos!

Eliott procurou um lugar para se proteger e mergulhou, logo seguido por Farjo, debaixo da calçada de madeira que passava em frente às casas da rua principal. Já não era sem tempo! O grupinho de caubóis começara a atirar em tudo o que se mexia. Um deles tinha o cruel prazer de fazer dançar um infeliz gato de botas e chapéu, atirando entre suas patas.

— É onde, exatamente, o seu encontro? — sussurrou Eliott, com pressa de se mandar dali.

— Era aqui, mas estou um dia atrasado, então imagino que ela deve estar me esperando no *saloon* — respondeu Farjo, apontando para um galpão na outra extremidade da rua.

Imediatamente, Eliott pôs-se a rastejar, por baixo da calçada, na direção indicada pelo novo amigo.

— Ei, espere — interpelou-o Farjo —, não posso rastejar, sou um canguru! Já é uma dificuldade me esconder aqui...

— Dê-me os desenhos — ordenou Eliott, estendendo a mão.

Farjo não moveu uma palha. Sua atitude começava a dar nos nervos de Eliott: ele não compreendia por que ele prezava tanto aqueles reles pedaços de papel. Além do mais, sequer pegara os mais bonitos!

ILUSÃO DE ÓPTICA

— Devolvo depois — irritou-se. — Vou guardar na mochila só o tempo de rastejarmos até o *saloon*.

— Que mochila?

— Esta — respondeu Eliott, fazendo aparecer a seu lado uma réplica da mochila que levava diariamente para o colégio.

Uma vez que Farjo o considerava um autêntico mágico oniriano, Eliott não tomava mais nenhuma precaução com suas criações. E, como se esperasse por isso, Farjo não fez nenhum comentário.

— Bom, tudo bem — respondeu o canguru. — Mas, assim que sairmos daqui de baixo, você me devolve!

— Não se preocupe, seus desenhos não me interessam! — tranquilizou-o Eliott, enfiando o maço de papéis na mochila.

Então, Farjo transformou-se imediatamente num lagarto e rastejou a toda velocidade até a outra ponta da calçada. Eliott teve muito mais dificuldade para chegar lá: a mochila o atrapalhava e se prendia, a toda hora, nos pregos que saíam do deque de madeira acima. Sem falar nas garrafas vazias, guimbas de cigarro, velhos trastes e outros lixos de todo tipo que obstruíam seu caminho.

— Que sujeito mais lento, como rasteja mal! — disse Farjo, quando Eliott juntou-se a ele na outra ponta da calçada.

— Está zombando de mim? — irritou-se Eliott.

— Claro que estou zombando de você, camaradinha — disse Farjo, recuperando a forma de canguru. — Obrigado por ter trazido meus desenhos, legal. Agora podemos sair, caminho livre.

Eliott rastejou para fora, exausto e coberto de poeira da cabeça aos pés. Farjo lhe estendeu primeiro uma pata, para ajudá-lo a se levantar, depois outra, logo em seguida, para pegar os desenhos de volta. Eliott devolveu-os imediatamente, feliz de se livrar daquele estorvo.

Eliott ergueu os olhos para o *saloon*. Tiros ressoaram, depois vozes irromperam, acompanhadas pelas escalas rápidas de um piano. Eliott inspirou profundamente, espanou suas roupas, atravessou a rua e empurrou a porta de madeira de batente duplo, imediatamente seguido por Farjo. Ninguém reparou em sua entrada: uma aglomeração formara-se

123

em torno do balcão, e dezenas de homens se empurravam para ver melhor o que acontecia. Eliott e Farjo conseguiram abrir caminho no meio da multidão e descobriram o alvo de tamanha excitação: um caubói do tipo ogro e uma adolescente loira, que devia ter dezesseis ou dezessete anos, apontavam suas pistolas para duas séries de garrafas vazias alinhadas no balcão. Havia caco de vidro por toda parte. Eliott deduziu que aquilo não era nenhuma novidade. Interrogou um aprendiz de caubói um pouquinho mais velho que ele.

— Wild Bill beliscou a bunda da loira — respondeu o jovem, com um brilho de admiração nos olhos. — Convém dizer que ela procurou por isso, vindo sozinha aqui! Mas a petulante não gostou nada. Disparou uma bala no chapéu de Wild Bill, rente à cabeça. Então ele a desafiou para um tiro ao alvo. Estão na última rodada.

— E quem está ganhando? — perguntou Eliott.

— Por enquanto estão empatados. Mas, se a garota ganhar, Wild Bill será humilhado. Ele nunca foi vencido por um homem, por uma mulher então, o que acha?

Eliott achava sobretudo que não poderia dar na vista, se não quisesse terminar com um buraco na pele.

Um homem que devia ser o barman se aproximou do famigerado Wild Bill e lhe vendou os olhos com um pano de prato. O desafiante atirou e destruiu quatro das cinco garrafas, sob as aclamações do público. O jovem caubói, ao lado de Eliott, aplaudia freneticamente. Aparentemente, quatro em cinco, com os olhos vendados e àquela distância, era uma boa performance. Depois, foi a vez da garota. O barman lhe vendou igualmente os olhos, e a garota apontou sua arma na direção do balcão. Com uma rapidez desconcertante, ela apertou o gatilho e, em poucos segundos, atirou bem no focinho das primeiras quatro garrafas. A plateia prendeu a respiração. Ninguém ousava fazer um gesto. A garota atirou pela quinta vez. Sob os olhares pasmos do público, a bala atravessou a quinta garrafa e, como as anteriores, fez um furo na parede de trás. Ela conseguira. Fizera melhor que Wild Bill.

Ele soltou um grito e, de raiva, jogou seu chapéu no chão.

ILUSÃO DE ÓPTICA

— Desta vez você ganhou — rugiu, brandindo um punho ameaçador —, mas é bom não voltar aqui, senão acabo com você. E sem garrafas no meio!

— Quando quiser, querido — respondeu a garota, guardando tranquilamente o revólver na cinta, sem despregar os olhos de Wild Bild.

Ele recolheu o chapéu furado, depois saiu do *saloon* feito um ciclone, seguido por alguns caubóis com cara de facínora. O jovem que estava ao lado de Eliott acompanhou-os com os olhos, decepcionado. Iria ter que mudar de herói! A música recomeçou imediatamente, e a aglomeração se dispersou, cada um voltando aos seus afazeres.

Eliott sentiu alguma coisa se agarrar a ele. Era Farjo, que segurara seu braço e agora arrastava na direção da loira. Assim que percebeu, ela lançou um olhar furioso para o canguru.

— Você está absurdamente atrasado! — ela o acusou.

Então aquela era a famosa Katsia! Sua roupa de exploradora, em brim grosso e escuro, lhe conferia um ar rude que o lenço colorido que prendia as madeixas loiras não conseguia atenuar. Mas o entorpecimento que aos poucos tomava cada um dos músculos de Eliott era mais uma consequência do verdadeiro arsenal que ela carregava. Além do revólver, o detalhômetro de Eliott percebeu imediatamente o punhal na cintura, o canivete enfiado na bota direita e os dois ameaçadores grampos metálicos enfiados nos cabelos. Sem falar no que poderia carregar no embornal preso ao ombro...

— Sinto muito — desculpou-se Farjo —, tive um probleminha com minha velha amiga Neptane.

— O que aprontou este tempo todo? — perguntou Katsia, com agressividade — E desde quando desfila por aí como canguru?

Ela não lançara um único olhar na direção de Eliott, que tinha a desagradável impressão de ser transparente.

— Espero que pelo menos tenha dinheiro — disse Katsia —, porque, por sua causa, tive que passar a noite aqui. E ainda tenho que indenizar o gerente pela quebradeira — acrescentou, apontando para as garrafas espatifadas atrás dela.

125

Farjo pegou um pequeno maço de desenhos na bolsa central e o entregou a ela, com um sorriso satisfeito.

— De onde tirou isso? — perguntou, arregalando os olhos.

— Foi meu camaradinha que me levou num lugar onde tinha um monte — explicou Farjo, empurrando Eliott para a frente.

Katsia considerou o jovem Criador, depois se voltou novamente para o canguru.

— Quem é este palhaço?

— É meu camarada Eliotthummthomas — declarou Farjo.

— Nome engraçado — disse Katsia, olhando Eliott com um ar cético.

— Humm, na verdade é só Eliott — corrigiu o jovem Criador. — Não tive tempo de...

— Não te perguntei nada — cortou Katsia.

— Seja legal — pediu Farjo —, é graças a ele que estou aqui agora. Senão você teria que me esperar mais um pouquinho! É um supermágico e é meu novo camaradinha. Ele pode viajar de um lugar para outro num piscar de olhos. Juro, é incrível! Não faz vinte minutos, estávamos congelando num desses lugares nevados. Por sorte, ele fez aparecer uns casacos de pele, senão teríamos virado icebergs...

— Um mágico, hein? — repetiu Katsia, com cara de má, medindo Eliott de cima a baixo. — Veremos isso.

Eliott engoliu com dificuldade. Não respondeu nada. Uma advertência ensurdecedora ressoava dentro de sua cabeça: *Aconteça o que acontecer,, não fazer nada para irritar aquela garota.*

Katsia escolheu quatro desenhos, que estendeu ao barman, depois guardou o resto do maço no embornal. O barman exibiu o sorriso de quem foi bem recompensado e anunciou uma rodada geral, que foi acolhida com entusiasmo por todos os fregueses. Agora, Eliott compreendia por que Farjo fizera tanta questão de zelar por aqueles papéis. Os desenhos eram usados como moeda! Se, por algum milagre, esta prática se estendesse ao mundo terrestre, Eliott estaria milionário.

Katsia se dirigiu até uma mesa redonda próxima à entrada e sentou-se numa das cadeiras de madeira, logo imitada pelos outros dois. O barman colocou diante deles três copos cheios até a borda, com um líquido marrom e viscoso, no qual nenhum deles tocou.

— Bom, e por que você trouxe seu novo camaradinha para cá? — ela pergur.tou, novamente ignorando Eliott.

— Ele me fez um favor, e eu quis lhe dar uma mãozinha em troca...

— E não pode dar essa mãozinha sozinho?

— Não, precisamos de você. Por favor, fico te devendo essa.

Katsia permaneceu imóvel por um instante, depois se voltou para Eliott.

— E o que posso fazer por você, mágico? — perguntou de má vontade.

— Quero ir a Oza-Gora — respondeu Eliott, num tom que se pretendia firme.

— Impossível — respondeu laconicamente a aventureira, que logo desviou a atenção para Fargo. — Foi para isso que o trouxe para mim? É uma piada? Bom, vamos embora.

— Espere! — gritou Eliott.

De novo, Katsia voltou a cabeça em sua direção.

— Ainda está aí?

— Se não pode me ajudar a ir a Oza-Gora — continuou Eliott, mais atrevido depois da esnobada dela —, pode me dizer onde encontro um tal de Jov?

Quando ele pronunciou o nome de Jov, Katsia começou a tossir, e Farjo derrubou um copo no chão.

— Está louco? — sussurrou Farjo. — Ainda não entendeu que deve evitar dizer este nome em público? Sua experiência com Neptane não foi suficiente?

Eliott não teve tempo de responder.

— Vamos embora daqui — ordenou Katsia, num tom seco. — Precisamos de um lugar sossegado.

10
No armário!

Eliott piscou várias vezes ao sair do *saloon*. A luz do sol intensa ofuscava, e o calor se tornara insuportável, sem falar na poeira que se infiltrava até em seus ouvidos. Do lado das boas notícias, a rua principal da cidadezinha agora estava deserta, o que vinha bem a calhar. Levar um tiro no lombo realmente não fazia parte de seus passatempos favoritos. Katsia avançou sem hesitar e entrou num beco entre a birosca do barbeiro e a casa funerária, seguida de perto pelo saltitante Farjo. Eliott foi obrigado a correr para não ficar para trás. Sentiu um arrepio ao passar em frente às dezenas de caixões que aguardavam o próximo tiroteio. Decididamente, não gostava daquele lugar.

Um pouco adiante, Katsia parou em frente a uma casa de madeira tão maltratada que era um mistério como se mantinha de pé. Não havia mais telhado, e as tábuas estragadas e desbotadas que compunham a parede deixavam os raios do sol passar pelas frestas. Eliott aproveitou uma tábua rachada para dar uma espiada no interior. Não havia nada a não ser terra batida e alguns tufos de capim espalhados.

Farjo postou-se diante da porta.

— Ah, não, aqui não! — suplicou.

— Sim, aqui! — respondeu Katsia, com as mãos nas cadeiras.

— Detesto este lugar. Por favor, vamos para outro! — insistiu o canguru.

— É o caminho mais curto, e é por aqui que vamos passar, queridinho! Mexa-se!

O tom era inapelável. Decepcionado, Farjo voltou-se para Eliott e lhe estendeu seu maço de desenhos.

— Poderia guardar isso bem guardado na sua mochila? — pediu.

— Por quê? — perguntou Eliott, admirado com a disposição de Farjo de se separar de sua valiosa moeda.

— Você verá — disse Farjo, fazendo uma careta.

Assim que se livrou dos desenhos, Farjo se transformou em macaco. Eliott esperou pelo pior. Com o coração disparado, observou Katsia colocar a mão na maçaneta, perguntando-se o que podia haver do outro lado. Pois se tratava, evidentemente, de um dos Portais que permitiam viajar através de Oníria. Farjo não se deixara impressionar por três fiapos de capim que cresciam entre as tábuas. Aquele Portal conduzia obrigatoriamente a um outro, adiante. Mas qual?

Katsia abriu o Portal e empurrou Farjo e Eliott para o outro lado, não lhes dando tempo sequer de protestar. Eliott logo sentiu um pavoroso cheiro de peixe podre. Franziu os olhos para descobrir a origem daquilo, não viu nada: estava um breu à volta. Tapou o nariz.

— *Gue zeiro nohento é efe?* — perguntou.

— O peixe — resmungou Farjo.

— *Bas* onde estamos?

— Shhh! — sussurrou Katsia. — Se os dois não fecharem a matraca, serei obrigada a tomar uma atitude.

Eliott e Farjo não disseram mais uma palavra. Katsia acendeu uma lanterna que tirara do embornal e varreu o espaço em volta deles. Parecia uma gruta úmida, cheia de montes informes e fervilhantes.

— É por aqui — ela disse em voz baixa, apontando o facho luminoso para um recanto da gruta. — Sigam-me de perto. Avancem em silêncio e com delicadeza, se é que são capazes disso.

Eliott achou aquilo um pouco de exagero: em matéria de delicadeza, quem era ela para dar lições! Mas não era hora de fazer observações antipáticas. Katsia pôs-se em marcha, seguida de perto por Farjo e Eliott.

O chão estava mole, e seus pés afundavam a cada passo, interrompendo o avanço. O mau-cheiro, a atmosfera confinada e úmida, bem como os gorgolejos suspeitos que emanavam de todos os cantos eram tão desagradáveis quanto inquietantes.

Ansioso para sair dali o mais rápido possível, Eliott apertou o passo. Contornando um daqueles montes fervilhantes, prendeu o pé em alguma coisa e se estatelou no chão.

— Não se mova! — sussurrou Katsia.

Eliott imobilizou-se, todos os sentidos em alerta. O chão mole havia amortecido sua queda, mas um líquido viscoso brotara sob seu peso e se esgueirava, lenta, porém continuamente, dentro das roupas. No início, sentiu apenas calor. Dali a pouco, contudo, as partes de seu corpo que estavam em contato direto com aquele líquido começaram a lhe dar comichões, depois a queimá-lo. Fosse o que fosse, não era creme hidratante!

Katsia se aproximou com a lanterna, e Eliott descobriu do que era composto o monte fervilhante ao seu lado: era uma pilha de peixes, alguns visivelmente mortos, outros ainda vivos. Ele tropeçara no tentáculo de uma lula gigante.

— Está bem — disse finalmente Katsia —, pode se levantar. Mas devagar!

Eliott levantou-se com muito cuidado e certo alívio.

— Onde estamos? — perguntou, espremendo a camiseta impregnada do estranho líquido. — Nos porões de Neptane?

— Estamos dentro do estômago de uma baleia gigante — explicou Katsia, num tom abrupto. — Os montinhos que você vê são restos de peixes que engoliu. Se fizermos cócegas nela, fazendo gestos muito bruscos ou falando muito alto, seu estômago vai compreender que ainda há alguma coisa viva aqui e vai produzir um reflexo digestivo que carregará nós três numa torrente de suco gástrico em direção ao intestino. Portanto, cale-se e preste atenção onde põe os pés.

Eliott estava embasbacado. Suco gástrico! Não admirava que aquela gosma lhe queimasse a pele. Agora compreendia por que Farjo tivera de abandonar a forma canguruzal: era só ele dar alguns saltos que os três virariam croquetes de baleia.

— Vou ficar na retaguarda e iluminar seus pés — declarou Katsia. — Farjo, você sabe o caminho; nós o seguiremos.

A pequena trupe partiu novamente. Eliott, agora, prestava atenção a cada um de seus gestos. A pele ardia e as roupas grudavam no corpo, mas isso não era nada comparado ao que o esperava se caísse de novo.

Ao chegar à extremidade do estômago, Farjo parou. Katsia entregou a lanterna a Eliott e avançou para ajudar Farjo a encontrar o Portal que os faria sair, apalpando com cuidado a parede abaulada que se erguia diante deles.

— É aqui! — disse Katsia de repente.

Um espaço oval escuro como a noite acabava de aparecer a sua frente.

— Já não era sem tempo — comentou Farjo —, não aguento mais este lugar!

⧗

Do outro lado, um grande recinto quadrado. No chão, lajotas de granito; na parede, tijolos achatados pintados de vermelho; em frente, três portas de madeira envernizadas, num vermelho encarnado. Afora isso, nada. O recinto estava totalmente vazio. Farjo imediatamente se transformou em canguru e pediu seus desenhos a Eliott, que os devolveu sem chiar. Katsia permanecia imóvel, com os olhos cravados nas portas de madeira avermelhada.

— E agora? — perguntou Eliott.

— Agora, esperemos — respondeu Katsia.

Eliott desistiu de pedir explicações. Não tinha senão uma ideia na cabeça: livrar-se de todo o suco gástrico grudado na pele. Mas preferia evitar fazer uma demonstração de seus poderes de suposto mágico diante de Katsia. Então recuou um passo, a fim de sair do campo de visão da aventureira e, o mais discretamente possível, fechou os olhos, para trocar as roupas encharcadas de líquido corrosivo por outras idênticas, porém secas. Fez também aparecer um pacote de lenços umedecidos e esfregou a barriga e o rosto, tentando não fazer barulho. Mas Katsia tinha o ouvido sensível. Voltou a cabeça para ele com um olhar inquisitivo, e Eliott, por reflexo, fez desaparecer os lencinhos com uma piscadela.

Que idiota! Teria ela percebido? A pergunta ficou sem resposta. Uma das portas se abriu e apareceu um homenzinho, com a pele calejada e a cabeça raspada, usando um quimono cor de açafrão. Era, visivelmente, um monge budista.

O monge deu alguns passos em direção a eles, parando depois no meio do recinto. Amigo ou inimigo, difícil dizer: seu rosto não exprimia nenhuma emoção. Katsia depositou o embornal no chão e avançou. Eliott fez menção de segui-la, mas Farjo segurou-o pelo braço.

— Fique aqui — murmurou.

Katsia fez uma saudação, que lhe foi retribuída. Depois, nada. O monge e a aventureira permaneceram um tempão imóveis, em silêncio. Subitamente, sem avisar e com uma velocidade que beirava o impossível, o monge executou uma série de saltos perigosos, antes de terminar desfechando um terrível pontapé que provavelmente teria fraturado o maxilar de Katsia se esta não tivesse reagido num piscar de olhos e se esquivado do ataque. Eliott não teve nem tempo de perceber o que estava acontecendo. Katsia já reagira, desferindo uma série de socos altamente espetaculares no monge. Este último, porém, nem se coçava para evitá-los e atacava com mais ímpeto ainda. O combate prosseguiu assim durante vários minutos, sem que nenhum dos adversários conseguisse sobrepujar o outro. Era coisa de alto nível. Katsia resistia ao monge sem fraquejar: era claro que estava por dentro das técnicas mais avançadas do kung-fu. Sério, a garota era simplesmente uma arma de destruição em massa!

Subitamente, pela primeira vez, um golpe acertou o alvo: o monge desferira um violento pontapé na barriga de Katsia, que desabou no chão. Eliott prendeu um grito de estupor. Impassível, o monge se aproximava da aventureira para liquidá-la. Impelido exclusivamente por sua coragem, Eliott se precipitou para lhe pedir misericórdia. Tarde demais. Mal dera três passos, o monge já pulava com os dois pés em cima da infeliz. Katsia, porém, como um raio, rolou lateralmente. Em seguida, aproveitando aquele meio segundo de surpresa do adversário, se atirou sobre ele, imobilizando os braços do monge entre as pernas. Os dois lutadores permaneceram um momento nessa estranha posição e, pouco depois, sem que Eliott entendesse nada daquele circo, os dois se levantaram e se cumprimentaram, inclinando-se.

— Vejo que não perdeu nada de seus reflexos — disse o monge.

— Mestre Kunzhu é muito generoso — respondeu Katsia. — Foi por muito pouco!

O monge sorriu.

— Você e seus amigos me dariam a honra de aceitar um convite para o chá? — perguntou.

— Eu agradeço, mestre Kunzhu. Talvez em outra ocasião. Hoje estamos apenas de passagem.

— Como quiser, Katsia. É sempre um prazer revê-la, mesmo rapidamente.

— O prazer é meu, mestre Kunzhu.

O mestre cumprimentou e partiu como chegara.

Eliott estava boquiaberto. Como se nada tivesse acontecido, Katsia recolheu seu embornal e abriu a porta da direita. Eliott e Farjo seguiram-na sem uma palavra, por um pátio cercado de prédios compridos e baixos, similares ao que haviam deixado para trás. No centro, destacava-se uma construção mais elevada, encimada por um telhado encurvado nas laterais, típico das casas tradicionais chinesas. Chegava-se a ela por meio de uma larga escada de pedra, ladeada por duas impressionantes estátuas de dragão. Katsia foi direto até uma portinhola embutida sob a escada, bem atrás de um dos dragões.

Eliott se perguntou onde aterrissariam desta vez. Numa geleira? Num zoológico? Em Atlântida, talvez. Ardendo de curiosidade, seguiu Katsia e Farjo, e a porta bateu atrás deles. Estavam novamente no escuro, espremidos um contra o outro. Alguém apertou um interruptor. Baldes, esfregões, esponjas, detergentes... Estavam dentro de um armário de lavanderia. Eliott não teve tempo de se perguntar o que faziam ali: Katsia o imprensara contra a parede e lhe torcia o braço nas costas, numa posição especialmente desconfortável.

— Agora, mágico, fale quem você é e o que está procurando — disse.

— Ei, assim não dá — protestou Eliott —, está me machucando!

— Eu sei. E vai doer mais ainda se não responder imediatamente à minha pergunta.

— Meu nome é Eliott e eu gostaria de ir a Oza-Gora.

— Isso, você já falou e não sou surda. Melhor me dizer o que eu ainda não sei e que está tentando esconder.

— Não estou escondendo nada!

— Não zombe de mim — gritou Katsia, torcendo um pouco mais o braço de Eliott. — Por que deseja ir a Oza-Gora? E por que está atrás de Jov?

A dor no braço de Eliott era tão forte que estrelas começaram a dançar diante de seus olhos. Se queria escapar, era agora ou nunca. Fechou os olhos, rezando para fazer um deslocamento instantâneo. Mas Katsia apertou mais ainda a chave e imprensou sua cabeça contra a parede. Eliott estava prestes a desmaiar. Naquelas condições, impossível fugir.

— Nem pense nisso! — ela disse. — Acha que não percebi sua manobra ainda há pouco? Sei que fecha os olhos quando usa seu poder. Agora me diga por que cismou de ir a Oza-Gora.

Eliott estava paralisado de medo e de dor.

— É meu pai! — gemeu. — Ele está morrendo, e só o Mercador de Areia pode salvá-lo. É por isso que tenho que ir a Oza-Gora.

Eliott sentia no pescoço a respiração quente e rápida de Katsia, que não dizia nada. Talvez estivesse decidindo se devia ou não acreditar naquilo. Eliott, indefeso, quase chorou de dor e raiva.

— Vamos admitir que esteja falando a verdade — disse finalmente Katsia —, o que isso tem a ver com Jov? Por que deseja entrar em contato com o homem mais procurado de toda a Oníria?

— Jov é procurado? — bufou Eliott.

Katsia virou-o violentamente de frente para ela e mergulhou seus olhos de gelo nos de Eliott. O sangue voltou a correr no braço do jovem Criador, o que ardeu mais que o suco gástrico.

— Você não sabia que Jov era procurado? — perguntou Katsia.

— Não — respondeu Eliott, com uma voz neutra.

— Todo mundo em Oníria sabe que Jov é procurado — gritou a aventureira, sacudindo Eliott. — Você deve estar de brincadeira!

— Talvez ele tenha acabado de ser criado e ainda não esteja a par! — interveio Farjo, saindo finalmente do mutismo.

— Se fosse esse o caso, também não teria ouvido falar no Mercador de Areia — respondeu Katsia.

— Pode ser que ele venha de um lugar onde a propaganda oficial não é veiculada! — tentou novamente Farjo.

— Ao que eu saiba, o único lugar que escapa dela é precisamente Oza-Gora — retorquiu Katsia, no auge da irritação. — E a princípio os oza-gorianos não sabem executar os truquezinhos de mágica do seu amigo.

De repente, Katsia imobilizou-se, pensativa.

— Espere um pouco... Farjo, que poderes você disse mesmo que seu camaradinha possui?

— Ele pode viajar de um lugar para o outro num piscar de olhos, pode fazer objetos aparecerem, trocar de roupa...

— Isso não é verdade! — murmurou Katsia, libertando Eliott.

Ela não despregara os olhos do garoto, mas seu olhar tornara-se menos duro: exprimia agora um misto de surpresa e um brilho quase simpático. A aventureira tentou até mesmo um arremedo de sorriso.

— Farjo — ela disse —, acho que você nos arranjou um Criador!

Meia hora mais tarde, Eliott, Farjo e Katsia se instalavam nos degraus de pedra do mosteiro, banhados pelo sol. O pátio estava deserto. Apenas o vulto ocasional e furtivo de um monge, às vezes, lembrava que aquele lugar era habitado. Farjo guardara seus desenhos no embornal da aventureira e recuperara sua forma de macaco. Katsia e ele garantiram a Eliott que não tinham nenhuma intenção de denunciá-lo à CRIMO e o assediavam com perguntas sobre o mundo terrestre, sobre seu pai, sobre sua avó, sobre a ampulheta, sobre seus poderes, sobre Aanor e sobre a rainha Dithilde. Era a primeira vez que os dois encontravam um Criador, e queriam saber tudo. A atitude de Katsia mudara radicalmente depois que ela se inteirara da identidade de Eliott. Sua insaciável curiosidade eliminara todo vestígio de agressividade, de modo que quase chegava a parecer inofensiva. Mesmo assim, Eliott não era bobo de lhe dar as costas.

Ao fim de um momento, o ritmo das perguntas diminuiu.

— O que me admira é a atitude da princesa Aanor — comentou Farjo.

— Por quê? — perguntou Eliott.

— Porque ela tem a reputação de não saber mentir — explicou o macaco.

— E você acredita nisso? — indagou Eliott.

— Não sei — respondeu Farjo. — Mas muita gente acredita.

— Na minha opinião, essa fulaninha está é escondendo o jogo! — concluiu Katsia, dando um tapão nas costas de Eliott. — Você caiu feito um patinho, irmão. Nunca confie nos belos olhos de uma garota!

Eliott fez uma careta.

— Então, recapitulando — continuou Katsia —, nos últimos seis meses, alguém do nosso mundo força seu pai a dormir permanentemente e a ter pesadelos horríveis. Sua avó se dá conta disso, manda você para cá, a fim de encontrar o Mercador de Areia, na esperança de que ele possa curar o seu pai. Você topa com a CRIMO, que o toma por um pesadelo; depois, com a princesa Aanor, que diz que pretende ajudá-lo, mas faz você cair numa armadilha e dar de cara com a rainha, que quer obrigá-lo a criar para ela um exército, para lutar contra os pesadelos. Como último recurso, você tenta fazer contato com um amigo da sua avó, que ela não vê há décadas. Mas acontece que este homem é o número um da lista dos bandidos procurados pela CRIMO. Assim, termina por topar sucessivamente com aquela louca da Neptane, com um esquadrão, com esse Farjo imprestável e, finalmente, comigo.

— Humm... sim — concordou Eliott —, é isso!

136

— Muito bem, podemos dizer que você coleciona fracassos: com um pouquinho mais de azar, morre! — disse a aventureira, rindo.

O humor de Katsia não era inteiramente do agrado de Eliott. Nem do de Farjo.

— Imprestável! — resmungou o macaco. — Como assim, imprestável?

— Vamos, não se zangue — disse Katsia, coçando a cabeça do amigo —, você sabe perfeitamente que é meu imprestável preferido!

— Mmmmhhh — grunhiu Farjo, fazendo manha.

Eliott decidiu que era sua vez de fazer perguntas. Agora que estavam ao abrigo de ouvidos indiscretos, Katsia talvez aceitasse responder...

— Katsia — ele disse —, por que Jov é procurado pela CRIMO?

— Jov está à frente de um grupo de rebeldes que inferniza a rainha Dithilde — respondeu Katsia, continuando a coçar o macaco. — Um conselho: nunca pronuncie seu nome em público!

— Faz quatro anos que os esquadrões tentam agarrá-los — acrescentou Farjo. — O retrato dele está espalhado por toda Oníria, mas ninguém sabe onde ele se esconde. Uma figuraça, esse Jov! Eu gostaria muito de conhecer seu segredo.

Farjo era seu fã número um.

— Então, se estou entendendo bem — concluiu Eliott, num tom de decepção —, não tenho nenhuma chance de encontrá-lo.

— Rigorosamente nenhuma — confirmou Katsia, num tom displicente. — Se resolver ir atrás dele, só vai arranjar problema.

Eliott reconheceu: não poderia contar com o grande amigo de sua avó, isso agora era certo. Contudo, ainda lhe restava a esperança de obter uma leve ajuda, e ele estava sentado ao lado dela.

— E você, Katsia, por acaso sabe como posso ir a Oza-Gora? — perguntou. — Farjo falou que talvez você tivesse uma ideia.

— Ah, ele falou isso? — surpreendeu-se Katsia, dirigindo um olhar de censura a Farjo. — Pois bem, ele se enganou. Repito: é impossível ir a Oza-Gora.

Desta vez, Eliott sentiu um nó na garganta. Enfrentara todos aqueles perigos, escapara da CRIMO, quase morrera de frio, quase fora atingido por um tiro, tinha sido engolido por uma baleia, subjugado pela própria Katsia, e tudo isso para nada?

— Impossível? — ele perguntou, com uma voz sumida. — Mas, afinal, deve haver um jeito, um mapa, um itinerário...

Katsia olhou no fundo dos olhos de Eliott.

— Que as coisas fiquem claras, guri — ela disse. — Ninguém sabe como ir a Oza-Gora. Não existe mapa, e ninguém pode lhe dar informações.

— Mas por quê? — implorou Eliott. — Isso não faz nenhum sentido! Oza-Gora deve estar em algum lugar.

— Oza-Gora se desloca permanentemente na esfera do nosso mundo — explicou Katsia. — Nunca está duas vezes no mesmo lugar.

Para Eliott, aquilo era uma ducha de água fria. Sabia da dificuldade de alcançar Oza-Gora. Imaginara um caminho enxameado de perigos, pontes levadiças, monstros, florestas impenetráveis, mas isto nunca lhe passara pela cabeça: uma posição aleatória impossibilitando qualquer tentativa de busca. Uma coisa, digamos, imponderável.

Mas devia haver um jeito! Mamilou dissera que ele não chegaria lá sozinho, não que era impossível.

— Nunca nenhum habitante de Oníria foi até lá? — insistiu Eliott.

— Nenhum — confirmou Katsia. — Somente, talvez, o velho Bonk, mas, enfim...

Farjo dirigiu a Eliott uma piscadela cúmplice.

— Eu não tinha falado que Katsia teria uma pista! — exclamou.

— Quem é esse velho Bonk? — perguntou Eliott, cheio de esperança.

— Um ex-Buscador de Areia que afirma já ter ido a Oza-Gora — respondeu Katsia, dando de ombros.

— E o que é um Buscador de Areia? — indagou o jovem Criador.

— Alguém que vai a Oza-Gora para se apoderar da Areia e fazer fortuna, ou tomar o poder — explicou Farjo. — São foras da lei, e quase sempre o tipo de pessoa que não temos nenhuma vontade de encontrar à noite, num beco escuro... Até mesmo existe um decreto real que nos proíbe de falar com eles!

NO ARMÁRIO!

— No início, achei que você era um deles — acrescentou Katsia. — Foi por isso que o maltratei um pouco.

Eliott achou que "maltratei um pouco" era um eufemismo suave para o brutal interrogatório que ela lhe infligira no armário de produtos de limpeza.

— Como a Areia pode fazer a fortuna de alguém? — perguntou. — Vocês a utilizam como moeda? Igual aos desenhos?

— Claro que não — divertiu-se Katsia. — Que ideias esquisitas você tem!

Eliott não via em que pagar com Areia era mais esquisito do que pagar com desenhos, mas não fez tal observação. Manifestamente, não queria dar motivos a Katsia para que ela voltasse a exercitar sobre ele seu notável conhecimento dos pontos mais sensíveis do corpo humano.

— É simples como um tronco de coqueiro — declarou Farjo. — Se você tiver a Areia, você controla os sonhos dos terrianos. — Logo, controla a atividade de seus Magos e o que eles produzem.

— E daí?

— E daí? — exclamou Katsia. — Por acaso você é idiota? São os Magos que produzem tudo aqui: os seres, as casas e tudo que há dentro, a comida, as roupas, as plantas, os animais, os veículos... Não sabia disso?

— Sim, sim, sabia. Mas eu...

— Quem controla os Magos controla Oníria inteira! — cortou Katsia. — É por isso que o Mercador de Areia é o homem mais poderoso do Reino dos Sonhos. Ainda mais poderoso que a rainha Dithilde.

— É uma pessoa sagrada para nós! — acrescentou Farjo.

— É o único que tem o direito de controlar a Areia — concluiu Katsia, com dureza. — Os que contestam isso são loucos perigosos.

— Tudo bem, entendi — disse Eliott. — De agora em diante, evitarei dizer às pessoas que estou procurando Oza-Gora...

— É, ficaria melhor pra você, camaradinha — acrescentou Farjo. — Se acharem que você é um Buscador de Areia, não serão apenas os espiões pagos pela CRIMO, como Neptane, que vão lhe causar problemas! Todos os bons cidadãos de Oníria estarão atrás de você.

139

— Neptane é paga pela CRIMO? — espantou-se Eliott.

— Para vigiar a casa de Jov, sim — confirmou Farjo. — Todo mundo sabe disso!

— Pode-se dizer que você se atirou dentro da boca do lobo! — observou Katsia, meio que brincando.

Eliott fez uma careta.

— Paciência, agora bola para a frente — ele resmungou. — Esse Buscador de Areia a que você se referiu, esse Bonk, ele foi mesmo a Oza-Gora?

— É o que ele diz — respondeu Katsia, com ares de dúvida. — Mas ele é completamente doido, não acredito numa palavra sua.

— Você falou com ele! — exclamou Farjo. — Ahá, a madame faz coisas proibidas pelas costas do amigo Farjo...

— Falei com ele uma vez — confessou Katsia. — Eu teria problemas com a CRIMO se alguém soubesse disso.

Katsia dirigiu um olhar ameaçador para Eliott. Estava claro o subentendido: era do seu interesse segurar a língua se não quisesse terminar pregado na porta do armário de vassouras.

— E... acha que poderia falar com ele de novo, para verificar? — sugeriu Eliott.

— Não — grunhiu a aventureira. — É um pilantra; nem penso em estar com ele de novo. Além disso, tenho certeza de que ele blefa. Eu nunca deveria ter tocado neste assunto.

A violência com que Katsia reagira fora tão grande que Eliott ficou sem voz.

— Venha, Farjo — ela acrescentou, levantando-se prontamente. — Vamos voltar para casa.

Eliott não teve tempo de reagir. Katsia deu alguns passos, então se virou, admirada que seu companheiro não a seguisse.

— O que está esperando, Farjo? — ela perguntou, num tom impaciente.

Farjo exibia um ar severo que o fazia ficar vesgo.

— Espero que me explique por que não quer voltar para falar com o velho Bonk — ele disse.

NO ARMÁRIO!

— Já falei — irritou-se Katsia —, é inútil, ele nunca foi a Oza-Gora. E, além disso, é proibido. Bom, você vem?

— Esta é a razão oficial — retorquiu Farjo, que não se movera uma polegada. — Pois eu quero a razão verdadeira...

— Esta é a única e verdadeira razão — enervou-se Katsia.

— Está mentindo! — atacou Farjo.

— Claro que não! — defendeu-se Katsia.

— Sim.

— Não, estou dizendo.

— Sim, está mentindo. Tem outra coisa, eu sei.

— Não, não, não, não, não!

— Sim, sim, sim, sim, sim!

Katsia agora estava vermelha de raiva.

— Pfff — bufou Farjo —, tenho certeza de que você morre de vontade de ir a Oza-Gora. Quem sabe se não foi por isso que foi procurar Bonk da primeira vez! Você queria que ele a conduzisse até lá!

— Esqueça! — insurgiu-se Katsia.

A aventureira estava tão nervosa que suas mãos tremiam. Exibia inclusive uma espécie de tique nervoso que fazia suas narinas vibrarem.

— Ah, suas narinas estão vibrando! — exclamou Farjo, triunfante. — Você sempre faz isso quando quer esconder alguma coisa! Estou certo, você pediu a Bonk que a levasse a Oza-Gora!

— Você me tira do sério! — berrou Katsia. — Eu tinha ouvido falar do velho Bonk e do que ele contava. Fui visitá-lo, pedi que me guiasse até lá; ele recusou. Não quero ser humilhada de novo. Fim de papo.

Eliott não acreditava em seus ouvidos. Quer dizer que aquela garota que percorrera Oníria de ponta a ponta, que conhecia todas as técnicas de combate possíveis e imagináveis, aquela garota que nada nem ninguém impressionava... ficava encabulada só por um dia ter pedido ajuda a alguém!

— Faça como bem entender, Farjo — disse a aventureira, exasperada —, porque eu volto para casa.

— Não ajudará Eliott, então? — desafiou-a o macaco.

141

O REINO DOS SONHOS

— Quer realmente que eu esmague sua cabeça numa pedra? — perguntou a aventureira, aproximando-se com ar ameaçador.

— Tudo bem, tudo bem, não falo mais — recuou o macaco, com os braços erguidos em sinal de trégua.

Farjo voltou-se para Eliott e, fazendo uma careta de desolação, abriu as patas para sinalizar sua impotência.

— Eu queria realmente ajudá-lo, camaradinha, mas não vejo o que mais posso fazer — admitiu. — Ela não vai mudar de opinião.

— Sossegado — balbuciou Eliott. — Obrigado por ter tentado.

Mas não era seu coração que falava. Katsia tinha sido sua última esperança.

A aventureira chamou novamente Farjo. O macaco estendeu a Eliott uma pata, que o menino apertou sem prestar atenção, e tartamudeou uma série de desculpas que Eliott não gravou. A aventureira roçou a pedra de uma das estátuas de dragão. Um Portal se abriu. Ela o atravessou.

— Se cuida, camaradinha — disse Farjo, antes de partir. — A última Criadora que veio a Oníria morreu. Não quero que lhe aconteça a mesma coisa.

O macaco desapareceu do outro lado do Portal. Eliott sentiu um bolo na garganta.

⧗

Meia hora mais tarde, Eliott continuava sentado, sozinho e desorientado, nos degraus do mosteiro. Desde que Mamilou lhe dera aquela ampulheta, ele arriscara a vida várias vezes. À toa. As únicas duas pistas que ele vislumbrara para alcançar a inalcançável Oza-Gora haviam evaporado, uma devido à traição de uma jovem princesa, a outra devido ao egoísmo de uma aventureira. Pior, não poderia contar com a ajuda de ninguém, nem mesmo, principalmente, com a daquele Jov mencionado por sua avó. Quanto a interrogar qualquer um que aparecesse a respeito de Oza-Gora e Jov, seria uma missão suicida.

Uma voz na cabeça de Eliott repetia que o mais razoável seria enterrar as esperanças. Desistir daquela busca impossível e perigosa demais.

Enquanto ainda era tempo.

142

11

Lampejo

Christine ainda estava de roupão quando Eliott entrou na cozinha. Parecia decidida a trabalhar em casa, como fazia de vez em quando após uma viagem. Tomava seu café escutando as gêmeas contarem o que tinham feito na escola, na véspera. Seu humor era excelente, não tendo notado as olheiras no rosto de Eliott. Eliott, por sua vez, nunca se sentira tão cansado. Sua noite movimentada o esgotara física e mentalmente, e, aquela manhã, ele não passava da sombra de si próprio: abatido, desanimado, esvaziado.

As gêmeas também tinham as feições amassadas por terem ido dormir tarde, mas cumpriram com a palavra e não haviam dito nada à mãe acerca da escapada noturna de Eliott. O sorriso de Christine era prova irrefutável disso.

— Tenho uma boa notícia — ela trombeteou, assim que Eliott se instalou à mesa.

Eliott ergueu um olho ressabiado. Desconfiava das boas notícias de sua madrasta.

— Talvez eu tenha conseguido um lugar para morarmos em Londres — continuou. — Foi um amigo que encontrei ontem em Bruxelas que me falou; seus vizinhos estão se mudando no fim de dezembro. Liguei para eles e concordaram em que visitássemos o apartamento este fim de semana. Viajaremos, os quatro, sexta à noite. Assim, faremos um pouco de turismo ao mesmo tempo!

Eliott quis protestar, mas nenhum som saiu de sua garganta. Tivera razão em desconfiar, era uma catástrofe! Fim da visita semanal ao hospital. Enterrada a esperança de passar um tempinho com Mamilou. E, principalmente, se Christine decidisse ficar com o apartamento naquele fim de semana, não haveria mais alternativa possível: em janeiro, iriam morar em Londres. Eliott tentou por um segundo imaginar o que seria sua vida lá, com Christine, sem seu pai e longe da avó. Só de pensar, tinha vontade de vomitar. O único meio de evitar essa calamidade era que seu pai ficasse bom antes do Natal. E, para isso, precisava encontrar o Mercador de Areia. Isto é, arriscar a vida novamente, sem nenhuma garantia de sucesso.

Eliott se perguntou se preferia morrer, ou ir para Londres.

Ficou na dúvida.

⏳

O primeiro período da manhã era uma aula de história. A srta. Mouillepied já corrigira os deveres de segunda-feira e devolvia as dissertações. Arthur Belezura tirou onda com sua nota oito e meio, sob o olhar indiferente de Eliott. Mas, quando devolveu o dever de Eliott — um honroso cinco e meio, arrancado de raspão graças a suas revisões de última hora —, a srta. Mouillepied o fitou, perplexa.

— Ué, que estranho — ela disse —, achei que tinha lhe dado uma nota mais alta... Devo ter sonhado!

Ela estava certa! Eliott, por sua vez, se lembrava perfeitamente que, durante a noite, o Mago da srta. Mouillepied lhe dera um escandaloso nove por ter dito que preferia a pirâmide do Louvre ao estranho croissant que surgira em seu lugar. Eliott esboçou um sorriso, evocando a cena. Um sorriso supermelancólico. O encontro com o Mago de sua professora de história era uma das únicas recordações agradáveis de sua noite em Oníria! O resto não passara de uma temerária sucessão de más notícias e decepções.

À tarde, em vez de correr para a aula de ginástica como todas as quartas--feiras, Eliott se arrastou até a sala de estudos para sua prova de matemática. Assim que abriu a porta da sala, suspirou. Clara Furiosa também estava lá. Isso não tinha nada de espantoso: aquela profissional da provocação parecia ter uma assinatura anual. A inspetora distribuiu uma folha de exercícios na qual Eliott reconheceu a letra minúscula e atormentada do sr. Mangin. Ele agarrou a folha com um gesto de fastio e foi se sentar o mais longe possível de Clara. Instalando-se, deu uma espiada para o lado da Furiosa. Ela colocara a folha de exercícios ao contrário, sobre a carteira, e se balançava na cadeira, olhando as moscas voarem. Eliott tentou concentrar sua atenção no enunciado do primeiro exercício.

Ao fim de dez minutos, recebeu um aviãozinho de papel na ponta do nariz. Clara era perita na arte de fabricar esses pequenos projéteis. Eliott virou a cabeça. Furiosa, ela o observava com ar zombeteiro. Ele tentou não prestar atenção, mas um segundo avião, depois um terceiro, aterrissaram perto de sua mesa. Ele acabou dando uma olhada no mais próximo e reconheceu a letra de Clara entre duas dobras. Eliott desdobrou o papel. Havia uma mensagem cheia de manchas e erros de ortografia.

Eu descubri um novo eslogan: Lafontaine, covardia de pai para filhu! Gosto?

Eliott teve de fazer um esforço colossal para não se levantar e ir dar o cascudo que a Furiosa merecia. Mas conter tanta raiva estava acima de suas forças, já no fim. Seus olhos ficaram marejados. Aquilo era demais. Além da conta. Eliott desmoronou sobre a carteira, com a cabeça entre as mãos.

— Tudo bem, Eliott? — perguntou a inspetora.

Ele não levantou a cabeça. Não, não estava tudo bem.

Em seguida, feito um robô, levantou-se e vestiu o suéter, apesar dos protestos da inspetora, à qual entregou uma folha em branco. Tiraria outro zero, mas essa era a menor de suas preocupações. Pegou a mochila e empurrou a porta da sala. Não ouviu os gritos para que voltasse. Sua cabeça estava longe. Desceu as escadas e atravessou o pátio do colégio. Assim que transpôs o portão, saiu em disparada. Correu pelas calçadas, atravessou ruas e avenidas. Passou por árvores, prédios, carros, punhados de vultos anônimos que pareciam viver outra vida, num outro planeta. Não sabia aonde seus passos o levavam e estava se lixando para isso. Tudo o que queria era continuar a correr. Rápido. Muito rápido. Tão rápido que nada mais pudesse alcançá-lo. Nem os pingos da chuva que não paravam de cair, nem a fumaça dos escapamentos, nem as exclamações dos transeuntes. Eliott teve a sensação de se transformar num animal. Parara de pensar, e isso lhe fazia bem.

Quando finalmente parou de correr, percebeu que seus passos o haviam conduzido ao único lugar aonde tinha vontade de ir: o hospital. Admirou-se de estar tão longe do colégio. Não imaginava ter corrido tanto tempo. Deu de ombros, entrou com determinação no pavilhão C e se dirigiu ao balcão da recepção.

— Bom dia, Liliane — cumprimentou. — Onde fica o setor de cuidados paliativos?

— Bom dia, Eliott — ela respondeu. — Seu pai está no quarto 407, quarto andar.

— Obrigado — ele agradeceu, girando nos calcanhares.

— Eliott — chamou-o Liliane.

O garoto virou para o rosto familiar, que sorria para ele com cara de pena.

— Sua avó acabou de passar — ela disse. — Ela me contou sobre seu pai. Eu sinto muito. Sabe, a equipe dos cuidados paliativos é ótima. Eles cuidarão dele com carinho até o fim. Ele não sofrerá.

— Obrigado — balbuciou Eliott, antes de virar para o elevador, a fim de esconder as lágrimas que lhe vinham aos olhos.

O quarto andar estava calmo, e o quarto 407 até que era bonito para um quarto de hospital. Era maior que o 325. Havia vasos de plantas, um sofá, uma mesinha com revistas e panfletos informativos sobre o acompanhamento do fim da vida. Um painel todo branco dissimulava os múltiplos aparelhos nos quais o corpo de seu pai ficava permanentemente conectado. Sem o cheiro de éter característico que lhe agredia as narinas, Eliott quase teria esquecido que estava num hospital.

Eliott se aproximou do leito. Philippe parecia tranquilo. Depositou um beijo em sua testa. Era a primeira vez que vinha sozinho visitar o pai, e essa intimidade o agradou. Sozinhos, os dois. O pai e o filho. O filho e o pai. Um tão desamparado quanto o outro.

Eliott puxou a cortina da janela para fazer o sol entrar e sentou-se numa poltrona, bem ao lado da cama.

— Meu pobre papaizinho — murmurou com tristeza —, estou tentando tirar você daqui. Mas é complicado. Muito complicado. Preciso então que segure a barra, hein! Você tem que resistir para me dar tempo de descobrir a solução.

Suavemente, Eliott pousou o rosto sobre a mão inerte do pai. Respirou no pulso quente e regular que batia contra sua face e fechou os olhos.

Eliott acordou com a sensação de que alguma coisa lhe escapara. Levantou a cabeça e esfregou os olhos. Seu pai continuava calmo. A equipe médica devia entupi-lo com calmantes para que ficasse sossegado e não perturbasse o sono dos outros pacientes do andar. Que ironia. O garoto se levantou. Aquela pequena sesta o deixara entorpecido. Precisava esticar as pernas. Deu alguns passos no quarto, bebeu um copo d'água, mas a sensação estranha não ia embora. Tinha sonhado? Com quem? Com quê? Não se lembrava de nada. No entanto, tinha certeza disso, compreendera alguma coisa de essencial durante o sono. Ah, como era irritante não se lembrar dos sonhos que tinha sem a ampulheta!

Então se lembrou de tudo. Num lampejo. Não era sequer uma imagem, só uma convicção. Precisava voltar para encontrar Aanor. Não sabia por quê, mas era uma evidência. Alguma coisa lhe escapara, e ela era a chave do mistério.

Aquela noite faria uma visita à princesa dos sonhos.

O REINO DOS SONHOS

Quando voltou ao apartamento, Eliott teve direito a uma bronca monumental. O colégio chamara Christine para avisar que ele fugira da prova. Tinham sido muito claros: da próxima vez, conselho de disciplina. Para coroar o dia, Juliette contara sobre a escapada noturna de Eliott na véspera. Christine determinou o castigo na mesma hora: Eliott não poderia sair de casa até nova ordem.

Adeus, visitas a Mamilou.

Mas podia continuar com as viagens a Oníria.

A cólera da rainha

Eliott encontrou Aanor num parque magnífico. A jovem princesa estava sentada no meio de uma aleia de areia branca e traçava linhas no chão com uma varinha. Estava tão concentrada que não percebeu a chegada do jovem Criador. Este aproveitou-se disso para se esconder num bosque adjacente. Lá, estaria mais à vontade para aperfeiçoar sua camuflagem. Com efeito, Eliott decidira se disfarçar antes de abordar Aanor, a fim de minimizar as chances de ser reconhecido por eventuais guardas. Então, fez de tudo para se tornar irreconhecível, imaginando uma fantasia de mosqueteiro, com túnica, chapéu com pluma, luvas de couro e a indispensável espada. Em seguida, fez aparecer um espelho para verificar seu disfarce. O que viu não era nada agradável: não só estava ridículo como totalmente reconhecível! Após diversas tentativas infrutíferas, terminou por acrescentar uma longa peruca cacheada e um bigodinho. Continuava parecendo um palhaço, mas pelo menos não podiam mais identificá-lo, o que já era lucro.

Foi então um mosqueteiro miniatura que se aproximou da princesa e parou a dois passos dela, com as mãos nos quadris. Aanor olhou sem curiosidade para a sombra do fidalgo enchapelado que lhe tapava o sol. Sem sequer erguer o nariz, tentou se livrar do importuno.

— Siga o seu caminho, cavalheiro — ela ordenou —, não estou com disposição para conversar.

— Não obstante, preciso falar com a senhorita — anunciou Eliott, num tom tão pomposo quanto imperativo.

Aanor levantou a cabeça, admirada. O jovem Criador puxou num relance o bigode, e o rosto da princesa se abriu num largo sorriso.

— Eliott! — disse, num sopro. — Você veio!

Ela olhou em volta.

— Vamos sair aqui — murmurou, apontando com o queixo um chapéu de feltro violeta, que se podia ver passando ao longo de uma cerca ao lado. — Vamos nos afastar do castelo e dos ouvidos indiscretos.

Continuou então em voz alta:

— Vejo que sabe o que quer, cavalheiro. Assim seja! Vamos caminhar pelas aleias do parque e me dirá o motivo de tanta pressa.

Eliott estendeu galantemente a mão à princesa, para ajudá-la a levantar-se. Arrastou-a através das aleias cada vez mais escuras até um bosque fechado, constituído por uma profusão de utensílios de cozinha: facas, garfos, espátulas e batedores de ovos se emaranhavam e retiniam ao vento. Só havia uma trilha estreita desobstruída, embora minúsculas peneiras começassem a crescer ao pé de colheres gigantes. Em outras circunstâncias, Eliott teria se maravilhado. Naquele momento, estava nervoso demais para admirar a paisagem.

De repente, Aanor parou em frente a um arbusto de raladores de queijo e voltou-se para Eliott.

— Você não vai fabricá-la, não é? — perguntou.

— Do que você está falando? — reagiu Eliott, surpreso.

— A arma que minha mãe pediu para você criar. Não vai fabricá-la, não é? Não é por isso que está aqui, certo?

— Não — respondeu Eliott, pego desprevenido por aquelas perguntas. — Não vou criar um exército para sua mãe, e não é por isso que estou aqui...

— Ah, fico aliviada! — suspirou Aanor, sem dar tempo a Eliott de dizer uma palavra. — Quando vi seu Mago ainda há pouco, ele parecia determinado a fazer isso. Mas nunca se sabe até que ponto confiar nos Magos...

A CÓLERA DA RAINHA

— Você viu meu Mago! — exclamou Eliott.

— Agorinha mesmo. Não por muito tempo. Ele apareceu na sala do trono e começou a criar tudo que você pode imaginar: cavalinhos de balanço, soldadinhos de chumbo aos milhares. Em seguida, exigiu seu pagamento, disse que minha mãe lhe devia um favor. Minha mãe o escorraçou, estava furiosa. Eu o alcancei, queria mandar mensagem para você. Tinha esperança de que se lembraria dela.

— Que mensagem? — indagou Eliott.

— Repeti para o seu Mago que você precisava vir me encontrar. Eu queria uma chance para explicar o que aconteceu outro dia. Fico feliz que tenha vindo.

Eliott estava pasmo. Aquela sensação estranha que o invadira ao despertar de sua sesta, aquela impressão de que alguma coisa lhe havia escapado, depois aquela certeza de que precisava rever Aanor... Tudo isso tinha sido provocado pela conversa que Aanor tivera com seu Mago!

— Em outras palavras, você me manipulou — ele reclamou.

— Você teria vindo se eu não tivesse feito isso? — perguntou a princesa.

— Não sei — grunhiu Eliott.

Aanor fez uma cara de desolação.

— Escute, Eliott, não fui eu que revelei sua identidade outro dia.

— Quem foi então? — protestou Eliott. — Ninguém mais sabia quem eu era!

— Eu sei — disse Aanor. — No entanto, quando retornei ao palácio, depois do nosso primeiro encontro, minha mãe já estava sabendo de tudo. Não sei como. Talvez tenhamos sido espionados... Seja como for, no dia seguinte, ela me obrigou a permanecer na sala do trono na hora do nosso encontro, para ter certeza de encontrar você. Tentei fugir, mas os guardas me alcançaram. Eu estava furiosa!

— Como quer que eu acredite em você depois de tudo o que aconteceu? — indignou-se Eliott. — Você me manipula o tempo todo!

— Você não gosta de mim — concluiu tristemente a jovem princesa. — Está enganado, mas eu entendo. As aparências depõem contra

151

mim. Se estivesse em Oníria há mais tempo, talvez soubesse que não tem razão nenhuma para duvidar de mim. Sou incapaz de mentir. Fui criada assim.

— Não sei, não — disse Eliott —, é um argumento muito fácil. E nada prova isso.

— É verdade — concordou a princesa. — Experimente então, faça-me uma pergunta, qualquer uma. Verá que não consigo mentir.

Eliott estava embaraçado. Que pergunta fazer para se certificar da sinceridade da princesa?

— Por que você chorou quando sua mãe me pediu para criar um exército? — ele começou.

— Porque acho a guerra uma coisa horrível e estou convencida de que ela não resolveria nada — respondeu Aanor com altivez. — Só o Enviado e o Eleito podem salvar Oníria.

— E acredita mesmo que eu sou o Enviado?

— Mais do que nunca.

— Por quê?

— Porque tive esse pressentimento assim que o encontrei. Porque não acredito que sua presença aqui seja uma coincidência. Porque vi você operar no palácio e porque não se topa com um dom como o seu todos os dias. Porque preciso acreditar nessa lenda para não me entediar mortalmente nesta minha vida de princesa ignorante do vasto mundo. Porque quero provar à minha mãe que ela nem sempre tem razão e que não sou a princesinha bem-comportada e um pouco estúpida que ela gostaria que fosse.

Eliott ficou pasmo com tanta franqueza e lucidez. Mesmo assim, aquilo tudo não chegava a provar que Aanor fosse incapaz de mentir.

— Última pergunta — ele acrescentou. — Como posso ir a Oza-Gora?

O olhar penetrante da princesa incrustou-se nas pupilas de Eliott.

— Vou responder — ela disse gravemente —, mas antes queria lhe fazer uma pergunta também. Por que deseja ir até lá? E não me venha dizer que é para verificar se você é o Enviado; sei que está se lixando completamente para isso.

A CÓLERA DA RAINHA

Aquela lucidez merecia uma resposta honesta.

— Porque meu pai está prestes a morrer e só o Mercador de Areia pode salvá-lo — contou. — E porque, se eu não salvar o meu pai, minha vida vai virar um inferno.

A princesa continuou a estudar o olhar de Eliott, que fazia força para não olhar para o chão.

— Não poderei acompanhá-lo até lá — ela deixou escapar ao fim de um momento. — Minha mãe reforçou a segurança do palácio, não posso mais sair, e ela saberia imediatamente se eu escapasse. Colocará toda a CRIMO nos meus calcanhares, e nós dois seremos apanhados antes de sair de Hedônis. Mas vou lhe contar o que sei, para você poder ir sozinho até lá.

— Obrigado — murmurou Eliott.

— Com uma condição — acrescentou Aanor.

— Qual?

— Quando estiver com o Mercador de Areia, prometa que vai lhe perguntar onde está a Árvore-Fada. E prometa ir consultar a criatura mágica assim que puder.

Eliott sorriu. Aanor era a garota mais teimosa que ele conhecia.

— Prometo ir visitar a Árvore-Fada assim que meu pai ficar bom — declarou.

— Então negócio fechado — disse Aanor, com um sorriso. — Vou ajudá-lo.

A jovem princesa estendeu-lhe a mão diáfana, que Eliott apertou para selar o acordo.

— De tempos em tempos — ela explicou —, uma caravana de Oza-Gora vem a Hedônis pegar um carregamento de objetos e víveres. Não há nada em Oza-Gora a não ser a Areia, e os oza-gorianos necessitam de inúmeras coisas que aqui existem em abundância. A caravana não tem dia, nem hora, mas passa pelo menos uma vez por mês, às vezes mais.

— Uma caravana! — exclamou Eliott. — Mas isso é perfeito: basta eu saber onde e quando ela passará e pé na estrada!

— Aí é que está o problema — ponderou Aanor. — A caravana nunca passa no mesmo lugar, e suas visitas são aleatórias. Uma expedição leva as mercadorias até um local de encontro secreto. As únicas pessoas que detêm essa informação antes do dia D são o chefe da caravana, minha mãe e o grão-intendente. Mamãe nunca revelará um segredo desta importância, mas o grão-intendente está um pouco senil e gosta muito de mim. Eu poderia convencê-lo a me levar para visitar o entreposto real onde são preparados os carregamentos para a caravana. Quem sabe, lá, eu pudesse colher indícios e lhe fazer algumas perguntas... Mas, neste momento, isso é impossível; estou confinada no palácio. Vai ter que se virar sozinho para fazê-lo falar.

Eliott levou um susto. Um barulho metálico retinira bem atrás dele. Alguém, ou alguma coisa, estava encolhido no arbusto de raladores de queijo. Eliott cruzou com o olhar da princesa e compreendeu imediatamente que ambos haviam pensado a mesma coisa: não estavam sozinhos.

— Vamos dar o fora daqui — disse Aanor.

A princesa saiu em disparada, seguida imediatamente por Eliott. Antes de saírem da estranha floresta, pisotearam um canteiro de pires, fazendo um barulhão de louça quebrada. Logo desembocaram numa larga aleia ladeada por cerejeiras em flor. Mas não puderam seguir adiante. De repente, a criatura mais gigantesca e aterradora que Eliott já vira surgiu diante deles. Era um gigantesco dragão de três cabeças.

— Um pesadelo! — gritou Aanor.

Ela parou de correr e ficou paralisada. Quanto a Eliott, seu corpo se recusava a continuar avançando. Todos os músculos estavam congelados de pavor. O monstro tinha o tamanho de um prédio de quatro andares, e seu corpo inteiro era revestido de escamas escuras e espinhos pontudos. Sua cabeça central era preta como carvão; a da esquerda, vermelha como fogo; a da direita, azul como o fundo do mar; em cada uma luziam dois olhos amarelos parecidos com o das serpentes. Suas quatro patas exibiam garras compridas como espadas, e o rabo, suficientemente poderoso para espanar uma dúzia de cerejeiras de uma tacada só, terminava num dardo ameaçador.

— Muito interessante, jovem princesa — disse a cabeça preta do monstro num tom meloso —, quer dizer que agora nos escondemos nas aleias com o namorado? Ai, ai, ai, se a rainha soubesse!

— Quem é você? — perguntou a princesa.

Apesar do medo que a fazia tremer, Aanor mantinha-se ereta e digna diante do monstro.

— Como? Não me conhece? — divertiu-se a cabeça vermelha. — Não me diga que a querida rainha Dithilde nunca lhe falou de mim!

O dragão fez uma pausa.

— Gosto que me chame de Besta — anunciou a cabeça azul, com uma voz cavernosa.

— Você! — sussurrou a princesa.

— Sim, eu — disseram juntas as três cabeças, num esgar hediondo.

Eliott sufocou um grito de estupor. Tinha certeza de já ter visto aqueles sorrisos horrendos em algum lugar. Mas era incapaz de dizer onde.

— O que deseja? — atreveu-se a princesa.

— Oh, coisa à toa — continuou a cabeça preta... — A senhorita, jovem princesa.

Eliott correu na direção de Aanor, para agarrar sua mão e levá-la para longe daquele monstro terrível. Mal deu um passo, porém, a cabeça vermelha expeliu um jato de chamas em sua direção. Uma delas passou tão perto que queimou o chapéu e parte da peruca.

— Calminha aí, mocinho — disse a Besta. — Seja lá quem for, não tem nenhuma chance contra mim. Não tente bancar o herói, ou a chapa vai esquentar.

Eliott reagiu por reflexo, sem pensar. Fez o que seu Mago costumava fazer havia anos: desembainhou a espada e investiu contra o dragão. Porém, mais uma vez, não conseguiu ir muito longe. A cabeça azul do dragão soprou contra ele um vento tão gelado que Eliott logo se viu imobilizado no interior de um imenso cubo de gelo.

— Eu avisei! — disse a cabeça preta com desdém.

O REINO DOS SONHOS

Paralisado e furioso, Eliott viu três criaturas irromperem do dorso da Besta. Tinham corpos de mulheres, mas seus olhos eram enormes e não possuíam nariz, nem boca. Usavam malhas grudadas na pele e se deslocavam com quatro patas a uma velocidade alucinante: mulheres-aranhas! Em poucos segundos, haviam tecido ao redor de Aanor uma espessa camisa de força que a impedia de se mexer. A princesa mantinha-se paralisada, as mãos nas têmporas, estranhamente silenciosa. Quanto a Eliott, suas pálpebras haviam se congelado em posição aberta. Incapaz de criar o que quer que fosse, não podia senão assistir, impotente, ao rapto da princesa. Enquanto as mulheres-aranhas içavam Aanor nas costas do dragão, a cabeça preta soprou uma brisa que depositou um pergaminho a poucos passos de Eliott.

— Transmita essa mensagem à rainha Dithilde — disse a cabeça azul.

Em seguida, a Besta abriu as largas asas e voou rumo à imensidão do céu.

⧗

Um grito lancinante ressoou atrás de Eliott, imediatamente seguido por uma série de barulhos de bicos batendo. Cinco majestosos falcões, carregando grandes pistolas lilás nas garras, lançaram-se atrás da Besta e seu terrível fardo. Dois caíram quase imediatamente, enredados nas redes gosmentas que as mulheres-aranhas lançavam na direção de seus perseguidores. O rabo do dragão, majestoso e temível, chicoteava o céu, impedindo os outros três falcões de atacar por trás. Um deles tentou passar à força, mas o dardo o atingiu em cheio, fazendo-o despencar feito uma caça abatida com tiro de espingarda. Eliott não viu o que aconteceu em seguida: sua cabeça continuava prisioneira do gelo, e o combate agora se desenrolava fora de seu campo de visão. Em compensação, o calor do corpo derretera o gelo, o suficiente para que ele conseguisse fechar os olhos. Aproveitou-se disso para fazer aparecer uns dez aparelhos de calefação em torno do cubo de gelo, a fim de apressar o derretimento. Quando reabriu os olhos, soube que toda esperança de deter

A CÓLERA DA RAINHA

o dragão estava perdida: como meteoritos, dois projéteis em chamas esborrachavam-se no horizonte. Os últimos dois falcões.

Eliott voltou a cabeça assim que recuperou a liberdade de movimentos. A rainha Dithilde esquadrinhava o céu, com as mãos nas têmporas e o rosto crispado numa expressão dolorosa. Estava acompanhada por meia dúzia de guardas, do gato Lázaro, do grifo e de alguns outros conselheiros. O vestido da rainha ganhara uma cor vermelha tão escura que estava quase negro. Quanto a Eliott, as chamas e, depois, o gelo haviam destruído seu disfarce, e a rainha o reconheceu imediatamente.

— Você! — ela berrou. — O que faz aqui?

— Vim visitar a princesa Aanor...

— Foi você que permitiu que esses pesadelos entrassem nas dependências do palácio? Foi você que os ajudou a raptar minha filha?

— Não! — protestou Eliott. — Ao contrário, tentei protegê-la! Mas não consegui, aquele dragão era forte demais.

— Bogdaran, onde está você? — urrou a rainha com uma voz histérica.

— Estou aqui, majestade.

Um pássaro verde-escuro deixou os galhos de uma cerejeira para vir pousar no chão, a poucos metros da rainha.

— Por que não deu o alerta? Foi preciso a minha própria filha me chamar! Sem dúvida, perdemos segundos preciosos.

A rainha apontava com o dedo as têmporas avermelhadas. Eliott compreendeu por que Aanor pusera as mãos nas têmporas quando a situação se tornara desesperadora: sua mãe e ela deviam ter uma espécie de meio de comunicação mental, como a telepatia. Ela lhe pedia socorro.

— Tudo aconteceu muito rápido, majestade — desculpou-se o passarinho. — E estou sem defesa! Se eu tivesse me manifestado, o dragão teria me fritado na mesma hora.

— Traduzindo, você é um covardão! — concluiu a rainha, furiosa. — Ao menos consegue me dizer se esse garoto está falando a verdade?

— Ele está falando a verdade, majestade, ele realmente tentou salvar a princesa vossa filha, mas de uma maneira bastante ridícula, se quer minha opinião.

O REINO DOS SONHOS

— Bogdaran, seu papel é vigiar minha filha e me relatar suas menores atitudes, não fazer comentários.

Eliott estava boquiaberto. Quer dizer que Aanor era vigiada sem consentimento pela própria mãe! Fora então aquela ave maldita que contara à rainha a conversa deles no pomar, no dia do primeiro encontro; Aanor dissera a verdade, não o havia traído!

— Majestade — disse o pássaro —, se me permite, eu gostaria de...

— Cale-se! — gritou a rainha. — Já ouvi demais. E suma da minha vista se não quiser terminar na masmorra.

— Mas eu... — insistiu o pássaro.

— Suma, já disse!

O pássaro voou. Só que, em vez de desaparecer, foi pousar no ombro de Eliott.

— Você tem sorte — ele murmurou ao ouvido do jovem Criador. — A rainha acaba de perder uma oportunidade de conhecer o teor de sua conversinha com a princesa. Mas não perde por esperar. Assim que ela me chamar de novo, conto tudo. E pode dizer adeus ao seu planinho.

O pássaro abriu as asas e desapareceu, finalmente. Eliott estava congelado de pavor. Se o pássaro contasse à rainha certos detalhes de sua conversa com Aanor, ela, provavelmente, faria tudo para impedi-lo de encontrar o Mercador de Areia! Era preciso então agir rápido. Muito rápido!

— O que é isso? — estrondeou a voz da rainha.

O dedo dela estava apontado para os pés de Eliott. Ele abaixou os olhos. O pergaminho! Esquecera-se completamente dele!

— O dragão deixou isso para a senhora — disse.

— Passe pra cá — ordenou a rainha.

O tom era imperativo. Eliott recolheu o rolo e o entregou. Enquanto ela estendia a mão para pegá-lo, o grifo se interpôs.

— Atenção, majestade — ele a alertou. — Pode ser uma armadilha. Podemos esperar tudo da Besta. O pergaminho talvez esteja envenenado, ou contenha um explosivo, ou...

— Certíssimo — cortou-o a rainha.

A CÓLERA DA RAINHA

Ela recuou alguns passos, imitada por todos os que a acompanhavam.

— Lázaro — ela coaxou —, leia esse pergaminho para nós.

O gato avançou sem protestar e arrancou o pergaminho das mãos de Eliott. Desenrolou-o e o leu em voz alta, enchendo o peito:

Caríssima rainha Dithilde,

A senhora sabe muito bem que não pode continuar nos prendendo dessa forma, a nós, pesadelos, nesse gueto insalubre que chama de nosso reduto. Somos, queira ou não, cidadãos de Oníria e exigimos ser tratados como tais. Eis a lista de nossas reivindicações:

A senhora deve destruir imediatamente as fortificações e feitiços que nos mantêm em Efialtis, para que todos os pesadelos circulem livremente por todo o reino de Oníria.

A CRICO deve ser dissolvida, e os chips de localização que injetou em nós, à revelia, devem ser destruídos.

Exigimos anistia geral para todas as acusações feitas contra cada um de nós e a restituição do direito de voto aos cidadãos pesadelos.

Por fim, reivindicamos a nomeação de três representantes nossos para o Grande Conselho. Sua cegueira nos obriga a tentarmos obter sozinhos o que nos nega. Não tenha dúvida quanto a isto: se continuar se obstinando, agiremos à nossa maneira, e seus preciosos eleitores vão sofrer. Quanto à sua filha, vai voltar a vê-la quando a totalidade de nossas exigências for cumprida.

Obrigado,
Besta

Assim que terminou a leitura, o gato Lázaro levou o pergaminho até a rainha. Esta releu as poucas linhas e, furiosa, atirou a mensagem ao chão. Em seguida fechou os olhos, e a cor de seu vestido se aproximou aos poucos do lilás exibido normalmente.

— Está vendo, Eliott — ela disse, com a voz doce —, você não tem mais escolha! Precisa nos ajudar e criar o exército que pedi para combater os pesadelos. Sem isso, estamos perdidos. Sem isso, Aanor está perdida.

— Se me permite, majestade — interveio o grifo —, penso que já é meio tarde demais para isso. Este jovem Criador precisaria de semanas para fabricar um exército digno do nome, e o tempo urge. A Besta conseguiu, não sei como, sair de Efialtis para vir às dependências do palácio raptar sua filha, nas barbas da guarda real e dos esquadrões da CRIMO. Esperar muito tempo é lhe dar a chance de libertar seus semelhantes, talvez até mesmo de atacar Hedônis.

— Percebo o que me diz, Sigurim — disse a rainha, num tom cansado. — Por acaso tem outra solução?

— Sim, majestade, tenho de fato uma proposta.

— Qual? — perguntou a rainha.

— É uma proposta delicada, que só pode ser ouvida pela soberana de Oníria — esclareceu o grifo.

A rainha hesitou um instante, depois fez sinal para seus conselheiros saírem. Um murmúrio de protesto ressoou, mas todos se afastaram, exceto o gato Lázaro, que não arredou de onde estava, com o pergaminho da Besta entre as patas. O grifo permaneceu em silêncio, encarando o responsável pelo protocolo.

— Você também, Lázaro — disse a rainha.

— Mas... — protestou o gato.

— Deixe-nos a sós — cortou a rainha.

O gato lançou um olhar sinistro para o grifo, espirrou energicamente, depois saiu num passo lento, empinando a cabeça. Eliott observou seu grande rabo empenachado se afastando e marcando o ritmo. Não ousava fazer um gesto. Deveria sair também? A rainha e o grifo pareciam ter se esquecido de sua presença. Somente os grandes lacaios mudos que faziam a segurança da rainha o encaravam, com seus olhares penetrantes.

— Estou ouvindo — disse a rainha, depois que o penacho branco desapareceu atrás de um arbusto.

— Em primeiro lugar, majestade — disse o grifo com a voz açucarada —, precisamos reforçar os feitiços que impedem os pesadelos de sair de Efialtis e dobrar o número de patrulhas de interceptadores.

— Não foi para isso que me fez dispensar meus conselheiros! — irritou-se a rainha.

— Não, majestade. Tenho realmente uma proposta.

— Está bem, fale! — ela se impacientou.

— Precisamos sufocar a revolução — disse o grifo, num tom ainda mais meloso. — É a Besta que treina todos esses pesadelos. Os outros apenas o imitam, e, segundo minhas informações, ele não tem um sucessor capaz de substituí-lo. Nessas condições, basta eliminar o chefe e a revolução morrerá por si mesma.

— E como pretende fazer isso? — perguntou a rainha, com sua voz de aço.

— Existe um meio simples e eficiente, majestade. Poderíamos enviar um de meus agentes ao mundo terrestre...

Eliott franziu as sobrancelhas, rememorando o terror que sentira na véspera, quando Farjo aparecera em seu quarto... Então os onirianos podiam mesmo viajar ao mundo terrestre! Mas como? E o que aconteceria se criaturas de Oníria dessem o ar da graça em Paris, ou outro lugar?

— Quando ele estiver lá — continuou Sigurim, destacando cada sílaba —, bastará matar o terráqueo que criou a Besta.

Eliott estremeceu. Matar um terráqueo? Que horror! E para fazer o quê? Se era a Besta que aquele grifo queria eliminar, por que não o atacava diretamente?

As mãos da rainha Dithilde haviam amarrotado o vestido, que assumira uma coloração vermelho-sangue. Seus olhos não desgrudavam do grifo, que fez uma pausa e apontou para Eliott. O jovem Criador sobressaltou-se.

— Tudo de que precisamos — disse Sigurim — é a ampulheta desse Criador...

Instintivamente, Eliott levou a mão ao peito. Deu um passo atrás, imaginando seu espírito vagando para sempre em Oníria, separado do corpo.

— Basta uma palavra de sua parte — terminou o grifo —, e arranco-a dele.

Tudo aconteceu muito rápido. Com um gesto, a rainha ordenou a seus guardas que agarrassem o jovem Criador. Antes que ele pudesse reagir, quatro lacaios haviam pulado sobre ele e o imobilizado. Um deles arrancou o que restava da peruca de Eliott e apertou a cabeça do jovem entre suas longas mãos, beliscando suas pálpebras com os dedos, para mantê-las abertas. Eliott emitiu um grito de dor e tentou se debater, em vão. O mais ínfimo movimento lhe causava dor. Contido daquela forma, era incapaz de fechar os olhos, muito menos imaginar outro lugar, de tal forma a realidade presente o invadia. Não tinha como escapar.

A rainha, por sua vez, fechara os olhos. Em seu vestido, as cores azul e vermelha pareciam travar um duelo feroz, uma e outra ganhando terreno alternadamente. Por fim, foi o vermelho que venceu: o vestido ficou escarlate. A rainha reabriu os olhos e fez um sinal aprovador com a cabeça em direção ao conselheiro. O grifo então começou a se aproximar de Eliott, lentamente, com um horrendo sorriso no bico.

— Me soltem! — gritou Eliott. — Me deixem ir!

Os guardas permaneceram impassíveis, e o grifo continuou a avançar inexoravelmente, seguro de si, triunfante. Eliott dirigiu-se então à rainha Dithilde.

— Majestade — berrou —, fabricarei seu exército, mas não confisque a minha ampulheta, preciso voltar para casa!

Mas a rainha desviara os olhos e parecia subitamente absorta na contemplação do gramado. Eliott pôs-se a berrar feito louco. Sua falta de recursos o deixava maluco de raiva. O grifo parou a poucos centímetros dele. Não demonstrava pressa. Tinha certeza da vitória. Eliott estava a sua mercê. Ele abriu o bico para cortar a corrente do valioso pingente.

Eliott não viu o que aconteceu em seguida. Foi cegado por uma grande quantidade de água, lançada no meio de sua cara.

Quando conseguiu distinguir de novo o que o cercava, Eliott estava livre. O grifo desaparecera, bem como a rainha. Ele estava sentado na cama, encharcado. À frente, duas pequenas silhuetas de pijama cor-de-rosa seguravam um grande balde vazio.

— Você não pode ficar berrando assim! — zangou-se Juliette.

— Vai acabar acordando a mamãe, e o mau humor dela só vai piorar — acrescentou Chloé.

— E odiamos quando ela está supermal-humorada! — concluíram em coro as duas meninas.

Eliott não se aguentou e apertou nos braços as duas pestinhas, que reclamaram à beça, pois ele parecia um cachorrinho molhado. Elas simplesmente acabavam de salvá-lo com aquele despertar; e, mesmo que a maior parte do tempo fossem insuportáveis, naquele instante ele tinha, sério, as melhores irmãs do mundo.

Duas horas mais tarde, Eliott ainda não havia adormecido de novo. As gêmeas tinham voltado para a cama fazia tempo. Ele vestira um pijama seco, retornara a seu colchão, arranjara uma colcha para substituir o edredom encharcado e guardara a ampulheta na gaveta da mesa de cabeceira, para tentar descansar com toda a segurança.

Mas não conseguia pregar o olho, ainda estava muito nervoso. Acabara de escapar por um triz de um imenso perigo. Sem a intervenção das gêmeas, Sigurim teria roubado a ampulheta e seu espírito teria permanecido preso em Oníria. O corpo teria ficado sozinho na Terra, tão inerte quanto o de seu pai... Só de pensar nisso, sentia um calafrio na espinha. E o que dizer do dragão que raptara a pobre Aanor! Para onde a levara? E que sorte lhe destinava? Eliott tentou se convencer de que a princesa não corria nenhum risco e de que a Besta precisava dela *viva* para extorquir a rainha. Mas *viva* não queria dizer necessariamente *bem tratada*...

Com o coração a mil por hora, Eliott acendeu de repente a luminária da cabeceira. Levantou-se e começou a vasculhar freneticamente os objetos espalhados no chão. Jogou para o lado um monte de coisas: roupas, canetas, a gaze que pusera na mão após a mordida de Clara... Então encontrou: o bloco de desenho da mãe, aquele que Mamilou lhe dera outro dia. Folheou as páginas e parou no desenho do dragão. Três cabeças, uma azul, uma preta e uma vermelha. Um ar superior, um olhar condescendente, um rabo gigantesco coberto de escamas e três sorrisos doentios...

Não restava dúvida: era ele. Era a Besta.

13
Chocolate amargo

As pálpebras de Eliott permaneceram grudadas durante uns bons quinze minutos depois que o despertador tocou, aquela manhã. Estava ainda mais cansado que na véspera. Também, custara a pregar o olho após sua inacreditável descoberta. Uma ideia germinara em sua mente. Uma ideia impossível, completamente louca, que ele rejeitara logo, mas que não parava de lhe ocorrer, traiçoeira e perturbadora: a de que sua mãe tinha ido a Oníria com a ampulheta e topara com a Besta.

Daí em diante, ele não sossegou mais. Precisava perguntar a Mamilou.

E foi por isso que ficou feliz ao encontrar o bilhete de Christine na mesa da cozinha.

> Eliott, fui na frente com as gêmeas. Não esqueça sua chave. As meninas vão à aula de canto no fim da tarde. A mãe da Amélie vai trazê-las para casa. Vou chegar tarde. Mas não esqueça que você está de castigo. Espero que não se aproveite da minha ausência para sair por aí. Vou ligar de vez em quando para me certificar de que você está mesmo em casa.
>
> Tem comida congelada para o jantar. Trate de se comportar na escola hoje!
>
> Christine

PS: Não se esqueça de preparar sua mala para o fim de semana; amanhã pegaremos o trem assim que suas aulas terminarem.

Eliott amassou o papel e o enfiou no bolso; depois, pegou a mochila, o uniforme e a chave, e saiu do apartamento sem tomar o café da manhã. Subiu correndo até o quarto andar e bateu à porta da sra. Binoche. Uma criatura de roupão bege, com a cabeça cheia de bobes, abriu a porta.

— Eliott — exclamou a sra. Binoche —, que bom te ver! Mas que cara horrível é essa, alguma coisa errada?

— Não, não, está tudo ótimo — mentiu Eliott, que tinha a impressão de que sua cabeça era um prego sendo martelado. — Onde está a Mamilou?

— Sinto muito, mocinho — respondeu a velha senhora —, ela acabou de sair. Eu aviso que você esteve aqui, está bem?

Decepcionado, Eliott tirou do bolso o bilhete amassado de Christine e o estendeu para a sra. Binoche.

— Pode entregar isso quando ela voltar, por favor? E dizer que eu preciso vê-la de qualquer jeito ainda hoje?

— Claro, pode deixar — respondeu a velha senhora.

Eliott fez um agradecimento rápido e desapareceu no vão da escada.

A fome e o cansaço tomaram conta dele durante o último período da manhã. Os gorgolejos do estômago tornaram-se cada vez mais sonoros, e ele teve de lutar para manter os olhos abertos, enquanto a srta. Mouillepied ditava a lição de geografia. Uma passagem predatória pela cantina resolveu o problema da fome, mas o do cansaço permanecia igual. À tarde, Eliott teve o pior desempenho da classe no lançamento de dardo, e a aula de latim que se seguiu foi uma tortura. Mas o pior foi a aula de inglês. A voz da sra. Pickles era tão débil e monótona que Eliott terminou dormindo, todo encolhido, recostado no aparelho de calefação do fundo da sala de aula. Acordou assustado, ao toque do sinal das cinco, e foi andando feito um zumbi até a saída do colégio. Voltara a chover. Eliott afundou a cabeça entre os ombros, com os olhos pregados na calçada. Suas pálpebras se fechavam sozinhas. Não dera nem três passos quando trombou com uma mulher. Resmungou uma desculpa e seguiu adiante, mas a mulher o agarrou pelo colarinho, obrigando-o a erguer a cabeça. Olhos azuis, cabelos brancos, guarda-chuva vermelho com pontas pretas em forma de joaninha...

— Mamilou! — exclamou. — Que bom te ver!

— Mas você quase me atropelou! — respondeu a avó. — Vamos, depressa, vamos nos proteger da chuva.

Mamilou levou o neto até um café deliciosamente aquecido. Escolheu uma mesa ao abrigo dos ouvidos indiscretos e pediu dois chocolates quentes.

— Deveríamos ter voltado para o apartamento — disse Eliott, assim que o garçom se afastou. — Você leu o bilhete da Christine? Daqui a pouco, ela vai ligar para verificar se eu estou em casa.

— É, eu vi — confirmou Mamilou. — Mas prefiro evitar o apartamento. Nunca se sabe, Christine pode chegar antes do previsto. Imagine se me encontrasse em sua casa sem autorização dela!

— Ficaria furiosa, claro, mas...

— Quanto a você, não se preocupe, pensei em tudo.

Mamilou vasculhou a bolsa e pegou uma folha de papel, que estendeu a Eliott com um sorriso satisfeito.

— Tome — ela disse. — Coloque dentro de sua caderneta escolar.

Eliott pegou o papel com espanto. Era um bilhete da professora de inglês, a sra. Pickles, num papel timbrado do colégio, listando os horários das aulas de apoio que Eliott deveria assistir. A primeira aula era justamente naquele dia e terminaria somente às seis da tarde. O bilhete estava datado de duas semanas antes e assinado por Mamilou. Eliott nunca vira aquilo, assim como sua professora de inglês não programava aulas de apoio.

— Mas o que é que... Como você fez? — exclamou Eliott.

— Ah, o filho da porteira é fera no computador — assegurou Mamilou, com uma piscadela. — E Christine, duas semanas atrás, estava viajando; não vai estranhar ter sido eu a assinar o papel. Vai passar batido. As gêmeas não voltam da aula de canto antes das seis e meia da tarde. Quer dizer, é só você estar em casa às seis e quinze que tudo bem.

— Agora você me surpreendeu! — disse Eliott.

— A propósito, quero saber por que ficou de castigo — indagou Mamilou, franzindo a testa.

— Fugi do colégio durante a prova de matemática, ontem.

— Quê?!

— Fui visitar o papai — acrescentou Eliott. — Eu precisava fazer isso.

O garçom colocou na mesa duas grandes xícaras fumegantes e dois copos d'água, e Mamilou guardou consigo as censuras que estava prestes a formular. Contemplou o neto com tristeza.

— Parece cansado, querido — limitou-se a dizer.

— É, estou morto — confirmou Eliott. — Meus olhos estão fechando, cheguei a dormir na aula de inglês.

— Isso se deve às suas viagens a Oníria — disse Mamilou. — Não está descansando, como costuma fazer, e seu corpo começa a cansar. Terá de passar várias noites sem a ampulheta para se recuperar.

— Acha mesmo? — perguntou Eliott.

— Tenho certeza. Você precisa realmente de uma pausa, sério. Senão, vai pifar.

— É — resmungou Eliott —, dormi muito mal esta noite, após chegar de Oníria.

— O que aconteceu? — indagou Mamilou, preocupada.

Eliott olhou a avó bem no fundo dos olhos.

— Mamilou — perguntou —, por acaso mamãe foi a Oníria com sua ampulheta?

Mamilou se imobilizou, pasma, e descansou com cuidado a xícara no pires.

— O que o leva a pensar isso? — indagou.

— Sabe o dragão no desenho da mamãe, no bloco que você me deu outro dia?

— Sei...

— Pois bem, estive com ele ontem à noite.

O sobressalto de Mamilou foi tão grande que ela esbarrou o joelho e provocou um terremoto na mesa. Várias cabeças se voltaram para eles.

— Tem certeza de que é realmente o mesmo? — ela sussurrou, após ter premiado os curiosos com um sorriso. — Nada se parece mais com um dragão do que outro dragão!

— É o mesmo — afirmou Eliott —, tenho certeza.

Mamilou não respondeu. Parecia em estado de choque.

— Não — murmurou —, isso é impossível.

— O que é impossível?

Mamilou levantou a cabeça. Parecia um fantasma.

— Quando sua mãe morreu, há dez anos — começou... — Tudo aquilo era tão estranho! Morrer tão jovem, durante o sono...

Eliott se levantou, com o coração aos pulos.

— Na época, eu estava internada no hospital para uma cirurgia. Então, quando soube da notícia, imaginei na mesma hora que Marie tinha ido a minha casa na minha ausência, encontrara minha ampulheta e a utilizara, então alguma coisa saiu errado...

— Por que nunca me contou isso? — disse Eliott.

— Porque não foi assim que aconteceu — garantiu Mamilou. — Voltei para casa no dia seguinte e fui logo olhar dentro do armário. A ampulheta estava no lugar, exatamente onde eu a deixara. Não tinha se mexido.

— Mas talvez...

— Eliott — disse Mamilou, com firmeza e ternura ao mesmo tempo —, acredite em mim, sua mãe nunca usou a ampulheta. Ela sequer sabia de sua existência...

— Mas o dragão! Tenho certeza de que é o mesmo.

— Você não tem certeza de nada! — exclamou Mamilou. — São apenas suposições. E, mesmo que tivesse razão, isso não provaria nada. O Mago da sua mãe pode muito bem ter encontrado esse dragão durante um sonho, ter-se lembrado dele ao acordar e o desenhado! As aparências enganam, você sabe muito bem. Não devemos tirar conclusões apressadas... Eu nunca deveria ter lhe falado das dúvidas que tive na época. Foi burrice minha, sinto muito. Vamos mudar de assunto, pode ser?

Eliott conhecia Mamilou o suficiente para saber que era inútil continuar a discutir. Mas os argumentos da avó não o convenceram. Ele tinha CERTEZA de que era realmente a Besta no desenho. E de que ninguém se lembraria de uma criatura de Oníria com tanta precisão sem o auxílio da ampulheta. Amargurado, pegou a xícara quente nas mãos ainda geladas e sorveu um longo gole do chocolate.

— E se, em vez disso, você me contasse suas aventuras? — sugeriu Mamilou, fingindo animação. — Conseguiu encontrar o Jov?

— Não — resmungou Eliott. — E pode ser que isso não aconteça.

— Por quê?

— Porque seu amigo se tornou o inimigo número um do reino de Oníria.

— O quê?! — exclamou Mamilou, quase engasgando com o gole de água que acabava de engolir.

Então Eliott lhe contou tudo o que acontecera nos últimos dois dias: como fracassara na tentativa de encontrar Jov; como libertara Farjo da casa-aquário de Neptane; como quase tinham sido capturados por um esquadrão e escapado por um triz; o que Katsia e Farjo lhe haviam informado e a recusa dos dois a ajudá-lo; como Aanor lhe fornecera a primeira pista séria ao lhe falar da caravana de Oza-Gora e como ele não conseguira impedir seu rapto pela Besta; como o grifo tentara lhe arrancar a ampulheta e como as gêmeas o haviam salvado.

Quanto mais Eliott falava, mais as faces de Mamilou perdiam sua bela cor rosada. No fim, estava tão pálida que parecia doente.

— Pronto — o garoto concluiu. — Confesso que conto com você para me ajudar e encontrar essa tal caravana. Ou, pelo menos, o entreposto real, o que já seria um bom começo. Porque não sei muito bem como agir. Tem alguma informação interessante para me passar?

A avó não respondeu. Apenas encarava Eliott, com uma das mãos na frente da boca.

CHOCOLATE AMARGO

— Mamilou? — ele chamou. — Tudo bem?

— Eliott — disse ela num tom grave —, essas visitas se tornaram perigosas demais.

— É, eu sei — admitiu Eliott. — A coisa foi difícil na noite passada.

— Eliott — insistiu Mamilou —, estou falando sério. Não quero que retorne a Oníria. Se lhe acontecesse alguma coisa no Reino dos Sonhos, seria tudo culpa minha. Fui eu que o enviei para lá. Eu não suportaria.

— Mas não podemos parar tudo de repente! — o menino inflamou-se. — Ainda mais agora que temos uma pista!

— É perigoso demais, Eliott — objetou Mamilou.

— Mas, se eu não fizer isso, vou me odiar pelo resto da vida! — explodiu Eliott. — O que vai ser da minha vida se eu desistir, hein?

— ...

— Ir morar em Londres com a Christine, longe de você, sabendo que poderia ter salvado meu pai e recuei? Ainda prefiro morrer!

— Eliott — disse a avó, com a voz trêmula —, seja razoável, você não está pensando no que diz. Está cansado, não reflete direito.

— Você é que está dizendo bobagens! — gritou Eliott, atraindo os olhares de todo o restaurante.

Ele esperou alguns segundos antes de continuar, em voz baixa.

— Mamilou — disse, com uma segurança que surpreendeu a ele próprio —, preciso continuar. Não vejo outra saída. E você vai ter que me ajudar a encontrar essa caravana.

— Eliott — ela pediu —, me dê a ampulheta, por favor.

— Não.

— Eliott!

— Eu disse não — ele repetiu com firmeza. — Não vou abandonar o papai. Se não quiser me ajudar, paciência. Não preciso de você. Encontrarei essa caravana sozinho.

Eliott se levantou, fazendo ranger a cadeira.

— Obrigado pelo chocolate — disse, num tom gelado.

Em seguida, saiu do restaurante, sem olhar para trás.

Eliott correu até a Rua de Lisbonne, sem nem se dar conta do temporal que desabava. O telefone começou a tocar assim que ele fechou a porta.

— Estou aqui — mugiu no bocal.

E desligou na cara de Christine. Em seguida, correu até o banheiro e tomou uma ducha pelando, da qual saiu vermelho feito uma lagosta. Estava acabando de vestir o pijama quando a campainha tocou. Ele abriu a porta para as gêmeas, pegou um prato congelado no freezer, esquentou-o no micro-ondas e quase o atirou sobre a mesa da cozinha.

— Mas, Eliott — protestou Chloé —, não é hora de...?

— Bom apetite — cortou Eliott. — Não vou jantar. Estou muito cansado. Deem um jeito de estar na cama quando Christine chegar. Se ela telefonar, atendam mas não me acordem.

Então foi para o quarto e desabou na cama. Ali, no calor do edredom, dormiu instantaneamente.

Sem a ampulheta.

14

A prisão de seda

Se dois dias antes tivessem perguntado a Eliott com quem, sua avó ou Aanor, ele julgava poder contar, ele teria sacudido os ombros e respondido sem hesitar: Mamilou. Agora, naquela noite de sexta-feira, Eliott estava convencido de que a única pessoa que ainda desejava — e podia — ajudá-lo a salvar seu pai era Aanor. Mas a jovem princesa era mantida cativa pelos pesadelos. A sequência era óbvia. Eliott precisava libertar Aanor. Sentia-se capaz disso. Sua noite sem ampulheta e a sesta que tirara no trem lhe haviam permitido recuperar um pouco as forças, e ele se sentia em ponto de bala para partir novamente para Oníria. Dormir pensando em Aanor. Dar-lhe a mão. Levá-la para longe de sua prisão por deslocamento instantâneo. O plano era simples. Podia funcionar.

Mas, para isso, precisava pegar no sono. O que estava longe de ser fácil, com a algazarra infernal promovida pelas gêmeas.

Christine, Eliott, Chloé e Juliette haviam se instalado num hotel situado no coração de Londres. Era um estabelecimento de luxo, com cavalariço de uniforme vermelho e quartos do tamanho de auditórios. As gêmeas estavam elétricas, falando pelos cotovelos. Christine já abrira três vezes a porta que separava seu quarto do quarto das crianças, para intimá-las a dormir. Mas, assim que fechava a porta, Chloé e Juliette recomeçavam a pular na cama queen size que dividiam, fingindo falar inglês.

Não se aguentando mais, Eliott pulou de sua cama, agarrou as duas pelo braço e ameaçou prendê-las só de camisola na varanda glacial. Deve ter sido diabolicamente convincente, pois, finalmente, concordaram em sossegar. Sussurraram ainda por alguns minutos, depois terminaram apagando.

Ele pôde enfim fechar os olhos.

⧗

Eliott esperava encontrar Aanor encarcerada numa masmorra escura e úmida, tendo como únicos companheiros alguns ratos e um velho meio louco. Foi, ao contrário, em meio a um excesso de luxo e douraduras que ele se deparou com a jovem princesa. Estava sentada diante de uma penteadeira meio barroca, pensativa e minúscula naquele quarto imenso, digno do Palácio de Versalhes.

— Eliott! — ela exclamou, logo que percebeu no espelho o reflexo do jovem Criador.

Ela se levantou no mesmo instante e correu na direção de seu salvador.

Mas as mulheres-aranhas foram mais ágeis. Em poucos segundos, Eliott e Aanor estavam imobilizados, enredados cada um de seu lado numa sólida teia. Eliott tentou se juntar a Aanor dando pulos, mas duas mulheres-aranhas se precipitaram sobre ele e o imprensaram no chão. A terceira mantinha Aanor a distância. Estavam a menos de dois metros um do outro, mas era impossível se aproximarem mais que isso. Aquelas malditas criaturas tinham um punho de aço, e as camisas de força de seda não se moviam uma polegada que fosse.

— Vá embora! — intimou-o Aanor. — Você não está em segurança aqui. Se a Besta o vir, não vai hesitar em matá-lo.

— Mas me diga pelo menos...

— Não temos tempo para conversar — cortou Aanor. — Ele estará aqui num instante. Fuja depressa, eu suplico.

Passos pesados e apressados ressoaram no corredor. Aanor tinha razão. A Besta estava chegando. Diante dele, Eliott não serviria para nada. Furioso por ter fracassado, obrigou-se a fechar os olhos.

Desapareceu justo quando a porta do quarto estava se abrindo.

⧗

Eliott fizera progressos. Seu deslocamento instantâneo dera certo de primeira, apesar da chegada iminente do dragão. Talvez alguns refúgios fossem mais fáceis de alcançar que outros. Porque ele os conhecia tão bem que não precisava refletir para visualizá-los. Ou talvez tivesse triunfado porque, em nenhum momento, duvidara de sua capacidade de fugir. Na realidade, sequer tivera medo. Eliott não entendia aquela sua autoconfiança, justamente quando acabava de se ferrar em sua última incursão a Oníria. Porém, desde a briga com Mamilou, estava mais determinado do que nunca. Não sabia nem como nem quando, mas conseguiria salvar o pai. Tinha certeza.

Eliott deitou-se na cama com os olhos cravados na mancha castanha causada por uma velha infiltração, no teto do quarto. Desta vez, era dia em seu quarto oniriano. Ouvia os pombos arrulhando na calha do prédio.

Eliott estava sozinho. Estava em segurança. Hora de fazer um balanço da situação.

Aanor parecia ilesa e bem tratada, o que não só era tranquilizador como dava tempo a Eliott de montar um novo plano para libertá-la. Se ela fosse vigiada permanentemente por aquelas mulheres-aranhas, ele teria que bolar um plano mais esperto que um simples deslocamento instantâneo. Ainda mais agora, quando não teria mais o efeito surpresa a seu favor.

Durante alguns minutos, Eliott matutou outros planos possíveis para libertar a princesa. Mas a constatação era sempre a mesma: ele não tinha informações suficientes. Não sabia nem onde ela estava, nem quem eram os pesadelos que a vigiavam, nem qual era sua rotina. Na verdade, não tinha como saber seu ponto fraco. E, sem essa informação crucial, não podia fazer nada. Furioso por estar de mãos atadas, Eliott foi obrigado a adiar o salvamento de Aanor para mais tarde. Torcia apenas para que a princesa continuasse a ser bem tratada, e procurou se tranquilizar pensando que a Besta necessitava dela viva para extorquir a rainha...

Eliott virou-se raivosamente na cama. Uma vez que era inútil ocupar o cérebro maquinando um plano de resgate da princesa, decidiu concentrar toda a atenção em um outro assunto que o estava preocupando: encontrar o entreposto real. Mas isso não seria tão simples. Eliott não podia mais contar com Aanor para guiá-lo e não tinha vontade nenhuma de se informar com qualquer um que fosse. A experiência com Neptane servira-lhe de lição. Se Jov ou Oza-Gora eram assuntos proibidos naquele mundo, por que não o entreposto real?

Eliott se levantou bruscamente, com um sorriso nos lábios. Havia alguém a quem podia fazer essa pergunta sem receio. Alguém que não o delataria à CRIMO e não o tomaria pelo que ele não era. Alguém que continuava em dívida com ele.

Farjo.

Reviravolta

O monge não fez perguntas. Observou Eliott com atenção, depois vasculhou sua batina. Dela, retirou um cartão-postal amarrotado que estampava um farol erguido no meio de uma ilha paradisíaca. No verso, apenas duas palavras: "Obrigada, Katsia".

— E isso é longe? — perguntou Eliott.

— Uns vinte Portais — respondeu Kunzhu. — Mas o caminho é perigoso para quem não o conhece. Pensando bem, aconselho-o a ir por conta própria...

Eliott estudou o rosto impassível do velho mestre. Ele sabia. Conhecia a identidade de Eliott. Será que os teria espionado, outro dia, quando Eliott, Farjo e Katsia conversavam no pátio do mosteiro? Ou teria visto Eliott aparecer como que por encanto, alguns minutos antes, na sala das três portas vermelhas onde haviam se encontrado da primeira vez?

— Você pode usar esse cartão — continuou o monge. — Mas, se não se importar, sou eu que vou segurá-lo. Quero conservá-lo comigo.

— Obrigado — disse Eliott.

Não tinha mais nada a dizer.

Eliott concentrou a atenção no cartão que mestre Kunzhu segurava diante dos seus olhos. Observou todos os detalhes e particularidades:

a arquitetura do farol, a localização das janelas, as proporções do holofote... Memorizou cada rochedo, cada coqueiro, cada recanto da praia de areia fina, cada sutileza da água translúcida. Quando se sentiu preparado, fez um aceno de cabeça para mestre Kunzhu.

— Boa sorte — desejou o monge.

E Eliott fechou os olhos.

⧗

A minúscula ilha era ainda mais bonita do que no cartão-postal. Era um lugar de sonho: uma lagoa azul-turquesa, coqueiros, flores de todas as cores, um sol radiante... e um majestoso farol branco no ponto culminante do lugar. Então era naquele cenário encantador que Farjo e Katsia moravam!

A atenção de Eliott logo se desviou para um farfalhar de folhas. Voltou a cabeça para um grupo de coqueiros, situado a poucos passos de onde se encontrava.

— Eliott, meu camaradinha! — exclamou Farjo, descendo por um dos troncos com uma escorregadela esperta. — Que prazer. Estava mesmo pensando em você.

— Olá, Farjo. Eu...

— Bem-vindo à nossa ilha! Talvez queira beber alguma coisa? Ou comer? Um coco talvez?

— Nada, obrigado. Só tenho uma pergunta. É a propósito de...

— Como você chegou aqui? — o macaco o interrompeu. — Pensou no seu velho camarada Farjo quando dormiu?

— Não, eu já estava em Oníria — explicou Eliott. — Mas não queria esperar a outra noite para estar com você, então lembrei que o monge do outro dia conhecia bem Katsia e...

— Ah, foi o mestre Kunzhu que nos dedurou? — resmungou Farjo. — Em geral, não gostamos muito que intrusos venham à nossa casa. Poucas pessoas conhecem o caminho.

Eliott começou a duvidar da inspiração que o levara até ali.

— Mas enfim, paciência, você não é um intruso — acrescentou Farjo num tom alegre. — Venha então! Vamos fazer um tour!

— A Katsia está aqui? — perguntou Eliott, que não fazia a mínima questão de esbarrar com a aventureira.

— Não — respondeu Farjo, arrastando o adolescente rumo ao farol. — Saiu ainda há pouco. Recusou minha companhia.

Farjo empurrou a porta do farol e convidou Eliott a entrar. O andar térreo era um recinto amplo e claro, que servia ao mesmo tempo de cozinha, sala de estar e refeitório. Eliott seguiu o macaco pela escada em caracol, que levava aos andares superiores. No primeiro andar, Farjo mostrou a Eliott um banheiro estranhíssimo, no qual um chuveiro a jato ultramoderno convivia com uma série de bacias de plástico de diferentes tamanhos. Algumas estavam com água, outras com areia, outras ainda com lama. Uma delas tinha até mesmo um poleiro em cima.

— Assim, posso me refrescar, independentemente da forma que me dê na telha assumir — explicou o macaco, todo orgulhoso.

— Ah — disse Eliott, a quem tal espetáculo deixava perplexo.

— Mas, enfim, não vá querer que eu me transforme em hipopótamo, hein? — brincou Farjo. — Eu nunca conseguiria subir a escada.

À medida que subiam, a escada ficava mais apertada e escura. Apenas umas estreitas seteiras perfuradas nas paredes permitiam enxergar. Curiosamente, algumas seteiras proporcionavam muito mais luz do que outras. Eliott aproximou-se de uma seteira menos luminosa. Ficou sem ar diante do espetáculo desolador que se oferecia à vista: céu negro, tempestades, vendavais e maremotos.

— Ei, o tempo virou muito rápido! — exclamou.

— Ah, não, nada mudou — retorquiu Farjo. — Essa ilha é que é assim: de um lado faz sempre um dia esplendoroso; do outro, está sempre um horror. A separação entre as duas zonas passa exatamente no meio do farol. A porta de entrada é situada do lado do tempo bom, felizmente. Mas, se você contornar o farol, vai topar com um verdadeiro apocalipse.

— Não compreendo — exclamou Eliott. — Ainda há pouco fazia tempo bom em toda a ilha!

— Não passa de ilusão. Se você for para o outro lado, terá a impressão de um tempo calamitoso na ilha inteira. Não aconselho a experiência, camaradinha, é deprimente!

Eliott subiu uma série de degraus até a seteira seguinte. Daquele lado, o céu também continuava azul.

— Sinistro! — murmurou.

Passaram em frente ao quarto de Katsia; depois, em frente ao de Farjo, ambos dissimulados atrás de portinholas de madeira. Finalmente, no último andar, a escada desembocava num aposento debilmente iluminado por duas janelinhas — uma clara, a outra escura —, onde reinava um cheiro agradável de almíscar e de velhos pergaminhos.

— E aqui é o escritório da Katsia! — trombeteou Farjo, acendendo a luz.

Eliott descortinou, em toda a extensão da parede circular, prateleiras atulhadas por caixas e latas, bem como uma quantidade impressionante de livros. O chão era forrado com espessos cobertores e uma profusão de almofadas perfeitas para relaxar. E, bem no meio, rodeado de tubos de guache e pincéis espalhados, reinava um cavalete.

— Eu não imaginava que a Katsia pintava! — exclamou Eliott.

— Pintar é uma palavra generosa! — zombou Farjo. — A gente não compraria nem uma banana com o que ela faz!

— Ué, é tão ruim assim? — perguntou Eliott.

— Veja com os próprios olhos — disse Farjo, virando o cavalete.

Eliott engasgou de assombro ao ver a tela pintada por Katsia. Duas bolas, quatro traços, dois pontos... Era um boneco tosco. O que desenham as crianças no primeiro ano do maternal. O nível zero da pintura.

— Faz cinco anos que ela pratica — comentou Farjo. — Gasta todas as economias comprando livros para aprender a pintar e desenhar. Teve até aula.

— Mas então...

— Então a Katsia não sabe pintar e nunca vai saber — explicou Farjo. — Seu Mago decidiu assim, então é assim.

— Ora, se ela já perdeu de saída, por que continua tentando? — perguntou Eliott.

— Não sei — disse Farjo, balançando a cabeça. — Ela também tentou a música, foi um fracasso retumbante. Culinária, idem. Não sabe nem fritar um ovo.

Farjo ficou pensativo por um instante.

— Em todo caso, não conte para ela que lhe mostrei isso — pediu, colocando o cavalete no lugar. — Ela ficaria furiosa!

— Não se preocupe — disse Eliott. — Não vou dizer nada.

Farjo se sentou numa grande almofada vermelha e fez sinal para Eliott se acomodar à sua frente. Assim que o jovem Criador se sentou, o macaco se debruçou, enrugou as pálpebras e fitou Eliott com cara de interrogação.

— Me diga então o que posso fazer pelo novo inimigo número um do Reino — indagou.

— Quê?! — exclamou Eliott.

— Não está sabendo? — espantou-se Farjo. — Sai mister Jov! Entra o homem mais procurado de Oníria, que é você, camaradinha.

— Mas isso não é possível! — indignou-se Eliott. — É um engano... Está zombando de mim! É uma piada, é isso?

— De jeito nenhum — respondeu o macaco. — Espere, vou lhe mostrar.

Farjo foi saltitando até uma prateleira e pegou um frasco de plástico lilás de forma tubular, cuja tampa prateada desatarraxou. De volta à grande almofada vermelha, soprou no aro prateado preso na rolha, e uma dúzia de bolhas de diferentes cores saíram voando.

A primeira bolha, lilás, foi crescendo até ficar do tamanho de uma bola de boliche. Em seguida, alguma coisa ganhou vida em seu bojo: a bolha emitia imagens que podiam ser vistas de qualquer ponto do recinto. Era ainda melhor que televisão! Uma moça muito elegante falava, com uma voz clara:

— Senhoras e senhores, bom dia. Hoje, no jornal das infobolhas: *Segurança*: Uma reportagem sobre o salvamento de uma família de limpadores de chaminés por um esquadrão da CRIMO; *Ainda segurança*: três testemunhas foram ouvidas ontem à noite, no âmbito do inquérito sobre o desaparecimento da princesa Aanor; *Trânsito*: um engarrafamento monstro esta manhã...

Farjo estourou a bolha tocando-a com o dedo e pondo fim ao noticiário da apresentadora, e uma segunda bolha se formou. Farjo estourou a segunda, depois várias outras. Uma bolha escarlate então se formou, e Eliott ficou lívido ao ver o próprio rosto dentro dela. Um barulho de sirene ensurdecedor ressoou e, em seguida, uma voz assustadora reverberou por todo o recinto:

ATENÇÃO! ATENÇÃO! A pessoa que diz se chamar Eliott é procurada no âmbito da investigação sobre o rapto da princesa Aanor. Trata-se de alguém extremamente perigoso. Qualquer um com informações que permitam localizá-lo deve alertar imediatamente a CRIMO. Ordem da rainha. Todo indivíduo suspeito de ajudá-lo será severamente castigado.

Eliott não podia acreditar no que estava ouvindo.

— Mas eu não fiz nada! — exclamou ele.

— Ah, é? — disse uma voz feminina a suas costas.

Eliott se virou imediatamente. Katsia estava no degrau mais alto da escada.

— Não ouvi você chegar — desculpou-se Farjo. — Podemos nos instalar em outro lugar, se preferir...

— Desta vez passa — disse Katsia, num tom glacial.

A aventureira entrou no recinto e desalojou Farjo de sua almofada para nela se instalar.

— Então não foi você que raptou a princesa? — ela interrogou.

— Nunca na vida! — defendeu-se Eliott. — Ao contrário, tentei protegê-la.

— Que pena — disse Katsia. — Você estava começando a subir no meu conceito. O rapto é um bom método de fazer os indivíduos mais recalcitrantes falarem.

Eliott ficou boquiaberto. Realmente, tanto Farjo, o Ladrãozinho, como Katsia sem Escrúpulos tinham uma noção bastante elástica de bem e mal...

REVIRAVOLTA

— Se não foi você, quem raptou a princesa? — perguntou.

— Um pesadelo — disse Eliott, contrariado. — Ele é conhecido como a Besta.

— A Besta! — exclamou Farjo.

— Ele mesmo — confirmou Eliott. — Não pude fazer nada. E tampouco os falcões da CRIMO. Ele e aquelas mulheres-aranhas satânicas são muito fortes.

— A Besta conseguiu fugir de Efialtis! — alarmou-se Farjo. — E veio raptar a princesa nas próprias dependências do palácio real?

— Exatamente.

— Mas isso é muito grave! — declarou Farjo. — Ele deveria estar sob vigilância máxima. Compreendo que as infobolhas omitam essa informação: a população ficaria alarmada se soubesse que esse monstro escapou das garras dos esquadrões. Seria o pânico, a debandada, o salve-se quem puder, o...

— Já entendemos — cortou-o Katsia. — Será que a Besta disse o que queria?

— Deixou um pergaminho — explicou Eliott. — Quer que os pesadelos sejam libertados, que tenham representantes no Grande Conselho e que a CRIMO seja dissolvida.

— Ah, que a CRIMO seja dissolvida eu também quero! — disse Farjo.

— Que mal fiz eu para ter dois palhaços ao meu lado... — murmurou Katsia. — E você, o que fez exatamente para que o incriminassem?

— Não faço a mínima ideia! — disse Eliott.

— Pois bem, vai precisar saber, camaradinha — alertou Farjo. — Depois do rapto, as infobolhas estão divulgando seu retrato entre todos os moradores de Oníria. Daqui a três dias, você não dará um passo sem ser reconhecido.

— Não interessa a razão que eles inventaram como justificativa — disse Katsia —, estão atrás de você. Esqueça o rapto, é só um pretexto. E tente descobrir por que eles querem tanto botar as mãos em você Continuam querendo que você crie um exército?

Não, eles.

O REINO DOS SONHOS

Eliott deixou a frase pela metade. Claro! Sabia perfeitamente por que a rainha determinara que ele fosse procurado em todo o reino!

— É por causa do grifo — ele disse.

— Sigurim? O chefe da CRIMO? — perguntou Katsia, fazendo uma careta.

— Sim — disse Eliott. — Não sou eu que ele quer, é minha ampulheta. Consegui escapar por um triz, mas ele quase a arrancou de mim.

— Sua ampulheta! — enlouqueceu Farjo. — Mas para fazer o quê?

— Ele quer enviar um agente ao mundo terrestre para matar o terráqueo que criou a Besta. Aliás, não compreendi seus motivos. A Besta está aqui. Se ele quer matá-lo, basta enviar um agente a Efialtis! O que aquele que o criou tem a ver com o peixe?

Os outros dois não responderam. O rosto de Katsia crispara-se e Farjo mordiscava freneticamente o rabo.

— Eles estão violando leis imutáveis... — murmurou a aventureira, com uma voz de além-túmulo.

— Estão violando o quê? — perguntou Eliott.

— As leis imutáveis — repetiu Katsia, com os olhos no vazio. — Leis cujos avalistas são os sucessivos reis e rainhas de Oníria e que não devem ser infringidas em hipótese alguma, pois isso significaria ameaçar a estabilidade e a harmonia do nosso mundo. São dez. Lei imutável número um: "Nenhum oniriano deve se tornar senhor da Areia, nem diretamente, nem por intermédio de qualquer outro".

Eliott pensou nos Buscadores de Areia e na proibição de lhes dirigir a palavra.

— Lei imutável número dois: — recitou Farjo — "Nenhum oniriano deve ir ao mundo terrestre. Jamais e sob nenhum pretexto".

— E essa segunda lei nunca foi infringida? — perguntou Eliott.

— Nunca, em toda a história de Oníria — respondeu Katsia. — Outras leis imutáveis foram infringidas no passado, e isso sempre provocou catástrofes.

— Mas como o Mercador de Areia faz sua distribuição se não tem o direito de viajar ao mundo terrestre? — perguntou Eliott.

— Eu disse os onirianos — esclareceu Farjo —, não os oza-gorianos. Os oza-gorianos podem evidentemente ir ao seu mundo. A lei imutável não serve para eles. E sim para o grifo e toda a sua quadrilha... Precisamos impedir a todo custo que a ampulheta caia em suas mãos.

— Bom, então só me resta me esconder! — disse Eliott, forçando um tom despreocupado para relaxar o clima.

— É isso aí, camaradinha — disse Farjo, lhe dando um tapão nas costas.

— Isso não é suficiente — declarou Katsia.

A aventureira fitava Eliott com um ar determinado.

— Você continua firme na intenção de alcançar Oza-Gora? — ela perguntou.

— Sim — respondeu Eliott.

— Não desistiu depois de tudo o que eu lhe disse?

— Não — comentou Eliott. — Vou encontrar o Mercador de Areia e salvar o meu pai.

Katsia encarou o jovem Criador sem dizer nada. O próprio Eliott se admirou de sustentar com tamanha firmeza o olhar penetrante da aventureira. Estava mais determinado do que nunca.

— Você é cabeçudo, hein? — ela disse, finalmente.

Eliott não conseguia saber se a aventureira via isso como uma coisa boa ou ruim.

— Então, a partir de agora — anunciou Katsia —, quando você estiver em Oníria, não largarei do seu pé. Vou protegê-lo da CRIMO.

Eliott não acreditava em seus ouvidos. Katsia realmente acabara de lhe oferecer, ou melhor, impor, ajuda?

— Verdade? — perguntou. — Você faria isso?

— Sim — disse Katsia. — Enquanto estiver ao meu lado, ninguém tomará sua ampulheta. Eu me responsabilizo.

— E eu também! — gritou Farjo.

Um sorriso radioso se desenhou nos lábios de Eliott. Dois aliados para ajudá-lo a encontrar a inacessível Oza-Gora. Que ótima surpresa!

— Obrigado, amigos — ele disse. — Devo dizer que acho um exagero ter dois guarda-costas!

Farjo, caindo na risada, pôs-se a exibir os bíceps. Quanto a Katsia, parecia ter engolido um ouriço.

— Não se anime muito, guri — ela o conteve, num tom absolutamente antipático. — Eu não disse que éramos amigos. Só não quero que a CRIMO se apodere da sua ampulheta.

Eliott ficou passado com a falta de sensibilidade da garota. Voltou então os olhos para Farjo, que o reconfortou com uma careta cúmplice.

⧗

— Tenho um plano para ir a Oza-Gora — declarou Katsia, num tom malicioso.

Eliott fitou-a. Ela, que dois dias antes afirmava ser impossível ir ao domínio onde morava o Mercador de Areia, tinha agora, de repente, um plano para isso?

— Fui fazer uma visitinha ao velho Bonk — ela disse, como se tivessem combinado assim.

Farjo aproximou-se, e Eliott levantou-se, todo ouvidos.

— Com muita persuasão — continuou a aventureira —, consegui fazê-lo vomitar tudo o que sabia.

Eliott preferiu não perguntar se os métodos de persuasão de Katsia incluíam o uso de mãos, pés ou qualquer outro instrumento de seu arsenal pessoal...

— O único meio de ir a Oza-Gora é seguir um oza-goriano que esteja a caminho de lá. Aparentemente, há muitos oza-gorianos, principalmente jovens, passeando incógnitos por Oníria.

— E como reconhecemos um oza-goriano? — perguntou Farjo.

— Eles são iguaizinhos aos homens — disse a aventureira. — Nenhum sinal específico visível à primeira vista. Mas, segundo Bonk, quando atacados, são capazes de fugir deslocando-se a uma velocidade três vezes superior à dos humanos.

— E qual é o plano? — perguntou Eliott.

— Pois bem, é simplicíssimo — disse Katsia. — Eu ataco todos os humanos que encontrarmos e, se algum deles fugir a uma velocidade anormal, Farjo se transforma em leopardo e o alcança. Em seguida, damos um jeito de obrigá-lo a nos levar até Oza-Gora. Você fica junto de mim, ponto-final.

Eliott ficou boquiaberto. Aquele plano era tão violento quanto manifestamente estúpido. Como enfiar na cabeça de Katsia que ele estava com pressa e aquele tipo de método, digno de um troll predador, não adiantaria em nada o lado deles?

— Isso pode se arrastar — começou a dizer.

Katsia fitou-o com dureza.

— Por acaso tem um plano melhor? — ela vociferou.

Eliott fez um esforço para manter-se cortês.

— Acho que sim. Uma ideia de Aanor.

— E o que a petulante falou?

— Aanor é uma menina corajosa, não tem nada de petulante, e o plano dela é muito melhor que o seu! — exaltou-se Eliott.

Katsia fez uma cara irônica.

— Sabe de uma coisa! — disse. — Você é muito mais verdadeiro quando para de se fazer de coitadinho. Então, o que a corajosa menina falou?

A raiva de Eliott perdeu força. Só lhe restava responder à pergunta.

— Ela me falou de uma caravana — explicou Eliott. — Uma caravana que passa regularmente pelas cercanias de Hedônis para comprar provisões para Oza-Gora. O carregamento sai do entreposto real e junta-se à caravana num local secreto. Só a rainha e o grão-intendente o conhecem. A ideia é ir até o entreposto real e identificar a carga. As mercadorias nos levarão à caravana, a caravana nos levará a Oza-Gora.

— Genial! — exclamou Farjo. — Absolutamente genial!

Ambos se voltaram para Katsia. A aventureira conservava-se imóvel, com os olhos semicerrados.

— Excelente plano! — declarou ela subitamente. — Eu topo.

— Irado! — exclamou Eliott. — O único problema desse plano é que ele tem data de validade.

— Por quê? — indagou Farjo.

— Porque um vigarista de um pássaro espião, um tal de Bogdaran, ouviu minha conversa com Aanor. No momento, ele está malvisto. Mas, assim que voltar às boas graças da rainha, contará tudo. Ela vai saber que tenho a intenção de embarcar na próxima caravana e vai me esperar na primeira curva.

— Então não há um minuto a perder — concluiu Katsia. — Farjo, você não me disse um dia que já tinha entrado nas dependências do entreposto real?

— Exatamente.

— Pode nos levar até lá?

— Claro — confirmou Farjo, estufando o peito. — Para a maioria das pessoas, isso é impossível, o lugar é muitíssimo bem vigiado. Mas, para mim, o ilustre Farjo, rei da transformação, é brincadeira de criança, moleza, mamão com açúcar, elementar-meu-caro-Watson. Entro lá na maciota, que nem um fantasma, invisível...

Pela primeira vez desde que haviam se conhecido, Eliott e Katsia trocaram um olhar relaxado. Não precisaram de palavras para se entender. Eliott fechou os olhos e imaginou um enorme balde cheio d'água, bem ao lado de Katsia. Mal teve tempo de abri-los de novo para ver a aventureira despejar prazerosamente trinta litros de água fria na cabeça do macaco. Farjo soltou um grito de raiva e começou a vociferar, esperneando, sob o olhar divertido dos outros dois.

Uma sensação de bem-estar se apoderou de Eliott.

Finalmente, ele não estava mais sozinho.

16

Zona de segurança máxima

Fazia pelo menos vinte minutos que Eliott e Katsia lutavam para desbravar aquela mata fechada, duas vezes mais alta que eles. Farjo transformara-se em girafa e indicava a direção a ser seguida.

— Tem certeza? — repetiu Katsia pela terceira vez. — Tenho a impressão de estar andando em círculos.

— Não se preocupe, situação sob controle — garantiu Farjo. — Mas somos obrigados a fazer desvios para evitar o "capinzalto".

— Ainda falta muito? — perguntou Eliott, secando a testa com a camiseta.

— Daqui a pouco, sairemos do mato — informou Farjo. — Aí vem a corrida de obstáculos.

— Suponho que, assim como agora, não poderei criar um balão, ou outra coisa qualquer, para irmos mais rápido — queixou-se Eliott.

— É isso aí, camaradinha — disse Farjo. — Quanto mais próximos do entreposto, mais discretos temos de ser.

— Humpf — resmungou Eliott, expressando toda a sua raiva.

Finalmente, os três amigos chegaram a uma zona menos densa, e Eliott fez as foices, agora inúteis, desaparecerem. Aproveitou para mudar de camiseta e beber um pouco d'água. Estava exausto.

— Tenho uma surpresa para você, camaradinha! — declarou Farjo.

— Que tipo de surpresa? — desconfiou Eliott.

— Trepe neste caule e verá — disse Farjo, apontando com o queixo para uma estranha árvore com o tronco estreito e comprido, coroada por um penacho de folhas loiras.

Eliott juntou todas as forças que lhe restavam para subir na árvore. Quando chegou à altura das folhas, quase caiu para trás. Diante dele se descortinava uma floresta de pinheiros do tamanho de arranha-céus. Mesmo torcendo o pescoço, não conseguia ver o topo. Quanto ao chão, era coberto por um tapete de ramagens grossas como troncos de árvores. Era isso a famosa corrida de obstáculos!

— Então, quando você se referia à mata fechada falando "capinzalto" — balbuciou Eliott — não era uma metáfora...

— Não é realmente capim — confirmou Farjo. — Mas, como tudo aqui, é cinquenta vezes maior do que no resto de Oníria.

Eliott engolira dolorosamente a saliva. Aquele espetáculo era prodigioso, mas ele não estava gostando nadinha de se sentir do tamanho de uma minhoca!

— E o entreposto?

— Ainda não dá para ver, está atrás daquele arbusto — disse Farjo, apontando uma moita que parecia tão alta quanto um prédio de dez andares.

— Vamos, chega de conversa fiada! — determinou Katsia. — Ainda temos chão pela frente.

— Estou indo — disse Eliott.

O jovem Criador se preparava para começar sua descida quando Katsia gritou para ele:

— Cuidado, Eliott, atrás de você!

O garoto voltou-se a tempo de ver um besouro descomunal investir contra ele, a toda a velocidade. Ele abriu as coxas e escorregou ao longo do tronco. Mas a velocidade e as asperezas do caule esfolavam suas mãos e pernas. No meio do caminho, a sensação de ardência foi tão forte que foi obrigado a se soltar. Chegou a pensar que conseguiria aterrissar corretamente. Mas ganhara muita velocidade. Quando tocou o solo, as pernas vergaram sob seu peso, e ele se estatelou no chão. A cabeça colidiu violentamente com uma pedra torta.

Estrelas dançavam diante de seus olhos. Depois, o breu.

⧖

— Ei, vamos nos instalar aqui. Se chegarmos mais perto, vão nos detectar.

— Legal, estou cansado de ser uma mula.

— Não adianta, vai continuar com cara de mula.

— Ha-ha, muito engraçado. Vamos, desça daí, por favor.

Duas mãos agarrando. Um corpo escorregando. *Bum*, pés no chão. *krrrr*, pernas arrastadas na terra. *Fuicchccc*, o mergulho num edredom macio.

Paf. Um tabefe.

Pálpebras se abrindo. Dois olhos azuis franzidos.

— Ah, eu sabia que ele estava acordando — disse Katsia. — Só precisava de uma ajudinha!

— Eu... O que aconteceu? — balbuciou Eliott.

— Você apagou — explicou a aventureira. — Mas, agora que voltou a si, vai poder criar um binóculo para observarmos.

— Observar o quê?

— Venha ver — disse Fargo, que se transformara novamente em macaco, puxando Eliott pelo braço.

Eliott se levantou. O edredom macio no qual ele julgava estar deitado era, na realidade, o chapéu de um imenso cogumelo achatado. Estavam ao pé de um dos pinheiros gigantes que ele vira há pouco. Farjo arrastou Eliott na direção de um pinhão do tamanho de um rochedo. O jovem Criador foi logo ultrapassado por Katsia, que subia rápida e silenciosamente, como um gato. Mas ele chegou ao topo sem dificuldade.

— Uaaaaaau! — exclamou.

A aproximadamente um quilômetro de seu esconderijo, erguia-se a massa imponente e escura de um formigueiro do tamanho de uma catedral. Milhares, talvez milhões de formigas, do tamanho de cãezinhos, entravam e saíam do entreposto. A maioria usava arreios, que mantinham sobre as costas cestos de vime, cisternas, ou ainda contêineres metálicos dez vezes mais volumosos do que elas. Outras se juntavam para transportar objetos mais pesados, como móveis, plantas exóticas ou máquinas especiais. Dezenas de portais se abriam e fechavam sem parar nos arredores do formigueiro, deixando passar colunas de operárias nas duas direções. O troço formigava. Mas as manobras, supervisionadas por formigas aladas que esvoaçavam acima das outras, eram executadas em silêncio e numa ordem impecável.

— Então é isso o entreposto real! — exclamou Eliott.

— É, é isso — confirmou Farjo.

— Agora é só identificarmos as mercadorias destinadas à caravana — disse Katsia, pegando o binóculo superpotente que Eliott lhe estendia.

— Mas como vamos reconhecê-las? — perguntou Eliott.

— Não faço ideia — admitiu Farjo.

— Então melhor fuçar lá dentro — sugeriu Eliott. — Senão, podemos passar dias aqui. Mas vai ser complicado entrar, há guardas em toda parte.

De fato, cada porta, cada entrada de galeria, cada minúscula saída, era guardada por uma dupla de formigas vermelhas antenadas.

— Tem razão, cabecinha — disse Katsia —, temos que entrar. Farjo, quer dar uma de batedor? Tente encontrar uma saída menos bem vigiada pela qual Eliott e eu possamos entrar.

— Considere feito! — trombeteou o macaco.

Farjo se afastou do pinhão na mesma hora, transformando-se em seguida em onça, para atravessar com mais facilidade o canteiro de ramagens dos pinheiros. Eliott e Katsia o acompanharam pelo binóculo. A onça avançava em silêncio, furtivamente. Aproximou-se de um imenso cogumelo que abrigava uma porta e se encolheu atrás, à espreita. A porta se abriu depois de alguns minutos, e uma colônia de formigas carregando cestos vazios apareceu. Quando a última formiga passou por ele, a onça pulou na direção do cesto que ela carregava. No meio do salto, desapareceu.

ZONA DE SEGURANÇA MÁXIMA

— Pronto, ele se transformou num animal minúsculo, que vai passar despercebido no cesto. Agora só nos resta esperar — disse Katsia, abaixando o binóculo.

A aventureira desceu agilmente do pinhão e se deitou sobre o cogumelo. Eliott ia começar sua descida quando alguma coisa invisível o fez perder o equilíbrio. Como último recurso, agarrou-se a uma das escamas do pinhão.

— Ei — divertiu-se Katsia —, por acaso suas pernas são de algodão?

— Não brinque com isso — alarmou-se Eliott. — Foi alguma coisa que me fez cair, parece... uma espécie de fantasma.

— Não fale tolices — zombou Katsia —, todos os fantasmas estão em Efialtis.

— Mas juro que vi uma forma...

— Eliott, você teve um traumatismo craniano e está começando a delirar! — disse Katsia. — Não existe fantasma aqui. Talvez tenha sido uma corrente de ar. É isso que dá ter o tamanho de uma barata: a gente fica mais vulnerável ao vento.

— Talvez — admitiu Eliott, concluindo a descida.

Sentou-se sobre uma ramagem.

— Acha que Farjo vai demorar muito? — perguntou.

— Isso depende — respondeu Katsia.

— Depende de quê?

— Da discrição dele. Não existe outro igual para fuçar e surrupiar alguma coisa. Mas falta-lhe prudência. Metade das vezes, quando Farjo vê um treco que lhe interessa, ele esquece todo o resto e é surpreendido.

— E agora, se ele for surpreendido, que risco corre? — perguntou Eliott. — Seja como for, não vai ser despachado para Efi...

— Shhh!

Katsia se levantou, concentradíssima. Com uma agilidade incrível, sacou o revólver. Depois de fazer um sinal a Eliott para que ele ficasse na retaguarda, contornou o cogumelo lentamente, sem fazer um ruído sequer. Ficou imóvel por um instante e deu um salto, posicionando-se atrás do pinhão, com a arma apontada para o solo. Ao fim de alguns intermináveis segundos, relaxou e guardou o revólver na cinta.

193

— Pensei ter ouvido alguma coisa — comentou, voltando a sentar-se sobre o chapéu do cogumelo.

— Eu tenho visões e você ouve vozes! — exclamou Eliott. — Nós dois formamos uma bela equipe.

A aventureira deixou escapar um suspiro divertido. De repente, levantou a cabeça, agarrou Eliott pelo braço e o arrastou feito um meteorito para debaixo das escamas mais rasteiras do pinhão. Desta vez, não havia dúvida: alguma coisa se aproximava. Uma respiração arfante. O barulho seco de um corpo que cai. Eliott não ousava fazer um gesto. Logo depois, apareceu um leopardo.

Era Farjo. Procurava-os com os olhos. Katsia e Eliott deixaram o esconderijo.

— Fomos descobertos! — disse Farjo, com uma voz ofegante, assim que os viu. — O besouro de ainda há pouco era uma sentinela. Carregava uma câmera. Eles sabem que estamos aqui e reconheceram Eliott. Precisamos partir imediat...

Farjo não teve tempo de terminar a frase. Duas criaturas encapuzadas, surgidas de lugar nenhum, o agarraram e o amordaçaram com uma rapidez incrível. Antes mesmo de se dar conta do que estava acontecendo, Eliott recebeu o mesmo tratamento. Alguém aplicou no seu nariz um pano embebido numa substância nauseante. Na mesma hora, sua cabeça começou a rodar e a visão escureceu. Ele ainda viu Katsia derrubando um dos agressores com um chute giratório no meio da cara.

Instantes depois, mergulhou no breu.

17

Sombra e luz

Quando Eliott voltou a si, deitado num chão frio e metálico, estava no mais completo breu. Ouvia, pertinho dele, a respiração regular de alguém dormindo. Aproximou-se com cuidado e, com a ponta dos dedos, roçou numa longa cabeleira feminina. Seria Katsia? O cheiro de almíscar chegava em ondas a suas narinas. Tinha certeza de que sentira aquele mesmo cheiro recentemente, mas onde? Inalou mais uma vez. Claro! Era o cheiro do escritório de Katsia! Eliott procurou com a mão o embornal do qual a aventureira nunca se separava e não demorou a encontrá-lo. Não havia dúvida, era de fato ela quem estava desmaiada ali no chão. Quer dizer que ela fora capturada também... Seus raptores não eram amadores. Mas quem eram? A CRIMO? Eliott suou frio só de pensar que talvez houvessem roubado sua ampulheta. Apalpou nervosamente o peito... O pingente continuava ali.

Momentaneamente tranquilizado, Eliott se afastou do corpo adormecido de Katsia e se recostou num trecho de parede tão frio e metálico quanto o chão. Sentia calafrios. Fechou os olhos e se imaginou agasalhado num grosso suéter macio, que apareceu imediatamente. Aquecido, em melhores condições para refletir, tentou se situar, franzindo os olhos, mas em vão: não enxergava rigorosamente nada. Não havia sequer um pequeno raio de luz sob uma porta para atrair seu olho. Em contrapartida, ouviu ali perto um sonoro ronco de alguém que comeu demais. Para fazer aquele escândalo, só podia ser o Farjo!

Quando se dirigia de quatro até a origem do barulho, Eliott teve a atenção desviada por um bater de asas. Um pássaro. Eliott parou, prestando atenção. Mas o ronco tornara-se tão estrondeante que ele não conseguia ouvir mais nada.

Bruscamente, saídos de lugar nenhum, dois olhos cor de laranja, redondos e luminosos, apareceram bem diante. Prendeu um grito e recuou instintivamente. Mas logo se viu bloqueado por outra parede metálica. Acuado, não ousava mais fazer nenhum gesto.

— Não dá pra ver nada aqui! — trombeteou a voz de Farjo. — Fui obrigado a me transformar em coruja para te encontrar.

— Ah, é você? Fiquei com medo! — protestou o jovem Criador, soltando um suspiro de alívio.

— Perdão — desculpou-se Farjo.

— Sem problemas — disse Eliott. — Mas, já que você enxerga, fale onde estamos e de onde vem esse ronco.

— Bom... Quanto ao ronco, há uma espécie de brutamontes que zumbe como um motor do outro lado do recinto. Aliás, metade do recinto está tomada por prateleiras atulhadas até o teto. Imagino que estejamos numa espécie de porão.

— Provavelmente — concordou Eliott. — Mas a quem pertence?

— Será que fomos capturados pelas formigas? — sugeriu Farjo. — Se for isso, estamos dentro do formigueiro.

— Acha? Pois eu tinha pensado que a CRIMO nos havia descoberto.

— Xiii, se for a CRIMO, é melhor não demorarmos neste lugar — disse Farjo. — Poderia nos tirar daqui rapidinho?

— Espere, primeiro eu gostaria de saber onde estamos. Se é no formigueiro, basta sairmos deste porão para obter todas as informações que procurávamos... Quer checar o que há nas tais prateleiras? Talvez a gente descubra a identidade de nossos raptores.

— De jeito maneira! — exclamou Farjo. — Você é meu passaporte para a liberdade. Não me afasto vinte centímetros de você.

SOMBRA E LUZ

— Tudo bem, vou com você.

— E Katsia? — perguntou Farjo.

— Não se preocupe, não vamos deixá-la aqui. Não iremos longe, voltaremos para buscá-la se desconfiarmos de alguma coisa.

— Está bem. Mas, qualquer perrengue, voltamos para o farol, certo?

— Certo. Você me guia?

— Ora, por que não cria uma lanterna?

— Para não chamar atenção... Não tenho nenhuma vontade de acordar nosso amigo roncador tascando um facho de luz na cara dele! Não sabemos como pode reagir...

— Ah, tá. Sabe que você é esperto, camaradinha, espertíssimo até!

— Bom, vamos lá, sim ou não?

Farjo Coruja arrastou Eliott para o lado das prateleiras. Nelas, encontraram enormes sacos de farinha e açúcar, ovos, frutas, fermento, manteiga e chocolate em quantidades impressionantes, mas também bandejas repletas de docinhos, madeleines, brigadeiros e brioches, bem como caixas de bombons do outro mundo. Parecia a copa de uma gigantesca fábrica de doces.

— Não adiantou muito — suspirou Eliott.

— Eu diria mais: não adiantou muito, camaradinha — repetiu Farjo, lambendo a pata esquerda, que acabara de chafurdar num pote de geleia.

— Vamos pegar Katsia e dar no pé?

— Não, há prateleiras que ainda não examinamos.

— Oh, não, não, não há nada de interessante... Vamos embora daqui, este lugar me dá calafrios!

— Faça o que quiser, eu vou em frente — declarou Eliott, num tom decidido.

Avançaram um pouco mais, a fim de inspecionar umas prateleiras que ficavam num canto. Eliott avançava às apalpadelas, tentando identificar o que tocava com a ponta dos dedos, enquanto Farjo esvoaçava e verificava o que havia sobre as prateleiras mais altas. Ao fim de alguns minutos fuçando sempre os mesmos sacos de farinha e açúcar, Eliott apalpou uma coisa diferente: roupas. Montes de roupas bem dobradas,

das quais saía um cheiro estranho e nauseabundo, reconhecível entre mil: o cheiro do produto utilizado para dopá-los.

— Farjo, vem ver aqui — disse Eliott —, acho que descobri alguma coisa.

— Estou indo — disse Farjo, observando as mercadorias estocadas diante de Eliott. — Vejo roupas de camuflagem, garrafas com um líquido bizarro, redes, bisturis, pinças... Xiii, não vá me dizer que essas pessoas praticam tortura! Também há pistolas lilás e...

— Pistolas lilás — soprou Eliott. — A CRIMO! Venha, vamos pegar Katsia e nos mandar daqui.

Sem esperar a resposta de Farjo, Eliott fez meia-volta, com as mãos estendidas para a frente feito um cego. Deu uns poucos passos e esbarrou com um volume muito mais alto que ele. Um volume que não estava ali minutos antes.

Foi só então que Eliott percebeu que o ronco ensurdecedor desaparecera.

— Cuco! — articulou uma voz forte e grave, que lhe deu um calafrio na espinha.

O dono da voz acendeu o que parecia uma lanterna. A princípio cegado pela luminosidade súbita, Eliott conseguiu, aos poucos, distinguir o vulto monumental que lhe barrava o caminho. Era um gigante de pelo menos dois metros e meio de altura, mais musculoso que um lançador de martelo nos Jogos Olímpicos. Tinha apenas um olho, localizado no meio da testa, e de sua boca saía uma penca de assustadores dentes triangulares. Ele observava Eliott sorrindo, um fio de baba pingando da comissura dos lábios.

— Um ogro! — gritou Eliott. — Eles nos trancaram junto com um ogro!

— Sigam-me — disse o ogro. — O chefe quer vê-los.

— Chefe? — perguntou Eliott.

— Estamos em Efialtis! — gritou Farjo. — Fomos raptados pelos pesadelos!

— Sigam-me — repetiu o ogro, estendendo para Eliott uma mãozorra em forma de pata.

Neste instante, uma bola de penas avançou contra ele: Farjo batia as asas freneticamente diante do horrendo rosto do gigante e conseguia desestabilizá-lo. Mas o ogro recuperou o equilíbrio num piscar de olhos e rasgou o ar com suas mãozorras, escorraçando a ave como quem espana uma mosca. Farjo voltou à carga mais duas vezes. Irritado, o ogro terminou por colocar a lanterna no chão e, com uma rapidez que Eliott não esperaria da parte de criatura tão gigantesca, agarrou a ave entre as mãos. Em seguida, sem qualquer cerimônia, abriu a bocarra e nela enfiou a coruja, engolindo-a gulosamente, antes de soltar um arroto poderoso que ressoou em todo o recinto.

Ele, pura e simplesmente, acabara de comer Farjo.

O pavor deixara Eliott paralisado. Farjo! Morto da pior maneira possível! Ele deu uma espiada de canto de olho. Na penumbra, debilmente iluminada pela lanterna do ogro, Katsia continuava apagada, a uns dez metros de onde ele estava. Não podia abandoná-la ali! Precisava arranjar um jeito de juntar-se a ela e levá-la com ele para algum refúgio seguro. Com a energia do desespero, tentou o tudo ou nada: aproveitando-se de um instante de desatenção do ogro, precipitou-se até o corpo adormecido de Katsia. Se conseguisse agarrar seu braço ou sua perna, poderia salvá-la. Mas o ogro reagiu instantaneamente e o imprensou no chão. Eliott bateu com violência no chão e deixou escapar um grito de dor. Assim que se recobrou, tentou rastejar para alcançar Katsia. Mas o ogro o agarrou pelo tornozelo e o levantou no ar, de cabeça para baixo.

— Estou com fome — articulou o gigante, com sua voz cavernosa.

— Não! — berrou Eliott. — Me solta!

Mas o ogro permanecia surdo aos protestos. Escancarou a boca, disposto a abocanhar a panturrilha do menino.

Neste instante preciso, uma porta se abriu, inundando de luz o recinto.

— Chruf! — guinchou uma voz masculina, agudíssima, mas autoritária. — Eu disse para não tocar no guri. Largue-o imediatamente!

O REINO DOS SONHOS

O ogro abandonou sua presa e Eliott caiu no chão, fazendo um barulho seco.

— Vejo que a garota continua dormindo — prosseguiu a voz —, mas o que você fez com o terceiro?

— Desculpa, majestade, minha barriga estava fazendo cócegas... — desculpou-se o ogro, apontando com o dedo sua pança descomunal.

— Você é mesmo incorrigível! — continuou a voz, num tom cheio de censura. — Tudo bem. Vamos, não fique plantado aí. Traga a garota, ela vai acabar acordando.

O ogro se debruçou sobre Katsia e a tomou nos braços com uma delicadeza inesperada.

— Quanto a você, mocinho — continuou a voz —, siga-me, por favor. E desculpe pelos modos deste brutamontes.

Eliott demorou um pouco para notar que era a ele que a voz se dirigia. Não tinha nenhuma vontade de obedecer. Mas nem pensava em abandonar Katsia sozinha e inanimada no meio de Efialtis. Recolheu, então, o embornal da aventureira e se dirigiu à porta. Quem era então aquela criatura que o ogro chamava de "majestade"? Haveria ali um rei dos pesadelos? E por que razão ela reservava a Eliott um tratamento "privilegiado", pedindo ao ogro que não tocasse nele?

Eliott entrou no recinto, tendo o gigante em seus calcanhares. O lugar era tão luminoso quanto o porão era escuro, de modo que Eliott ficou ofuscado durante vários segundos antes de ser capaz de distinguir aquele que viera buscá-los. Era um homem na flor da idade, de baixa estatura, bochechudo como um bebê gordo e usando um manto de arminho, uma coroa de ouro e um cetro terminado num castão do mesmo metal. Era, portanto, um rei de verdade. Por outro lado, o sorriso e olhos cintilantes contrastavam com o ar aparvalhado do ogro, e ele não se parecia em nada com um pesadelo.

— Bem-vindo à minha casa! — disse o homenzinho, num tom alegre. — Queira me desculpar pela maneira como o fiz chegar aqui, foi deveras deselegante, concordo. Mas raptá-los era o único jeito de entrar rapidamente em contato com os senhores, sem chamar a atenção.

Quando as formigas me indicaram sua presença perto do entreposto, não hesitei um instante e agarrei a oportunidade.

Eliott escutava distraidamente o discurso do homenzinho. Uma coisa não lhe saía da cabeça: se Farjo estava morto, a culpa era exclusivamente sua. Fora ele que arrastara Katsia e Farjo para o entreposto real.

— Quanto à sua pequena estadia no meu porão — continuou o homem —, foi por causa da solução que minha equipe utilizou para adormecê-lo, o dodorum. É muito mais eficaz e menos doloroso que um golpe de maça na cabeça, mas, infelizmente, ele dilata as pupilas. Era por isso que o senhor devia permanecer no escuro. Chruf estava encarregado de me avisar quando o senhor acordasse, mas com certeza foi além das instruções.

O reizinho dirigiu um olhar soturno para o ogro, que abaixou seu único olho para o chão.

— Esse ogro comeu meu amigo! — gemeu o jovem Criador.

— Que aborrecido! — admitiu seu interlocutor, num tom despreocupado.

— É tudo que tem a me dizer? — exaltou-se Eliott. — E, afinal, quem é o senhor?

— Ih, carambola, que falta de cortesia a minha! — disse o homenzinho, com sua voz finíssima. — Que cabeça de vento!

Passou o cetro para a mão esquerda e estendeu a direita a Eliott, que não se mexeu um centímetro. O homenzinho voltou à posição inicial sem se desconcertar.

— Sou o rei Jovigus I, soberano da Chocolataria, rei da Confeitaria e grão-príncipe da Doçaria — declarou. — Mas quase todo mundo me chama de Jov.

— Jov! — exclamou Eliott.

— Eu mesmo — continuou o rei. — Afinal, eu precisava conhecer o famoso Eliott, que tomou meu lugar na lista das pessoas mais procuradas pela CRIMO. Além disso, me disseram que você estava atrás de mim, mocinho. Ou eu deveria dizer "jovem Criador"?

— O senhor... sabe que sou um Criador?

— Precisamos ter olhos e ouvidos em toda parte quando queremos viver escondidos — disse o homem, com um sorriso enigmático.

Eliott sentia-se completamente desestabilizado. Este era o amigo de Mamilou? O homem que o raptara, que o confinara num porão e que era indiretamente culpado pela morte de Farjo? Quando Katsia e Farjo lhe haviam falado de Jov, o chefe dos rebeldes, inimigo número um do reino, ele imaginara um homem alto, forte, que impusesse respeito ao primeiro olhar. Não um homenzinho jovial e barrigudo, com uma voz fina e um cetro em forma de maçã!

Uma ideia esgueirou-se na cabeça de Eliott. Não, aquele homem não podia ser Jov. Era, com certeza, um impostor.

⧗

Subitamente, Chruf começou a tremer feito vara verde. O gigante depositou precipitadamente o corpo adormecido de Katsia no chão e começou a tossir cada vez mais alto, dobrando-se a cada espasmo.

— Afaste-se! — disse o impostor, puxando Eliott pela manga.

Uma tosse ainda mais forte que as outras arrancou um vagido do gigante, e, exatamente no lugar onde Eliott se encontrava segundos antes, ele vomitou uma bola de penas revestida de uma substância gosmenta.

— Farjo! — exclamou Eliott, precipitando-se para o corpo inerte da coruja.

Farjo jazia no chão metálico, reconhecível pela mancha laranja que rodeava o olho esquerdo. Eliott se ajoelhou a seu lado. Enquanto acariciava as penas gosmentas do animal inerte, sentiu uma raiva incontrolável invadi-lo. Sem refletir, levantou-se de um pulo e investiu contra o gigante caolho.

— Era meu amigo! — gritou, socando a barriga mole do monstro. — Veja o que fez dele!

— Bata mais forte, camaradinha, esse balofão bem que merece!

Aquela voz!

Eliott voltou-se na mesma hora. Não tinha sonhado, fora realmente Farjo que falara. Farjo, em plena forma, em pé sobre as patas de macaco

SOMBRA E LUZ

e esfregando energicamente a pelagem, para se livrar da gosma que ainda o cobria, apesar da metamorfose.

— Farjo, você está vivo! — exclamou Eliott, jogando-se nos braços grudentos do amigo.

— Óbvio! — retorquiu o macaco.

— Como assim "óbvio"? Você foi comido por um ogro.

Farjo olhou para Eliott, perplexo. Engatou então numa grande gargalhada, logo acompanhada pelos outros dois. Chruf batia nas coxas, Farjo rolava como uma bola no chão e o pretenso Jov, com lágrimas nos olhos de tanto rir, não parava de falar "Parem, minha barriga está doendo!", entre dois soluços.

Eliott estava furioso.

— Mas o que eu disse de tão engraçado? — berrou.

Os outros três pararam na mesma hora. Não se ouvia nada além do engasgo de Chruf.

— Carambola — disse o rei —, você acreditou mesmo que tinha perdido seu amigo?

— Claro! No que eu devia acreditar, então? — enervou-se Eliott.

— Oh, sinto muito — continuou o homem, secando os olhos com um lenço —, eu deveria ter-lhe avisado. Nós, onirianos, não podemos morrer.

— Vocês... vocês não podem morrer? — repetiu Eliott, estarrecido.

— Não. Podemos ser gravemente feridos, sofrer sob tortura, ser comidos e digeridos, despedaçados pelos dentes de um tubarão, mas voltamos sempre à forma habitual, ao fim de certo tempo.

— Mas, de todo modo, é PROFUNDAMENTE desagradável ser comido! — interveio Farjo, fuzilando Chruf com os olhos.

— Sinto muito que tenha passado por isso, caro amigo — desculpou-se o rei, com um ar contrito.

— Não foi grave, valeu a pena — disse Farjo. — Estou tão contente de encontrá-lo, sr. Jov! Pois é realmente o senhor, não é?

— Sou realmente eu. Mas nada de "senhor", me chamem de Jov... Ou de majestade, se preferirem. Sejamos simples!

— Está bem, Jov, você tem uma cara melhor do que na foto das infobolhas.

Então o homem não mentira. Não era um impostor. Era de fato Jov, amigo de Mamilou, aquele em que ela depositava uma confiança cega. Aquele que podia ajudar Eliott a alcançar Oza-Gora! Pela primeira vez desde o despertar na gruta, Eliott relaxou um pouco. Farjo, por sua vez, parecia completamente à vontade e falava pelos cotovelos.

— Admiro-o muito, fique sabendo! Anos rindo da cara desses imbecis da CRIMO, isso não é para qualquer um.

— Sim — disse Jov, com um sorrisinho —, e devo confessar que imaginar Sigurim arrancando as penas por não me encontrar me proporciona um prazer inaudito.

— Espero conseguirmos fazer o mesmo por Eliott — acrescentou Farjo, dando uma rabada no jovem Criador.

— Também espero — disse Jov amavelmente. — Mas por que Sigurim está no seu encalço, Eliott? Afinal, você não participou do rapto da princesa Aanor, certo?

— Não, tentei até protegê-la — explicou Eliott. — Isso é só um pretexto. O que Sigurim quer é a minha ampulheta.

— Sua ampulheta? Para fazer o quê? — perguntou Jov, subitamente sério.

— Ele quer mandar um agente para o mundo terrestre, a fim de matar a Besta — respondeu Farjo.

— Carambola! — exclamou Jov. — Mas ele está louco! É assim que imagina sufocar a revolta dos pesadelos?

— Parece que sim — disse Farjo.

— Espere um minuto! — interveio Eliott. — Se os onirianos não podem morrer, como o grifo pretende matar a Besta?

— Excelente pergunta — animou-se Jov. — É, aliás, o que explica o interesse deste maldito grifo pela sua ampulheta. Falei que não podíamos morrer, e isso é a pura verdade. Mas nem por isso somos eternos.

— Não entendo — disse Eliott.

— É muito simples — explicou Jov. — Quando um terráqueo morre, todos os onirianos que ele criou ao longo da vida desaparecem com ele.

— Desaparecem! — espantou-se Eliott. — Sem mais nem menos? Sem envelhecer? Sem ficar doentes? Sem ser atropelados por um ônibus?

— Sem nada disso — confirmou Jov. — Um belo dia, desaparecemos, ponto-final.

— Mas isso é terrível! — exclamou Eliott.

— Nem tanto — respondeu Jov. — Ao contrário de vocês, terráqueos, não precisamos ser prudentes, nos cuidar ou nos alimentar direito para prolongar nossa existência, uma vez que isso não mudaria nada. Vivemos então sem estresse. É delicioso! Veja, eu, por exemplo, só como bombons, sorvetes, bolos e chocolate. Imagina alguém fazer isso no mundo moderno?

— Não, realmente não, seria prejudicial à saúde.

— Está vendo, é isso — disse Jov, sorridente. — Você acaba de captar a diferença entre uma vida no mundo terrestre e uma existência em Oníria.

— Hummm... — fez Eliott, perplexo. — Então, o que Sigurim quer fazer é matar o terráqueo que criou a Besta, para fazer desaparecer o dragão junto com ele.

— Exatamente — confirmou Farjo.

— Mas esse terráqueo não tem nada a ver com isso, precisamos impedi-lo de agir!

— E impedir o grifo de infringir as leis imutáveis — acrescentou Farjo.

— O que dá no mesmo — concluiu Jov. — Precisamos a todo custo impedir Sigurim de se apossar da ampulheta. Terá de ser mais prudente de agora em diante, mocinho! Sua pequena incursão no entreposto real poderia ter causado uma desgraça.

Eliott sentiu um nó na garganta. Se ele fosse apanhado pela CRIMO, não só seu espírito ficaria preso em Oníria como ele seria culpado pela morte de um inocente!

— Uma última pergunta — disse Jov. — A rainha concordou que Sigurim enviasse um agente ao mundo terrestre?

— Ela não foi explícita — respondeu Eliott —, apenas ordenou a seus guardas que me imobilizassem. Em seguida, fez um sinal com a cabeça e Sigurim se aproximou para arrancar minha ampulheta. Supliquei a ela que me deixasse partir, mas fingiu não ouvir.

Jov fechou os olhos por um instante.

— De que cor estava seu vestido? — perguntou.

— De que... O quê? — admirou-se Eliott, que julgou ter compreendido mal a pergunta, de tal forma lhe parecia extravagante.

— O vestido da rainha — esclareceu Jov —, quando ela fez esse sinal com a cabeça para Sigurim. De que cor estava?

— Bem — lembrou-se Eliott —, houve diversas cores... Lembro que num momento estava como se o azul e o vermelho travassem um duelo; era superbizarro!

— Mas não se lembra do momento preciso em que ela tomou sua decisão? — insistiu Jov.

Eliott refletiu um instante.

— Estava vermelho — declarou.

— Tem certeza?

— Sim, quando ela fez sinal para Sigurim, seu vestido estava vermelho cor de sangue. Isso é importante?

— Digamos que me tranquiliza um pouco — disse Jov. — Isso quer dizer que a rainha não perdeu completamente o juízo e ainda pode recobrar a razão...

— Não vejo a relação — disse o jovem Criador.

— A cor do vestido reflete as emoções dela — explicou Jov. — A maior parte do tempo, é lilás. É a cor da temperança, da ação refletida, da lucidez. Tais eram as qualidades da rainha Dithilde quando ela foi eleita... antes que Sigurim se tornasse seu conselheiro. Mas lilás também é a cor da dissimulação. É a cor que o vestido assume quando ela consegue esconder suas emoções.

— Seu vestido estava lilás quando me pediu para criar um exército, a primeira vez em que a encontrei — lembrou-se Eliott. — Mas estava cor-de-rosa quando criei objetos para ela e sua corte.

— O rosa é a cor da excitação, do entusiasmo, do prazer. Falaram-me de sua audiência na corte. Parece que você é superdotado. Seu pequeno espetáculo deve tê-la deliciado!

— E o azul e vermelho, o que significam? — perguntou Eliott.

— O azul é a cor da reflexão — explicou Jov. — Se a rainha tivesse concordado com a sugestão de Sigurim com um vestido branco, isso teria significado que sua decisão fora refletida com vagar e era irrevogável. Mas você está me dizendo que seu vestido estava vermelho; ela, então, agiu sob a influência da cólera. Na verdade, é um bom sinal. Isso quer dizer que podemos esperar que se dê conta de seu erro, uma vez aplacada sua cólera. Mas suponho que, para isso, seria preciso que a Besta lhe devolvesse a filha...

— Você sabe que foi a Besta que raptou Aanor? — admirou-se Eliott.

— Tenho minhas fontes — respondeu Jov, com um ar enigmático.

Eliott compreendeu que não saberia mais que isso, por ora. Apesar de sua curiosidade, não insistiu. Tinha uma coisa completamente diferente na cabeça.

— Você está pensativo — disse Jov.

— Estou pensando em Aanor — explicou Eliott. — Agora que sei que a Besta não pode matá-la, isso me tranquiliza um pouco. Mas isso não quer dizer que ele vai continuar a tratá-la bem...

— "Continuar" a tratá-la bem! — repetiu Jov, franzindo o cenho. — Como sabe que a princesa está sendo bem tratada?

— Tentei libertá-la, não faz muito tempo — explicou Eliott. — Encontrei-a quando adormeci. — Eu queria levá-la comigo por deslocamento instantâneo. Mas não consegui me aproximar dela.

Jov observou Eliott com um ar severo.

— Escute, jovem Eliott — disse. — Não nos conhecemos ainda muito bem, mas vou me permitir dar-lhe um conselho. Sem dúvida, tem boas razões para querer salvar essa princesinha, e suponho que ela mereça o interesse que lhe dedica, mas, se eu fosse você, desistiria. Em todo caso, por enquanto. Você já tem a CRIMO nas suas costas, não vale a pena arranjar mais problemas. Deixe para realizar este tipo de façanha quando for um Criador mais forte. E quando conhecer melhor Oníria, também.

Eliott fez uma careta: tinha a impressão de ouvir Mamilou. Mas aquele Jov podia falar o que bem entendesse; ele não tinha a mínima intenção de abandonar Aanor nas garras da Besta.

O REINO DOS SONHOS

Eliott se aproveitou do silêncio que seguiu para olhar em volta. A frieza dos muros metálicos era compensada por um excesso de luzes e cores. Num canto que deveria ser a sala, poltronas de cores gritantes rodeavam uma mesa de centro repleta de chocolates, bolinhos e doces. Do outro lado do recinto, uma imensa mesa retangular de aspecto futurista estava cercada por banquinhos altos. Em toda parte, lanternas que conferiam uma atmosfera de decoração de Natal ao conjunto.

Jov pediu a Eliot que o acompanhasse até a sala. Farjo já se instalara num banquinho amarelo fluorescente, bem ao lado de uma tigela de amendoins, que ele mordiscava estalando a língua. Chruf deitara Katsia num sofá verde-maçã. Eliott sentou-se ao lado dela, aflito com seu estado.

— Vejo sua preocupação — disse Jov, sentando-se numa minúscula poltrona malva. — Mas sua amiga vai acordar. Foram necessários quatro homens para controlá-la. Aproveitaram para ministrar-lhe uma dose de dodorum suficiente para derrubar uma manada de elefantes.

— Eu a julgava quase invencível — disse Eliott, pensativamente. — Ela tinha prometido me proteger!

— E foi o que ela fez — respondeu Jov, com uma voz reconfortante. — Foi a você que ela tentou defender... com a raiva de uma loba ferida! E teria conseguido se minhas equipes não lhe tivessem ministrado dodorum a distância, por meio de um pulverizador superpotente.

Jov estendeu a Eliott uma travessa de amanteigados. Ele escolheu uma madeleine azul, crocante.

— E se me dissesse quem você é — continuou Jov —, e por que motivo um jovem Criador que desembarca em Oníria está à minha procura?

— Meu nome é Eliott Lafontaine — começou o adolescente. — Foi minha avó quem me falou de você. Acho que ela foi sua amiga, há muito tempo. Ela também era uma Criadora. Foi ela quem me deu a ampulheta.

Eliott puxou o pingente de debaixo do suéter e o mostrou a Jov.

— Lou! — Jov exclamou.

Ergueu os olhos para Eliott, com um imenso sorriso nos lábios.

— Carambola, você é neto de Louise Marsac? — perguntou.

— Agora ela se chama Louise Lafontaine. Marsac era seu nome de solteira. Mas, sim, é minha avó.

— Um abraço, garoto! — exclamou Jov.

O rei pulou de sua poltrona malva e correu para Eliott, a quem abraçou como se fosse seu próprio filho, de volta de uma longa viagem.

— Ai — reclamou uma voz feminina.

Era Katsia. Tinha finalmente acordado e parecia com um humor de cão.

— Ah, desculpe, senhorita — disse Jov. — Devo ter lhe dado um esbarrão, no meu entusiasmo por encontrar o neto de uma amiga muito querida.

Katsia considerou o homenzinho que se agitava a seu lado.

— Jov! — exclamou. — Foi você que arquitetou nosso rapto!

— Jovigus I, soberano da Chocolataria, rei da Confeitaria e grão-príncipe da Doçaria, para servi-la — disse Jov, se inclinando antes de beijar pomposamente a mão da aventureira. — Vocês são meus convidados.

— Maneira estranha de convidar as pessoas! — resmungou Katsia, retirando a mão.

— Agruras da clandestinidade, minha querida — respondeu Jov, num tom irônico. — Eu não tinha como lhe mandar um convite!

— Foi literalmente desleal o seu troço para nos fazer dormir! — ela se insurgiu.

— Totalmente desleal — concordou Jov. — Mas era o único jeito de driblar sua atenção. A senhorita é uma combatente temível!

A adolescente tinha o rosto mais fechado que um guarda-chuva em dia de sol.

— E quem é a senhorita para saber se defender tão bem? — perguntou Jov, sentando-se novamente na poltrona malva.

— Katsia, aventureira — ela disse. — Percorro Oníria à procura de sensações fortes e...

Katsia foi interrompida por um ruído de sucção pouco sedutor. Farjo pegara um suco de banana e terminava seu copo, lambendo os beiços.

— E ele é meu amigo Farjo — acrescentou. — Companheiro de todas as minhas viagens.

— Katsia e Farjo são meus amigos e guarda-costas — explicou Eliott, premiado com um olhar arrasa-quarteirão de Katsia.

— Estou vendo — disse Jov. — E que diabos tramavam juntos um jovem Criador, uma aventureira e um macaco glutão, perto do armazém real?

— Não é da sua conta — respondeu secamente Katsia. — Explique-nos o que estamos fazendo aqui.

— Tem razão, senhorita — disse Jov —, devo-lhes uma explicação. Eu soube que Eliott estava à minha procura e fiquei intrigado ao vê-lo nas infobolhas dos últimos dias. Queria encontrá-lo e lhe fazer algumas perguntas.

— Que perguntas? — insistiu Katsia.

— Katsia — interveio Farjo, com a boca cheia de amendoim —, acho que devemos confiar em Jov. E *tepoich*, de *tota* forma, o que *arrich-kamos*? Afinal, não é ele que vai entregar Eliott à CRIMO, contra a qual luta desde sempre!

A aventureira refletiu um momento antes de se voltar para o jovem Criador.

— Eliott — ela disse —, é você quem decide.

— Confio em Jov — foi a resposta de Eliott. — E acho que ele pode nos ajudar.

— Ajudá-lo em quê? — perguntou o rei rebelde.

— A alcançar Oza-Gora. Era por isso que eu estava atrás do senhor outro dia, e era por isso que estávamos no armazém real. Queríamos identificar as mercadorias destinadas à caravana de Oza-Gora. Foi Aanor que me deu essa ideia.

— Ora vejam! E por que razão vocês querem ir a Oza-Gora? — perguntou Jov, olhando para Katsia e Farjo e um pouco ressabiado.

— Nós acompanhamos Eliott para protegê-lo da CRIMO — respondeu a aventureira.

SOMBRA E LUZ

— Claro, claro — aprovou Jov. — Mas não me digam que não têm uma motivação pessoal para irem até lá...

— Não somos Buscadores de Areia, se é o que está pensando — soltou Farjo.

Jov analisou, um por um, o macaco e a aventureira. Esperava.

— Tudo bem, há outra razão — admitiu Katsia.

— Até que enfim! — exclamou Jov. — E qual é, por favor?

— Sou uma aventureira — disse Katsia. — Partir ao acaso, correr riscos, descobrir novos lugares é o que amo e o que sempre fiz. Nada mais me surpreende em Oníria. Mas Oza-Gora é um lugar fascinante! Por isso quero ir até lá.

— Que bom ouvir isso de você! — exclamou Farjo. — Não que eu não soubesse, hein? Faz muito tempo que adivinhei. Mas, enfim, é infernizando as pessoas que não são capazes de admitir...

— Confio em Katsia e Farjo — interveio Eliott.

— Estou vendo — resmungou Jov. — E você, Eliott, por que deseja ir a Oza-Gora?

— Para encontrar o Mercador de Areia — disse o jovem Criador.

Jov fitou Eliott com um ar preocupado.

— E por que o neto de Lou quer encontrar o Mercador de Areia? — ele perguntou. — Carambola! Não me diga que aconteceu alguma coisa com sua avó...

— Não — disse Eliott —, minha avó está bem. É meu pai que está morrendo. Tem pesadelos sem parar há seis meses e parece que não vai acordar nunca mais. O pior é que, depois de tanto tempo adormecido, seu corpo não funciona mais corretamente. Se não fizermos nada, morrerá em breve. Foi por isso que Mamilou me enviou para cá. Ela acha que alguém está utilizando a Areia para manipular meu pai. E falou que só o Mercador de Areia pode curá-lo.

— Sinto muito por isso — disse Jov, com ar contrito. — É terrível o que está acontecendo com seu pai. Acho que só o Mercador de Areia para resolver um problema deste tipo. Vou te ajudar a encontrá-lo.

— Pode me ajudar a ir a Oza-Gora! — exclamou Eliott.

211

— Digamos que posso lhe sugerir um meio mais eficiente do que espionar as entradas e saídas do entreposto real — disse Jov, piscando um olho. — E mais seguro também.

— Se não for incômodo para o senhor, eu gostaria que Katsia e Farjo me acompanhassem — pediu Eliott.

Jov examinou com vagar seus convidados, dando tapinhas no braço da poltrona malva.

— Concedido — disse finalmente. — Partirão os três.

18

Sabores e cheiros

Uma mulher ainda mais baixa do que Jov e igualmente roliça adentrou o recinto. Tranças cingiam sua cabeça e faces abauladas lhe davam um aspecto de boneca. Trajava um vestido de tecido brilhoso e exibia um sorriso simpático.

— Ah, e esta é a rainha Pommerelle, minha bem-amada esposa! — exclamou Jov.

A rainha deixou uma panela na mesa da sala de jantar e juntou-se a Eliott, Katsia, Farjo, Jov e Chruf num passo apressado.

— Bom dia a todos — disse, com um sotaque cantado.

— Pom Pom, querida, apresento-lhe Eliott, que nos chega do mundo terrestre. É neto de nossa amada amiga Lou.

— Neto da Lou? — exclamou Pommerelle. — Por esta eu não esperava. Que boa surpresa!

A minúscula rainha se precipitou para Eliott e o apertou tão fortemente nos braços rechonchudos que ele quase sufocou.

— Bom dia, senhora — articulou, quando conseguiu respirar novamente.

— Entre nós não tem isso — ela disse. — Pode me chamar de Pom.

Agarrou-o então pelo braço e o arrastou com um vigor espantoso até a mesa da sala de jantar.

— Meu esposo deve ter enchido você com um monte de perguntas, e tenho certeza de que quer lanchar agora!

— Bem...

— Ótimo, porque preparei um delicioso chocolate quente para todo mundo. Depois você me diz! Foi eleito o melhor chocolate quente de Oníria no concurso gastronômico de quinze anos atrás.

E, assim, todos sentaram à mesa para um lanche pantagruélico. Robôs garçons tinham coberto a mesa com bolos, tortas, crepes, waffles, geleias, montanhas de madeleines e, claro, xícaras descomunais, que a rainha enchera generosamente com seu famoso chocolate quente.

Eliott estava terminando de comer um brioche quando um grupo de criaturas encapuzadas e armadas com pistolas lilás entrou bruscamente no recinto. Ele quase caiu do banquinho.

— Não se preocupe — tranquilizou-o Jov. — É uma de minhas equipes retornando de uma pequena missão que lhes dei. Usam as mesmas pistolas que os interceptadores da CRIMO. Graças a este truque, ninguém os importuna, nem mesmo os verdadeiros esquadrões da CRIMO.

Os membros da equipe tiraram o capuz. Havia um homem de aspecto humano, uma mulher de pele azul e cabelos cor de palha e uma criatura que parecia uma grande lesma cheia de olhos. Além destes, dois fantasmas, que, obviamente, não precisavam de capuz.

— Ah, está vendo! — sussurrou Eliott, debruçando-se para Katsia. — Eu sabia que tinha visto um fantasma!

Jov pulou de seu banquinho e se dirigiu num passinho rápido até o pequeno grupo.

— Encontraram? — perguntou.

— Ela está aqui — disse a mulher azul, apontando uma forma coberta com um pano preto que eles haviam trazido.

Os dois fantasmas ergueram o pano e Eliott viu aparecer a bruxa mais caricata possível e imaginável: nariz adunco, verrugas, vassoura, chapéu pontudo, capa velha e furada, caldeirão na mão e gato preto nos ombros, estava tudo ali. O Mago que a criara tinha caprichado!

SABORES E CHEIROS

Jov estendeu-lhe as mãos em sinal de boas-vindas.

— Gisele — disse —, seja bem-vinda à minha casa!

— É um prazer revê-lo — respondeu a bruxa, com uma voz caprina.
— Mas você está se arriscando ao me trazer para sua casa, a CRIMO não
vai demorar a me encontrar.

— Tem razão, não temos tempo a perder. Chruf, traga o dodorum,
por obséquio.

Chruf se levantou e foi até o porão, de onde voltou com uma garrafa de dodorum, um pano fúcsia e uma mala da mesma cor.

— Minha querida Gisele, vamos proceder a uma pequena intervenção cirúrgica. Deite-se aqui, por favor — acrescentou, apontando o sofá
verde.

Pommerelle também se levantou. Enquanto Chruf dopava a bruxa
a fazendo inalar o pano embebido em dodorum, a rainhazinha abria a
mala cor-de-rosa e tirava dela um jaleco, uma máscara e um par de luvas, que vestiu em seguida. Pegou então o bisturi que Chruf lhe passava
e fez uma ampla incisão no pescoço da bruxa. Foi uma chuva de sangue. Um dilúvio. A rainhazinha ficou encharcada dos pés à cabeça. Isso,
contudo, não parecia perturbá-la, nem a mais ninguém no recinto, à
exceção de Eliott. Ao contrário, após pedir aos recém-chegados que sentassem à mesa com eles, Jov voltara a seu lugar, ao lado de Eliott; degustava uma grande fatia de bolo de nozes, soltando pequenos suspiros
de prazer a cada garfada, indiferente ao espetáculo repugnante que se
desenrolava atrás dele.

Pommerelle, por sua vez, mergulhou a mão na ferida da bruxa. Ao
cabo de alguns instantes, após vasculhar dentro do pescoço, retirou a
mão ensanguentada. Segurava alguma coisa entre o polegar e o indicador. Chruf lhe estendeu uma bomba de chocolate na qual ela inseriu a
coisa. Em seguida, puxou uma linha laranja fluorescente e uma agulha
da mesma cor e deu alguns pontos para fechar a ferida da bruxa, antes
de se livrar do uniforme de cirurgiã improvisada. Chruf carregou o doce
e o resto do material para o porão, enquanto os pequenos robôs limpavam o sangue que respingara em metade dos móveis da sala.

215

Como se não tivesse acontecido nada, Pommerelle voltou à mesa e ofereceu chocolate quente à equipe que trouxera a bruxa. Por mais que Eliott tivesse sido informado que os corpos dos onirianos não reagiam como os dos terráqueos, estava louco para espiar.

— Evidentemente — disse Jov —, a ferida de Gisele vai se fechar sozinha num piscar de olhos. E, se tudo correr bem, ela não sentirá nada, graças ao dodorum.

Ofereceu a Eliott uma fatia do bolo de nozes, que ele recusou: impossível comer o que quer que fosse depois do que acabava de ver!

— Então isso não é um mito — disse Katsia, com uma ponta de admiração na voz. — Descobriu mesmo um jeito de neutralizar os chips-rastreadores?

— Sim — disse Jov. — Uma descoberta de minha querida esposa. Os chips-rastreadores se tornam completamente inofensivos quando mergulhados em chocolate.

— Incrível! — extasiou-se Farjo.

— E simplíssimo — acrescentou Katsia. — Mas precisou de alguém para raciocinar!

— O que é exatamente um chip-rastreador? — perguntou Eliott. — Uma baliza de localização?

— Exatamente — disse Jov. — Uma baliza que é injetada em todo pesadelo, desde sua criação, e permite à CRIMO detectar sistematicamente qualquer um que esteja fora de Efialtis.

— Mas Mamilou me garantiu que, na época em que vinha muito aqui, sonhos e pesadelos conviviam sem problemas — objetou Eliott. — O que aconteceu para que os pesadelos passassem a ser perseguidos e aprisionados?

Jov terminou de comer sua torta de morango.

— Em primeiro lugar — começou —, você precisa saber que os pesadelos, embora assustadores para os terráqueos, geralmente não são mal-intencionados. Chruf, por exemplo, é o pesadelo de uma criança de sete anos que deve ter lido uma história de ogro antes de dormir. Mas ele não faria mal a uma mosca.

SABORES E CHEIROS

— É, só que come tudo o que lhe cai na boca! — observou Eliott.

— Mas você viu que, no nosso mundo, isso não tem nenhuma importância! — argumentou Jov. — Isso não faz dele um perigo público. No máximo, um desconforto, quando mastiga alguém sem querer.

— Um desconforto bastante desconfortável! — insurgiu-se Farjo, fazendo uma careta horrível, que fez todos à mesa rirem.

— E se ele tivesse me engolido? — perguntou Eliott.

— Aí, claro, seria diferente — admitiu Jov. — Os pesadelos podem representar um perigo para os Criadores. Mas exclusivamente em razão de sua ignorância. Eu deveria ter advertido Chruf de que você era um Criador. Ele não teria encostado o dedão em você.

— Por que não?

— Porque a lei imutável número quatro proíbe atentar contra a integridade física ou mental de um Criador — explicou Jov.

— E os pesadelos respeitam essa lei? — admirou-se Eliott.

— Claro! — exclamou Jov. — Nenhum oniriano sensato e consciente violaria uma lei imutável.

— Então Sigurim e a rainha Dithilde realmente piraram — comentou Eliott. — Sequestrar meu espírito em Oníria para enviar um agente ao mundo terrestre significa violar duas leis imutáveis.

— Desconfio que ambos se julgam acima de nossas leis — disse Jov, balançando tristemente a cabeça. — Seja como for, ainda recentemente, sonhos e pesadelos conviviam em harmonia, e cada um escolhia o lugar onde desejava morar. O sistema judiciário punia os atos claramente mal-intencionados; isso bastava para manter a paz. Mas aconteceu uma tragédia dez anos atrás. Uma jovem mulher, uma Criadora, foi morta por um pesadelo.

O coração de Eliott deu um pulo dentro do peito. Dez anos atrás. Uma Criadora. Sua mãe morrera havia dez anos, enquanto dormia. Seria possível que...

— Sabe quem era essa Criadora? — perguntou precipitadamente.

— Não — respondeu Jov —, ninguém sabe. — Nunca encontramos seu rastro. Um casal de turistas encontrou seu corpo inanimado e e foi dar o alerta. Quando voltaram com os policiais, o corpo tinha desaparecido.

— Mas ficou confirmado que se tratava mesmo de uma Criadora? — perguntou Eliott. — Não poderia ser uma oniriana que ressuscitou minutos depois?

— Ah, não, era mesmo uma Criadora — disse Jov. — Encontramos fios de cabelo. Mandamos para uma análise do DNA. Os peritos foram taxativos: era o corpo de uma terriana.

— E não poderia ser um Mago? — perguntou Eliott, engasgando.

— Em Oníria, os Magos não morrem — explicou Jov. — Ou, se morrerem, acordam logo depois, e não há cadáver para ser descoberto. Era uma Criadora, não resta nenhuma dúvida. Por outro lado, ninguém sabe nada sobre ela: nem quem era, nem como foi morta, nem como seu corpo desapareceu.

Eliott sentiu um calafrio. Era uma coincidência perturbadora. Mas Mamilou devia estar certa! Se sua mãe tivesse morrido em Oníria, a ampulheta teria sido encontrada em seu pescoço, e não no armário de Mamilou!

— Tudo bem, Eliott? — perguntou Pom. — Está branco feito cera!

— Sim, eu...

— Não se preocupe, Eliott — interveio Jov —, nós o protegeremos. Isso não acontecerá com você.

— Obrigado — balbuciou Eliott, esforçando-se para expulsar aquelas ideias loucas da cachola.

— O fato é que esse episódio deixou marcas profundas em todos nós — continuou Jov. — A investigação da polícia não deu em nada, e o culpado continuou solto. Começaram a murmurar que tinha sido um pesadelo que a matara. O boato cresceu, não foi desmentido pelas autoridades e, com o tempo, as criaturas de sonho passaram a desconfiar dos pesadelos.

— Estou me lembrando — disse um dos fantasmas. — Eu não podia mais comprar minhas infobolhas sem que todo mundo saísse correndo. Que vergonha: eu, que sempre tinha sido um cidadão exemplar, ficava mortificado com isso!

Pommerelle dirigiu um olhar de apoio para o infeliz fantasma.

Todos na mesa haviam se calado e escutavam atentamente o que Jov dizia. A emoção era visível em todos os semblantes.

— Alguns pesadelos não suportaram ser apontados com o dedo — continuou Jov. — Bandos de jovens começaram a provocá-los, semeando a discórdia aqui e ali. A rainha Dithilde sentiu-se desamparada, queria proteger seu povo. E foi neste ponto que ela cometeu um erro crasso.

— Qual?

— Contratou Sigurim para fazer a segurança de Oníria. E isso foi o começo de uma espiral do inferno. Primeiro, promoveram um grande censo. Extraíram uma amostra de DNA de cada oniriano. Todos tinha que doar um fio de cabelo, uma ponta de unha, uma gota de sangue, qualquer coisa...

— De novo o DNA! — observou Eliott, com um ar pensativo.

— Você não imagina a quantidade de Magos que acham que estão numa série policial! — interveio Pom. — Isso nos levou a contratar uma penca de investigadores especializados, biólogos e médicos legistas!

— Como você talvez saiba — prosseguiu Jov —, o DNA é uma molécula presente em todas as células de um ser vivo. Em vocês, terrianos, ele guarda todas as informações necessárias ao desenvolvimento e funcionamento do corpo. O DNA de um oniriano é um pouco diferente, comporta todas as informações identificatórias: sua data e lugar de criação, a identidade de seu Mago, seus dotes, características físicas... Com isso, Sigurim tem um dossiê completo sobre cada habitante! Na época do censo, a maior parte dos onirianos colaborou voluntariamente, convencida de que era para seu bem.

— Um bando de cretinos — indignou-se Katsia. — Abrir mão de sua liberdade sem mais nem menos! Isso me dá vontade de vomitar.

— Você não doou seu DNA? — perguntou Eliott.

— Não, mas eles o obtiveram mesmo assim — resmungou Katsia. — É muito fácil, espalhamos DNA por toda parte! Um dia, um imbecil me xingou no meio da rua. Um desses brucutus desprovidos de neurônios. Brigamos. Ele conseguiu me fazer um belo corte no supercílio.

Havia sangue em toda parte, inclusive na mão que acabava de me dar um soco no meio da cara. De repente, ele parou de combater. Secou a mão ensanguentada num espécie de guardanapo de papel lilás, com o selo da rainha gravado, e partiu, rindo. Tinha obtido meu DNA.

— É o cúmulo da desonestidade! — enfureceu-se Eliott.

— Exatamente — confirmou a aventureira. — Mas ninguém ri da minha cara impunemente! Depois desse dia, jurei para mim mesma que o grifo pagaria por isso. E prometo a vocês que um dia ele vai se arrepender de ter sido criado...

— Partilho com a senhorita sua aversão por esse grifo — disse Jov. — Ele é a fonte de muitos males. Não parou por aí! Após o grande censo, todos os pesadelos foram confinados em Efialtis. Em seguida, Sigurim formou a CRIMO, para perseguir os recalcitrantes. O nível de segurança em torno de Efialtis não parou de aumentar, e o lugar virou uma verdadeira prisão, administrada por pesadelos remunerados pela CRIMO. Para concluir, um chip-rastreador foi injetado em cada pesadelo para que a CRIMO pudesse localizá-los permanentemente.

— Mas como a CRIMO determinou quem era pesadelo e quem não era? — indagou Eliott. — Isso também está inscrito no DNA?

— Boa pergunta — respondeu Jov —, e fonte de inúmeros problemas. Não, não está inscrito no DNA. A noção de sonho ou pesadelo é subjetiva. São considerados pesadelos todos os que foram criados por um Mago sob efeito do medo. Tradicionalmente, vampiros, bruxas e fantasmas são pesadelos. Mas nem sempre. O pessoal da CRIMO não quis correr nenhum risco: tudo que era mais ou menos assustador foi enviado para Efialtis. E isso continua acontecendo nos dias de hoje.

— Eu, por exemplo, quase fui despachado para lá um dia em que me transformei em lobo — contou Farjo. — Se quer saber minha opinião, esses caras não são lá muito espertos! Agora fico ligado: quando cruzo com um esquadrão da CRIMO, me transformo num bichinho bonitinho.

Farjo se transformou num adorável carneirinho e começou a balir com cara de quem pede alguma coisa para comer. A mulher azul, enternecida, correu para alimentá-lo, sob os gracejos dos colegas.

SABORES E CHEIROS

— A Gisele é uma amiga de longa data — continuou Jov. — Como é uma bruxa, foi das primeiras a ser capturada. Até hoje, eu não tinha conseguido tirá-la de Efialtis. No entanto, o Mago que a criou a chama muito para o exterior. Então, quando um amigo comum me disse tê-la visto pouco tempo atrás, enviei imediatamente a equipe, e eles conseguiram resgatá-la antes da CRIMO. A sequência, você sabe: Pom extirpou seu chip-rastreador e, agora, vai poder morar aqui conosco, como Chruf e todos os outros pesadelos que libertamos.

— Então esta é a razão pela qual vocês são procurados pela CRIMO? Porque libertam pesadelos, só isso? — perguntou Eliott.

— Só isso — confirmou Jov. — Mas, para os nossos amigos pesadelos, isso já é muito: significa que há esperança.

— Mas onde estamos exatamente? — perguntou Katsia. — O que lhe dá tanta segurança de que a CRIMO não encontrará sua arca de Noé?

— Carambola — exclamou Jov —, é verdade, não lhes mostrei as dependências. Sigam-me!

Jov pegou seu cetro, saltou do banquinho alto demais para ele e se dirigiu, trotando, para uma das numerosas portas existentes nos muros metálicos do recinto, seguido por Eliott, Katsia e Farjo. Acionou um botão, e a porta se abriu, revelando um espetáculo pelo qual Eliott não esperava. Numa sala imensa, personagens saídos diretamente de um filme de ficção científica ocupavam-se com painéis eletrônicos equipados com monitores gigantes. Uma monumental sacada de vidro dava para um céu de ébano, onde brilhavam milhares e milhares de estrelas.

— Bem-vindos à sala de comando da minha nave espacial — disse Jov. — É aqui que minha esposa e eu moramos há quatro anos.

— Uma nave espacial! — extasiou-se Eliott.

— Que classe! — exclamou Farjo. — É a primeira vez que boto os pés num troço desses.

— Fantástico! — sussurrou Katsia. — Não me diga que estamos navegando na...

— Rede Intergaláctica, sim — confirmou Jov com orgulho.

— O senhor a encontrou! — ela exclamou, cheia de admiração. — Cheguei a me perguntar se não era um mito.

O REINO DOS SONHOS

— É graças a ela que a CRIMO não consegue me interceptar há mais de quatro anos — disse Jov.

— O que é a Rede Intergaláctica? — indagou Eliott.

— Um espaço infinito com um Portal de acesso para cada um dos lugares existentes em Oníria — explicou Farjo.

— Faz anos que procuro a Rede por toda Oníria, sem encontrar! — exclamou Katsia. — Procurei feito uma louca em certos lugares, mas nunca encontrei nenhum Portal de acesso.

— É porque os Portais que levam à Rede são um pouco especiais — explicou Jov. — Além de ser muito bem dissimulados, a gente não os abre tocando neles, como os outros.

— Ah, é? — surpreendeu-se Farjo. — E como abri-los então?

— Pois bem, esses Portais, temos que lambê-los...

— Lambê-los! — exclamaram ao mesmo tempo Katsia, Farjo e Eliott.

— Mas como descobriu disso? — perguntou Eliott.

Jov corou ligeiramente e, abaixando os olhos, murmurou:

— Por acaso — confessou. — Eu estava na nossa casa de Hedônis. Um dia, quando minha querida esposa Pommerelle tinha preparado seu famoso chocolate quente, derrubei desastradamente minha xícara na mesa da cozinha. Não quis desperdiçar um chocolate tão bom. Pom saíra da cozinha... Então lambi a mesa. Ela nunca teria me deixado fazer isso se estivesse ali! Acontece que a mesa da nossa cozinha era um Portal de acesso a um planeta da Rede Intergaláctica.

— Então muito me espanta o fato de Farjo nunca ter encontrado a Rede! — disse Katsia, fazendo piada. — Ele passa o tempo lambendo tudo o que lembre comida, mesmo que muito vagamente.

Todos riram, menos Farjo, que se afastou cruzando os braços ostensivamente. Porém, quando um dos extraterrestres foi ao encontro do grupo, a curiosidade do macaco impeliu-o a se reaproximar. A estranha criatura tinha uma cabeça profundamente azul, esticada no sentido horizontal. Em cada extremidade, ficava um olho, e a boca desdentada se abria no cocuruto.

SABORES E CHEIROS

— Apresento-lhe Zrrrk, capitão desta nave — disse Jov. — Conhece como ninguém a Rede e, quase sempre, consegue nos levar aonde queremos. Sem ele, estaríamos totalmente perdidos.

— Bom dia — disseram em coro Eliott, Katsia e Farjo.

— Zrrrk, eu lhe apresento Eliott, um jovem Criador que vem do mundo terrestre, e seus amigos Katsia e Farjo.

O alien pôs-se a emitir silvos, guinchos e vibrações incompreensíveis para os três amigos.

— Carambola — exclamou Jov —, esqueci as legendas.

O rei procurou no bolso do manto de arminho e sacou um pequeno objeto redondo parecido com uma câmera digital. O objeto se deslocou nos ares e veio se posicionar bem em frente ao extraterrestre. Imediatamente, a imagem do capitão Zrrrk apareceu em close, em diversos monitores na sala. Mas, desta vez, acompanhada de legendas em maiúsculas brancas em todas as telas.

— Bem-vindo à minha nave — leu Eliott. – Os amigos de Jov são meus amigos.

Eliott estava deslumbrado.

— Ele compreende o que dizemos? — perguntou.

— Ah, sim — disse Jov —, usa um fone de ouvido que faz a tradução simultânea.

— Mas... onde está o intérprete? — interrogou Eliott, olhando em todas as direções.

— Ah, é uma boa pergunta! — respondeu Jov. — Excelente mesmo. Não faço a mínima ideia. Mas qual a importância disso, não é mesmo?

Eliott ficou boquiaberto. De fato, havia coisas naquele mundo que não valia a pena tentar entender! Quem enlouqueceria ali seria Christine, para quem tudo que não tem uma explicação racional não passa de um monte de baboseira.

Quando o pequeno grupo voltou à sala de jantar, a bruxa Gisele estava sentada à mesa com os outros, os olhos protegidos por óculos escuros. Tinha colocado um caldeirão ao lado da cadeira e, dentro dele, seu gato. Assim que Eliott se acomodou, se arrependeu de ter sentado a seu lado. Ela exalava um cheiro fétido, que não deixava de lembrar queijo mofado. Eliott sentiu-se enjoado e recusou a segunda xícara de chocolate quente que Pommerelle lhe oferecia.

— Como vai, querida Gisele? — perguntou Jov.

— Bem, obrigado. Não sei como lhe agradecer por ter-me tirado daquela ratoeira que virou Efialtis — respondeu a bruxa.

— Efialtis nunca foi o lugar mais agradável do nosso mundo — observou Jov.

— É verdade — concordou Gisele —, mas está virando um verdadeiro inferno.

— Pior do que quando Jov me libertou, há um ano? — perguntou o fantasma-cidadão-exemplar.

— Muito pior! — lamentou-se Gisele. — A Besta e seu bando tomaram o controle da cidade e tocam o terror em nome da revolução. Os esquadrões da CRIMO não controlam mais nada.

Um rumor ergueu-se em volta da mesa.

— A Besta — murmurou Jov. — Podemos dizer que este aí entra em tudo que é conversa! Há seis meses, apareceu do nada e já é o pesadelo mais temido de todo o Reino dos Sonhos...

— A Besta é um pesadelo criado há apenas seis meses? — perguntou Eliott.

— Difícil afirmar com precisão sem dispor do seu DNA — respondeu Jov. — Mas não deve ser mais antigo que isso. Em todo caso, ninguém nunca ouviu falar dele antes.

Para Eliott, essa notícia era um banho de água fria. Se a Besta fora criado há tão pouco tempo, era evidente que sua mãe nunca o encontrara. Ela desenhara um dragão semelhante à Besta? E daí, o que isso provava? Absolutamente nada. Mamilou tinha razão. Marie nunca pusera os pés em Oníria. Quanto à Criadora morta há dez anos, podia ser qualquer uma.

— Isso não é tudo — continuou Gisele. — Todos os pesadelos que costumam se exteriorizar, convocados por seus Magos, estão sendo pressionados no sentido de semear a discórdia antes de ser apanhados pela

CRIMO. A Besta lhes promete liberdade, poder, vingança. Muitos estão confinados lá há mais de oito anos... É muito tempo, oito anos, num pardieiro como Efialtis! Então eles se deixam seduzir por este tipo de discurso. Estão dispostos a tudo para obrigar a CRIMO e a rainha Dithilde a pagar pelo que fizeram.

— Que tristeza — suspirou Jov.

— Convém dizer que a Besta descobriu um jeito infalível de impressionar as massas — acrescentou Gisele.

— Qual? — perguntou Jov.

— Não sei o que ele faz, mas, a cada dia que passa, adquire novos poderes, um mais abominável que o outro. Um dia, pode modificar o próprio tamanho e ficar gigantesco, ou minúsculo. No dia seguinte, a cabeça preta, a que cospe vento, deflagra tornados poderosíssimos e devasta um bairro inteiro. Recentemente, ouvi inclusive dizer que era capaz de se deslocar para onde bem entendesse num piscar de olhos. Mas é difícil separar a verdade da invencionice. Quem conta um conto aumenta um ponto.

— Ele descobriu um jeito de adquirir novos dons! — exclamou Katsia.

— Ora, eu achava que isso era impossível! — objetou Eliott.

— De jeito nenhum. — confirmou Gisele. — É justamente por isso que é impressionante. Ainda mais que ele tem o desplante de anunciar antecipadamente os dons que terá no dia seguinte.

— Quê?! — todos à mesa exclamaram em coro.

— Em Efialtis, muitos pensam que a Besta é uma espécie de divindade — continuou Gisele.

— E, se isso se espalhar — disse Jov, com um ar preocupado —, daqui a pouco as criaturas de sonho irão mesmo endeusá-lo. Adquirir poderes diariamente, isso nunca se viu em Oníria! Claro, deve haver uma explicação racional.

— Em todo caso, uma coisa é certa: — concluiu Gisele — ainda que ele seduza a muitos com isso, continua amedrontando todos. Vários amigos meus estão preocupadíssimos.

— E você — inquietou-se Pommerelle —, conseguiu resistir?

— Oh, eu, você sabe, enquanto estiver com meu caldeirão e uns bons ingredientes para minhas invenções, tudo bem.

— Suas invenções? — intrigou-se Eliott.

— Esqueci de falar: sou química — respondeu Gisele. — Quer dizer, química versão bruxa! Uso ingredientes como patas de sapo e urina de morcego. E consigo resultados muito interessantes. Veja: minha última invenção, por exemplo, é o podofrício.

— Do que se trata?

— É igual a pasta de dente, só que para os pés, para não dar chulé. Pois temos que nos render à evidência: os sabonetes tradicionais não são suficientes. Vou lhe fazer uma pequena demonstração!

Gisele descalçou um dos pés e tirou a meia. Era um pé encardido e coberto de verrugas. Eliott sentiu-se nauseado. Mas o pior era o cheiro insuportável que ele exalava. Uma mistura de frutas em decomposição, esgoto, queijo passado e colcha suja. O garoto olhou em torno: todos os convidados haviam parado de comer, e os rostos começaram a ficar esverdeados. O da mulher azul mudara de cor. Só os fantasmas pareciam não se dar conta de nada. Talvez não tivessem olfato... Quanto a Pommerelle, precisou se agarrar à mesa para não cair do banquinho. Gisele saiu de seu caldeirão empunhando uma grande escova de cabo comprido, passou nela uma espécie de pomada amarronzada e esfregou energicamente o pé. Ao fim de poucos segundos, o cheiro desapareceu, substituído por um delicado aroma de avelã.

— Com efeito, é muito impressionante — concordou Jov, fazendo força para sorrir. — Obrigado por nos ter feito compartilhar essa, essa...

— Essa invenção miraculosa! — completou Pom, tentando se recuperar daquele atentado olfativo.

A bruxa calçou-se novamente, para grande alívio de todos. Pois, mesmo com o sumiço do fedor, a visão de seu pé continuava repugnante. Pom aproveitou para servir uma nova rodada de chocolate quente.

— E então, como você vai fazer para nos catapultar até Oza-Gora? — perguntou Katsia.

19

A Pedra de Areia

Um grito estridente arrancou Eliott da terceira rodada das rabanadas de Pom. Ele olhou em volta, atordoado. Um quarto de hotel, panfletos turísticos em inglês sobre a mesa de cabeceira e duas garotas de camisola fazendo guerra de almofadas.

Londres. Sábado de manhã.

Assim que viram o irmão acordado, as gêmeas correram em sua direção. Eliott apanhou dois travesseiros e começou a girá-los feito hélices, sobre os braços, para impedi-las de se aproximar. Seguiu-se uma gigantesca batalha de rolos acolchoados. As forças em litígio eram relativamente equilibradas: Eliott era maior e mais forte que as meninas, mas elas contavam com a vantagem numérica e com ideias diabólicas para distrair a atenção do irmão e melhor golpeá-lo. Os três riam de passar mal. Mugindo que aquilo não eram modos, ainda mais àquela hora, Christine, descabelada e furiosa, irrompeu no quarto. Como resposta, Juliette atirou-lhe um travesseiro no meio da cara. Erro: Christine mergulhou numa ira santa, que acabou na mesma hora com o bom humor matinal das crianças.

Duas horas e um belo prato de ovos mexidos com bacon depois, todos os quatro estavam diante dos portões do Palácio de Buckingham, esperando a troca da guarda, sob uma fina e penetrante chuva. A mais

O REINO DOS SONHOS

ou menos cada vinte segundos, as gêmeas perguntavam se a rainha iria aparecer, e Christine, debaixo de um guarda-chuva preto, respondia distraidamente que não fazia ideia, digitando em seu celular. Ao fim de uma espera interminável, a nova guarda finalmente chegou. Eliott, a quem o espetáculo de guardas uniformizados substituindo outros guardas uniformizados cansava barbaramente, terminou de se convencer de que Londres era a cidade mais chata do mundo e que estava fora de questão voltar para morar ali.

Ele arrastou seu mau humor o dia inteiro. Para almoçar, Christine levou-os a um pub típico e, provando o tal "fish & chips", Eliott declarou que a comida inglesa era intragável e que seria uma crueldade querer lhe impor aquilo todos os dias. Pura má-fé: na realidade, ele se regalava. Mas Christine adorava a capital inglesa e queria se mudar para lá, o que, aos olhos de Eliott, era argumento suficiente para que ele resolvesse detestar Londres, bem como seus habitantes e tudo o que se relacionasse à cidade.

A tarde foi um calvário. Visitaram um magnífico apartamento, espaçoso, luminoso, calmo e muito bem situado, no qual Eliott só viu defeitos. Christine ficou nervosa e ameaçou Eliott, dizendo que, se ele continuasse a reclamar, ela instalaria seu quarto no porão. Eliott não pôde se impedir de sorrir. Afinal, sabia muito bem que nunca morariam ali. Graças a Jov, em breve ele encontraria o Mercador de Areia, salvaria seu pai e tudo voltaria a ser como antes.

O plano de Jov era simples. Na verdade, era uma cópia do plano de Aanor. A diferença era que Jov tinha meios de colocá-lo em prática. A formiga que supervisionava as entregas destinadas a Oza-Gora fazia parte dos numerosos amigos de Jov e avisara que uma caravana deixaria Hedônis, rumo a Oza-Gora, justamente aquela noite. A pedido do rei rebelde, ela falara com o chefe dos caravaneiros e o convencera a levar Eliott, Katsia e Farjo com ele até a cidade da Areia. O caravaneiro combinou de pegar os dois onirianos num recanto discreto de Hedônis, que a nave de Jov conseguiria alcançar com facilidade. Quanto a Eliott, não tinha de ir a lugar nenhum. Tinha apenas que juntar-se à caravana no meio do caminho, mediante uma técnica que ele dominava bem agora: dormir pensando em Farjo, ou em Katsia. Era incrível como, com Jov, tudo ficava mais simples! Agora, a inacessível Oza-Gora se tornara uma destinação quase igual às outras...

Quase...

Pois nada em Oza-Gora funcionava como no resto de Oníria, Jov avisara Eliott. Lá, ele não teria nenhum poder como Criador. Seria, simplesmente, Eliott, tão normal como no mundo terrestre. Mas o pior era que, quando Katsia e Farjo estivessem no interior dos domínios de Oza-Gora, eles se tornariam inacessíveis: mesmo que pensasse neles ao dormir, o garoto não poderia alcançá-los. Precisava, então, juntar-se à caravana *antes* que ela chegasse lá.

Por isso, logo que voltou do teatro, onde assistira a uma comédia musical com Christine e as gêmeas, Eliott correu para a cama, mais nervoso do que se fosse encontrar pessoalmente a rainha da Inglaterra.

Então, ele deu de cara com um par de olhos laranja cintilando no escuro. Farjo transformara-se novamente em coruja.

— Ah, não — resmungou o jovem Criador —, não me diga que ainda estamos no porão de Jov!

— Em absoluto, camaradinha — respondeu a coruja, espevitando-se — estamos a bordo da caravana!

Eliott ouviu ao lado um barulho de fósforo riscando. Uma lamparina de azeite se acendeu, e ele distinguiu o rosto de Katsia.

— Bem-vindo à carga destinada a Oza-Gora — disse a adolescente, com um sorriso que a embelezava.

— Não ficou preocupada?

— Nem um pouco — respondeu Katsia. — As equipes de Jov são supereficientes.

— Estivemos com o chefe dos caravaneiros — acrescentou Farjo —, mas não conversamos muito. Enquanto permanecermos perto da capital, ficaremos escondidos junto com a mercadoria. Aparentemente, a CRIMO montou uma barreira que cerca uma ampla zona de Hedônis. Eles vigiam tudo que entra ou sai dessa zona.

— Como estão à sua procura — continuou Katsia —, você não pode nem pensar em mostrar a cara. Só sairemos daqui quando a barreira ficar bem pra trás.

— Então cruzemos os dedos para que tudo corra bem! — disse o jovem Criador.

Eliott resolveu visitar o porão. Os três companheiros dividiam o recinto com uma carga de animais fabulosos, enjaulados. Era uma mistura inacreditável! Havia galinhas dos ovos de ouro, carneiros com cinco patas, rás gigantes e bois minúsculos, bem como outros animais estranhos que Eliott não saberia nomear. Um pouco adiante, encontrou árvores plantadas em vasos, nas quais cresciam coisas altamente improváveis: queijos, bombons, presentes embrulhados em papéis dourados e prateados, partituras musicais e até livros... Eliott sorriu ao pensar que uma árvore que dá livros era exatamente o que agradaria Aanor. Jurou intimamente que, se um dia conseguisse libertar sua amiga, lhe daria de presente uma árvore como aquela.

— Eliott — disse uma voz nas costas do jovem Criador.

O garoto se voltou. Katsia estava bem atrás dele, sem saber onde colocar as mãos e com o olhar tímido.

— Eu queria lhe agradecer — ela disse, como se a palavra lhe queimasse a boca.

— Por quê?

— Por ter nos trazido com você. Não precisava. Agora que é o queridinho do Jov, na verdade você não precisa mais da gente para defendê-lo contra a CRIMO.

— Mas eu sempre preciso dos meus amigos — disse Eliott.

Katsia fez uma careta e deu uma série de soquinhos no ombro de Eliott. Depois, partiu sem dizer nada. Eliott observou-a afastar-se, massageando o ombro. Aquela garota era realmente uma deficiente emocional. Pior ainda do que Christine! Mas pelo menos fizera o esforço de dizer "obrigada". Seu caso talvez não fosse tão desesperador assim, no fim das contas.

A PEDRA DE AREIA

⧗

Um movimento regular jogava toda aquela carga para a direita e para a esquerda, fazendo escorregar lentamente, de um lado para o outro, as jaulas. Eliott deitou-se ao lado de Fargo, afastado de todo objeto capaz de esmagá-lo. Uma vez que não poderia ver a paisagem, tentou adivinhar de ouvido os lugares que atravessava. Reconheceu, sucessivamente, os gritos alegres de uma praia superlotada, os dos torcedores enlouquecidos num estádio de futebol; depois, um temporal ensurdecedor, o estouro característico de um rojão disparado ao longe, o pio de passarinhos, o batuque de um atabaque...

De repente, o movimento cessou e as jaulas ficaram imóveis como um monte de pedras. Eliott levantou-se. Katsia e Farjo já estavam à espreita. Sons esparsos de vozes e gritos abafados ressoavam do lado de fora. Katsia apagou a lamparina com um sopro, agarrou Eliott pela gola da camiseta e o arrastou para trás da jaula de um cachorrão com três cabeças, que roncava feito um bem-aventurado.

— A barreira — ela sussurrou. — Silêncio.

Eliott prendeu a respiração. Seu coração batia tão forte que ele tinha a impressão de que o ouviam a metros de distância. As vozes do lado de fora se aproximaram até se tornarem compreensíveis.

— Temos que revistar todo o carregamento — mugiu uma voz rouca.

— Transportamos uma carga especial para o Mercador de Areia — respondeu uma voz grave. — Vocês não têm o direito de revistar.

— Os senhores têm salvo-conduto? — perguntou a voz rouca.

— Sim — respondeu a voz grave —, com o selo do entreposto real. Veja.

Houve um breve silêncio. Eliott cruzou os dedos, torcendo para que o pássaro espião Bogdaran ainda não houvesse comunicado à rainha sua intenção de viajar a bordo da caravana.

— Está bem — disse a voz roufenha. — Tudo em ordem, podem seguir.

O balanço recomeçou. Haviam passado.

Katsia e Eliott esperaram que o alvoroço da barreira fosse substituído pelo assobio de um vento marinho, para saírem do esconderijo. Farjo, por sua vez, continuou embolado ao carneiro de cinco patas, em cuja jaula se escondera.

— Sua lã é supermacia, um verdadeiro travesseiro! — justificou-se.

Tranquilizados e embalados pelo balanço contínuo do comboio, os três companheiros terminaram cochilando.

Foram acordados pela voz grave e simpática de um homem que os interpelava:

— Ei, passageiros clandestinos, acordem. Agora já estamos suficientemente longe de Hedônis, podem respirar um pouco de ar fresco.

O homem lançou uma escada de corda pela abertura situada bem acima deles. Eliott foi o primeiro a subir. Ao chegar ao topo, ficou ofuscado pela claridade intensa que reinava do lado de fora. Apoiou-se no que imaginava ser a sólida beirada de um alçapão, a fim de se içar para fora, mas o troço fugiu de suas mãos: ele se projetou para a frente e, após um mergulho bem feio, aterrissou de cabeça num tapete de margaridas. O homem deu uma risada franca e breve, depois o ajudou a se levantar.

— É a primeira vez que viaja em lombo de camelo, não é? — ele disse.

— Lombo de quê? — perguntou Eliott, esfregando cotovelos e joelhos.

— Vire a cabeça.

Eliott voltou-se para trás. Tudo o que viu foi um cenário de bonitas colinas cobertas de flores. Nem sinal do porão abarrotado de mercadorias do qual acabava de sair.

— Mas o que é que... — balbuciou.

— Dê-me a mão — disse o homem.

Eliott avançou e estendeu a mão direita. O homem pegou-a com delicadeza e a aproximou do lugar de onde o garoto saíra segundos antes. Sentindo sob seus dedos uma matéria quente e sedosa, Eliott sentiu um arrepio. Desconcertado, deu alguns passos para trás. O homem soltou a longa capa de lã marrom que carregava nas costas e jogou-a para a frente. A capa não caiu no chão: levitou a cerca de dois metros do solo, congelada numa estranha posição. Lembrava aqueles panos brancos com que Mamilou cobria os sofás da sala, a cada verão, antes de partir em férias com toda a família. Eliott se aproximou de novo e examinou atentamente tudo o que estava nas proximidades da capa.

Foi então que os viu: olhos impassíveis fitando-o com uma cara de idiota. Era um animal. Um animal invisível! O animal se mexeu ligeiramente, e o cenário das colinas se turvou levemente. Eliott notou, então, outros detalhes visíveis: quatro cascos no solo, alguns dentes, que apareciam e sumiam, e o fim de uma cauda chicoteando o ar. Depois, pouco a pouco, seus olhos se acostumaram e ele terminou por distinguir os contornos do animal. Parecido com um camelo, tinha duas corcovas e lábios grossos caídos. Estava sentado e pastava margaridas, sossegado.

— É um cameleão — explicou o homem. — Nós o chamamos assim, pois, embora parecido com um camelo, sua pele adquire as cores do que o cerca, tipo um camaleão. Difícil ver, quando não se está habituado.

— Incrível! — exclamou Eliott. — Mas eu estava num lugar imenso, com montes de animais e plantas...

— Você estava num dos alforjes que esse cameleão carrega. Os alforjes em pele de cameleão, além de praticamente invisíveis, têm a característica de ser muito maiores no interior do que no exterior. Podemos guardar um caminhão de coisas dentro deles, e o carregador quase não sente o peso. Sua fabricação é uma especialidade do meu povo.

Pela primeira vez, Eliott observou seu interlocutor com atenção. Era alto, tinha ombros largos, a pele fosca e calejada dos grandes viajantes e olhos claríssimos. Sua fisionomia transmitia, ao mesmo tempo, firmeza e bondade. Vestia uma túnica cor de areia, guarnecida de um cinturão com vários punhais. Na mão direita, um anel incrustado com uma estranha pedra branca, que irradiava uma luz delicada.

— É o senhor o chefe dos caravaneiros? — perguntou Eliott.

— Eu mesmo. Meu nome é Sherpak — disse o homem, estendendo a mão a Eliott. — E você deve ser o jovem Criador de quem me falaram, não é?

— Sim — respondeu Eliott, apertando a mão de Sherpak. — Me chamo Eliott. Muito obrigado por ter aceitado nos levar com o senhor para Oza-Gora.

— O Mercador de Areia não teria recusado prestar um favor a seu amigo Jov. Era natural que eu aceitasse trazê-lo.

— E Katsia e Farjo? — perguntou Eliott. — Quer dizer... A princípio, os onirianos não devem ir a Oza-Gora. É uma lei imutável.

— Falso. Eles não têm o direito de se tornar mestres da Areia, mas nada os impede de entrar em Oza-Gora, caso não tenham nenhuma intenção maligna. Confio em Jov. Se ele permitiu que eles o acompanhassem, é porque não criarão problema.

Eliott ficou surpreso e comovido com a confiança que Jov depositava neles, quando mal os conhecia.

— He! Ho! — disse uma voz cava que vinha do cameleão. — É muito sacrifício nos tirar daqui?

Sherpak correu, para tirar a capa das costas do cameleão, e se debruçou sobre o alforje, do qual retirou Farjo, reclamão como de costume.

— Eu estava subindo pela escada de corda, mas, de repente, a tampa se fechou e caí de bunda — chiou.

— Sinto muito — disse Sherpak —, eu estava em vias de explicar a Eliott o que era um cameleão e me esqueci de você.

— Pois fique sabendo que não gosto nada de ser esquecido! — disse Farjo, esfregando energicamente o traseiro.

— Farjo, eu juro que, se não parar de se lamuriar imediatamente, prendo você dentro do alforje até o fim da viagem! — ameaçou Katsia, cuja cabeça acabava de aparecer.

— Já vi tudo! A viagem promete ser animada! — suspirou Sherpak, enquanto Katsia saltava agilmente para o chão. — Vamos, venham! Vamos nos juntar ao resto da caravana.

O caravaneiro deu um tapão no flanco do cameleão e guiou os três companheiros para o outro lado de uma colina coberta de tulipas amarelas e vermelhas. Ali, próximos a um pequeno lago, viam-se cerca de doze mulheres e homens e outro tanto de cameleões, que os olhos agora treinados de Eliott conseguiam distinguir mais facilmente. Os oza-go-rianos saudaram calorosamente os recém-chegados, e a caravana voltou a se mover.

Sherpak e Katsia lideravam o pelotão, seguidos por Eliott, que se esforçava para não se distanciar dos passos enérgicos do caravaneiro e da aventureira. Quanto a Farjo, empoleirara-se num dos cameleões situados na retaguarda da caravana e zurrava canções idiotas, para grande azar dos caravaneiros mais próximos dele.

Volta e meia, Sherpak diminuía o ritmo e estendia a mão direita para a frente, apertando os olhos. Em seguida, corrigia a trajetória.

— Como sabe a direção que devemos tomar? — perguntou Katsia, quando o caravaneiro acabava de ordenar uma enésima mudança de rumo.

— Vocês sabiam que Oza-Gora muda de posição permanentemente? — disse Sherpak.

— Sim, estamos sabendo — disse Eliott.

— O único meio de encontrar nosso domínio é nos deixar guiar pela Pedra de Areia que carrego neste anel — disse Sherpak, mostrando a mão direita.

— E o que é essa Pedra de Areia? — perguntou Katsia.

— É o nome que damos a essa pedra branca. Ela pode ser encontrada nas jazidas de Areia. Ela é atraída por outra, muito maior, situada em Oza-Gora. É ela que nos indica os Portais que devemos atravessar.

— Isso é fabuloso — confirmou Sherpak.

— E se alguém roubar a Pedra de Areia? — perguntou Katsia. — Os Buscadores de Areia pagariam uma fortuna para possuir uma!

— É um risco — concordou Sherpak. — Mas ela sabe detectar as intenções daquele que a utiliza. Só aqueles que desejam alcançar Oza--Gora por uma razão nobre podem ser guiados pela pedra. Se um Buscador de Areia tentasse usá-la, ela o faria girar em círculos, sem jamais levá-lo até lá.

— Ora, mas e vocês? Não poderiam voltar para casa — observou Eliott.

O REINO DOS SONHOS

— Temos procedimentos de urgência para este caso — garantiu Sherpak. — Mas, até agora, nunca precisamos recorrer a eles. Muitos poucos onirianos conhecem a existência das Pedras de Areia, e está muito bem assim. Aliás, eu lhes pediria que mantivessem essa informação em sigilo.

— Pode contar conosco — garantiu Katsia. — Não diremos nada.

Sherpak parou em frente a um enorme loureiro-rosa, situado ao pé de uma colina com centenas deles. Tocou o arbusto com a ponta dos dedos, e uma abertura escura como a noite se materializou diante deles. Um Portal.

— Vamos — ordenou Sherpak —, é o Portal que devemos transpor.

Toda a caravana o seguiu. Do outro lado, a caravana enveredou por longo corredor vazio, cujas paredes eram revestidas por grandes cortinas de plástico alaranjado. O lugar era tão vazio quanto opressivo.

— Ainda estamos longe? — perguntou Eliott.

— Impossível dizer — respondeu Sherpak. — Dependendo da localização de Oza-Gora, o trajeto desde Hedônis pode levar de algumas horas a vários dias. Nunca sabemos com antecedência.

— Mas — alarmou-se Eliott —, se o trajeto durar vários dias, vou acordar, e daí periga chegarem a Oza-Gora sem mim.

— Não se preocupe — disse Sherpak. — Meus homens e os animais também precisam de repouso Se você acordar, vamos parar e só partir novamente quando se juntar a nós, no dia seguinte. Só lhe peço para tentar dormir cedo para não nos atrasar muito.

— Não sei como lhe agradecer por tudo o que fez por mim — disse Eliott.

— Então não agradeça — sugeriu Sherpak. — Faço apenas o meu trabalho.

20

Lua cheia

Após várias horas de marcha, a caravana desembocou numa pequena clareira, bem no meio de uma floresta luxuriante. Era noite. A lua cheia cintilava em sua veste de nuvens negras. Fazia frio. Não se ouvia nada além do pio ocasional de alguma ave noturna. Eliott sentiu um calafrio na espinha.

— Conheço esse lugar — murmurou Katsia.

— Bom ou ruim? — perguntou Sherpak.

— Ruim — declarou a aventureira. — Estamos pertinho de Efialtis. Diversos Magos fazem pesadelos nesta floresta; é perigosíssima. Sem falar nos imbecis da CRIMO, que fazem rondas regulares por aqui.

— Não seria melhor dar meia-volta? — sugeriu Eliott.

— Impossível — respondeu Sherpak. — A Pedra de Areia disse que este é o caminho, temos que passar por aqui. Vou pedir aos três que se escondam novamente.

— Fora de questão — respondeu Katsia, mostrando os músculos. — Se houver briga, serei útil. E Farjo é curioso demais para aceitar voltar a uma de suas jaulas. Não preciso nem perguntar, sei qual será sua resposta.

Sherpak fitou a aventureira, estarrecido.

— Sem pânico — ela disse —, sei o que faço.

O REINO DOS SONHOS

— Como quiser — Sherpak terminou aceitando. — Mas você, Eliott, prefiro não vê-lo exposto. Temos que evitar que um esquadrão da CRIMO o reconheça.

— Mas...

— Sem mas... — objetou com firmeza Sherpak. — Você está sob minha responsabilidade, sou eu que decido. Volte para o alforje, ou abandone a caravana.

Eliott subiu novamente para o alforje do cameleão, e Sherpak abaixou a tampa móvel da bolsa acima dele, recomendando-lhe que se escondesse entre os animais. Mas Eliott não aceitou isso: ele também era curioso demais para se conformar em não ver nada. Permaneceu bem no topo da escada de corda e conseguiu levantar ligeiramente a tampa do alforje sem chamar a atenção do caravaneiro. Dispunha, portanto, de um extraordinário posto de observação.

Sherpak deu algumas instruções aos caravaneiros: avançar em silêncio, em fileiras cerradas e, o principal, colocar a capa do avesso. Todas as capas de lã dos caravaneiros eram forradas em pele de cameleão, o que lhes permitia diluir-se no cenário, em caso de necessidade. Sherpak tirou de um alforje uma capa suplementar, com a qual equipou Katsia, e Farjo se transformou em mariposa. Em seguida, a um assobio do chefe, a caravana arrancou, avançando por uma trilha estreita que serpenteava entre as árvores. Eliott quase caiu da escada de corda quando o cameleão partiu, mas terminou encontrando uma posição estável. A lua cheia estava suficientemente clara para que os caravaneiros não precisassem de iluminação suplementar. Passavam quase sem ser notados. Somente o estalo dos cascos, o ruído das folhas que juncavam o solo e as blaterações ocasionais dos cameleões denunciavam sua presença a olhos inexperientes. A caravana avançou assim um tempão, embrenhando-se no que parecia ser o coração da floresta.

Subitamente, Sherpak parou.

— O que houve? — murmurou Katsia.

— Um barulho suspeito que vem nos seguindo nos últimos minutos — sussurrou Sherpak. — Há alguma coisa escondida neste arbusto.

LUA CHEIA

Sherpak emitiu um estranho assobio, e os oza-gorianos se puseram logo em posição de defesa. Ele desembainhou ou punhal, e Katsia fez o mesmo. As duas lâminas curtas faiscaram ao luar. Eliott prendia a respiração. Ouviram um farfalhar de folhas vindo do arbusto apontado pelo caravaneiro. Sherpak e Katsia avançaram com passos de veludo na direção da moita e estacaram, imóveis. Dava para ouvir uma mosca no ar. Subitamente, Katsia pulou atrás do mato. Alguma coisa fugiu, e Sherpak, como um raio, agarrou-a com as mãos. O velho Bonk não mentira quanto à rapidez dos oza-gorianos: Eliott nunca vira nenhum ser humano se deslocar àquela velocidade. À luz do luar, Sherpak pôde observar melhor sua presa. Era um animal estranho, cruzamento de lebre com coruja, com quatro patas achatadas, orelhas grandes, dois olhos redondos imensos, um pequeno bico pontudo, duas asas cobertas de penas e um grande dorso peludo. O animal se contorcia e cacarejava ruidosamente, prisioneiro do punho de ferro do caravaneiro. Visivelmente aliviado, Sherpak o pousou no solo, e ele disparou mata adentro.

Neste momento preciso, ouviu-se um grasnido. Eliott teve de se segurar para não escorregar de surpresa. Depois, um rumor de asas batendo. Uma coruja passou no campo de visão de Eliott. Teria reconhecido esta entre mil: era Farjo. Farjo que, com sua visão de ave noturna, observava o caminho lá do alto. Subitamente, um tiro de espingarda. Em seguida, uma fieira de palavrões. Eliott ficou na ponta dos pés e torceu o pescoço para ver o que acontecia. Um vulto inquietante saiu de um arbusto e avançou celeremente, com a espingarda apontada para Farjo. O homem carregava o aparato completo de caçador: botas, roupa de camuflagem, o indispensável casaco com bolsos e um embornal no ombro.

— Se atirar de novo em mim, faço você engolir a espingarda — gritou Farjo.

— Eu atiro em quem eu quiser! — retorquiu o caçador.

Sherpak abriu a capa para ficar visível e se aproximou do caçador.

— Este animal me pertence — disse calmamente. — Por favor, deixe-o em paz.

O REINO DOS SONHOS

Assim que percebeu Sherpak, o caçador avançou furioso em sua direção. Eliott viu seus olhos pela primeira vez: eram brancos — ele era um Mago.

— Ah, é o senhor! — o homem vociferou. — Foi o senhor que espantou a couvelebre que eu rastreava há horas. Isso é um escândalo!

Abriu seu embornal com um gesto seco.

— Está vendo? — continuou com veemência. — Nada! Ainda não apanhei nada, vou voltar de mãos vazias, completamente vazias. Os colegas ainda vão zombar de mim.

— Claro que não — disse Shepark, mais calmo, observando o Mago direto nos olhos. — Vai dar tudo certo. O senhor fez uma boa caçada, agarrou dezenas de couvelebres. Olhe, seu embornal está cheio!

O caçador abaixou a cabeça na direção do embornal. Acabava de fazer aparecer ali uma dúzia de couvelebres bem gordinhas, sem se dar conta disso.

— É verdade — ele disse, num tom subitamente entusiasmado. — Os colegas vão ficar embasbacados! Vou lhes mostrar agora mesmo o que apanhei.

O caçador deu alguns passos, depois desapareceu como que por encanto.

— Uaaauuuuu! — exclamou Farjo. — O senhor é superpoderoso!

— Como fez isso? — indagou Katsia, pasma.

— Afastar um Mago ameaçador não é complicado — disse Sherpak. — Basta convencê-lo de que está tudo bem e, em poucos segundos, seu pesadelo se transforma em sonho.

— É possível fazer isso? — espantou-se Katsia. — Sempre achei que, sem a Areia, era impossível controlar os Magos.

— Exige um pouco de treino — concordou Sherpak. — Mas só podemos recorrer a este sutil passe de mágica em caso de legítima defesa, sob pena de infringir a lei imutável número cinco.

— "Nunca procurar influenciar a atividade de um Mago por interesse pessoal" — recitou Farjo. — Até hoje, eu nunca tinha entendido para que servia essa lei!

240

— Em todo caso, foi bom se livrar dele — disse Katsia. — Aquele "caçador de domingo" era irritante!

— Tá bom — sibilou Farjo. — Agora provavelmente ele está degustando um banquete de couvelebres em algum lugar perto de Hedônis, dando a seus amigos detalhes precisos sobre a maneira heroica como capturou cada uma delas.

Um risinho abafado percorreu a caravana. Do topo de seu observatório, Eliott quase caiu na risada também. Sherpak lançou um olhar penetrante em sua direção, mas não disse nada. Eliott poderia jurar que o caravaneiro o tinha visto.

A caravana pôs-se novamente em marcha. As normas de segurança eram as mesmas de antes, mas o episódio do caçador relaxara a atmosfera: Eliott ouvia sussurros bem pouco discretos vindos da retaguarda da caravana, e Sherpak, volta e meia, repreendia os caravaneiros pedindo para que se compactassem. O chefe dos caravaneiros verificava, de tempos em tempos, se a Pedra de Areia continuava a indicar a mesma direção, e todos seguiam a trilha sem se deixar impressionar mais pelo ambiente sinistro daquela floresta. Eliott, que achava aquele caminho supermonótono, divertia-se fazendo aparecer, aqui e ali, pequenos pirilampos coloridos, conferindo um toque de alegria àquele sombrio cenário.

Subitamente, um grito dilacerante reverberou na retaguarda da caravana. Ouviram-se então exclamações assustadas de alguns caravaneiros. Segundos depois, Eliott viu aparecer, bem em frente a Sherpak, um animal imenso, que devia medir pelo menos três metros de altura. Em pé sobre as patas traseiras, peludo, garras afiadas, boca lotada de dentes pontiagudos: era um lobisomem. O animal se lançou sobre Sherpak, que se esquivou na hora agá, graças a seus reflexos ultrarrápidos de oza--goriano. Um homem comum seria vencido por ele. O monstro terminou sua carreira colidindo em cheio com o cameleão que transportava Eliott. O jovem Criador foi arrancado da escada de corda e atirado com violência dentro de uma jaula. Permaneceu no chão por longos segundos, zonzo com a violência do golpe. Quando tentou se levantar, não conseguiu: seu tornozelo não se mexia, de tanta dor. Fez aparecer uma lanterna e iluminou o interior do alforje. Estava tudo de pernas para o ar. A ponta da escada de corda jazia no solo, a poucos metros. Cerrando os dentes, rastejou até ela e a seguiu até a abertura do alforje. A escada não se encontrava mais sobre ele, mas a seu lado; o cameleão dormira na posição lateral.

Eliott ficou paralisado de pavor diante do espetáculo que o aguardava do lado de fora. Meia dúzia de lobisomens havia atacado a caravana. Katsia lutava corpo a corpo com um deles, usando a agilidade contra a força bruta do monstro. Até ali, conseguira se esquivar de todos os golpes. Mas por quanto tempo? De sua parte, Sherpak tentava se defender de outro lobisomem. Ferido no braço, teria sucumbido aos repetidos assaltos do bicho sem a ajuda providencial de uma caravaneira colossal, que media pelo menos dois metros de altura e dava no bicho com um enorme machado. Mas isso era o mesmo que nada: a pele do animal era tão grossa que não exibia sequer um arranhão.

O corpo de Eliott estacara qual uma estátua de mármore, duro e gelado. Ele precisou fazer um esforço sobre-humano para voltar a cabeça para a retaguarda da caravana. Vários oza-gorianos por terra. Farjo, transformado em urso, lutava com uma dupla de lobisomens, que o atacava com garras e dentes. Eliott teve a impressão de que o coração ia parar de bater.

Uma pata cheia de garras riscou o espaço, a poucos centímetros dos olhos do menino. Seus músculos se descongelaram de repente, e ele fechou a tampa do alforje. Encolheu-se todo, agarrado à escada de corda. O tornozelo o incomodava. Mas o mais doloroso era ouvir os gemidos dos caravaneiros lá fora, dilacerados. Eles não aguentariam muito tempo contra aquela horda descontrolada. A luta era superdesigual. Só Eliott poderia salvá-los, e ele sabia disso.

O garoto fechou os olhos e tapou os ouvidos com as mãos. Como fazia quando era pequeno, para combater os monstros que assombravam seus pesadelos? Ouviu ressoar dentro da cabeça a voz de Mamilou:

Procure o ponto fraco, Eliott. Mas aqueles lobisomens não tinham ponto fraco! Eram fortes, precisos, incansáveis, além de invulneráveis... Um grito que não tinha mais muita coisa de humano reverberou do lado de fora do alforje, arrancando lágrimas de impotência de Eliott. *Vamos, você é melhor que isso*, repetiu. *Onde foi parar seu detalhômetro? Esses bichos têm sempre um ponto fraco!* Mas que nada! Eliott deveria criar uma horda de fêmeas para atraí-los para mais longe? Havia grandes chances de o gosto do sangue prevalecer e ele não conseguir desviar a atenção daqueles caçadores sanguinários tão facilmente. *Mas, então, que fazer? O quê?*

Eliott reabriu os olhos. Precisava revê-los. Esticou o corpo entorpecido até a abertura e ergueu a tampa, o suficiente para espiar. A luta comia solta. O rosto de Katsia estava todo ensanguentado. Sherpak, encharcado de suor, continuava o mais rápido dos homens, mas perdia os reflexos. Não conseguiu se esquivar de uma violenta patada do lobisomem e desabou no solo. O lobisomem precipitou-se sobre sua vítima, mas a mulher colosso lhe desferiu uma tremenda machadada no meio da cabeça, que o fez recuar. O lobisomem voltou à carga, rugindo raivosamente. Seus olhos ficaram pequeninos, ainda mais cruéis do que antes. De sua pálpebra direita escorria uma única gota de sangue.

Foi um choque para Eliott, que fechou o alforje com o coração a mil. As mucosas. Era este o ponto fraco dos lobisomens. Os olhos, pelo menos. Talvez também as orelhas e a boca. Precisava de uma arma capaz de visar precisamente estes pontos. Mas os lobisomens eram rápidos. Ele nunca conseguiria atirar com tamanha precisão, nem com a melhor espingarda. Não. Era preciso outra coisa. Algo que pudesse atacar todos os lobisomens ao mesmo tempo. Que se movesse tão rápido como eles. Que pudesse atacar com precisão...

Eliott fechou os olhos. Tinha encontrado. Concentrou-se durante longos segundos, visualizando aquilo de que precisava. Quando reabriu os olhos, estava cercado por uma nuvem zumbidora, à espera de suas instruções. Um gigantesco enxame de vespas, prontas para o combate.

— Há lobisomens bem ali, do lado de fora — ele disse. — Quando eu abrir este alforje, vocês vão atacar esses bichos um a um. Visem olhos, orelhas e boca, piquem em toda parte que puderem e persigam os bichos pela floresta até que meus amigos e eu mesmo tenhamos saído daqui. Mas deixem em paz todos os humanos, os cameleões e o urso. Entendido?

As vespas emitiram um zumbido mais alto em sinal de aprovação.

Eliott levantou a tampa do alforje e agitou um punho raivoso.

— Ao ataque! — berrou, qual um general de infantaria lançando suas tropas ao assalto.

Instantaneamente, milhares de guerreiras voaram para fora do alforje. Eram tão numerosas que Eliott viu-se rodeado por uma cerração amarela e preta durante um longo momento. Ouvindo com angústia os gritos de surpresa que ressoavam à volta, de olhos fechados, ele torcia para não ter-se enganado. Quando o zumbido se dissipou, Eliott abriu os olhos. Metodicamente, implacavelmente, as obedientes guerreiras haviam investido contra os lobisomens. As primeiras picadas arrancaram uivos de dor dos bichos furiosos. Em poucos instantes, foram subjugados, e as providenciais vespas precisaram de apenas poucos minutos para os enxotar e dispersar pela floresta. Eliott enxergara certo. Triunfara.

Eliott esperou que os últimos uivos se calassem ao longe, a fim de se esgueirar completamente para fora do alforje. O tornozelo continuava doendo, e ele foi obrigado a usar um cajado para se levantar. Mas isso não era nada, comparado ao espetáculo desolador que se oferecia a seus olhos. O rosto de Katsia estava todo lanhado. Um dos braços de Sherpak pendia, inerte, a seu lado. Um pouco adiante, o urso Farjo e vários caravaneiros, esfarrapados, prostrados e esgotados, aglomeravam-se ao redor de um corpo estendido no chão. A mulher do machado correu na direção do pequeno grupo. Abriu caminho, caiu de joelhos diante do corpo que jazia no chão e desfez-se em lágrimas, seguidas de soluços dilacerantes.

— Meu irmão! — ela gemia. — Meu irmãozinho...

Eliott se aproximou, mancando, seguido por Katsia e Sherpak.

— Era ele quem fechava a marcha — explicou Farjo, vendo-os chegar. — Quando os lobisomens atacaram, fomos todos pegos de surpresa. Não tivemos tempo de reagir. Para ele, foi tarde demais.

Eliott não queria acreditar no que via.

— Mas ele não está... — perguntou com uma voz sumida.

— Morto, está sim — disse gravemente Sherpak.

— Mas eu achava que os onirianos não podiam morrer!

— Os onirianos, não — respondeu Sherpak. — Mas com a gente, oza-gorianos, é diferente. Meu povo não foi criado por Magos. Nascemos e morremos exatamente como vocês, no mundo terrestre.

A gigante, com os olhos cheios de lágrimas, se levantou e foi direto até onde Eliott se encontrava. Ergueu-o do chão e o apertou longamente nos braços, pousando-o novamente no solo sem dizer uma palavra. Eliott dirigiu um olhar de interrogação para Sherpak.

— Acho que, do jeito dela, Bachel quis lhe agradecer por ter salvado a gente. Sem a sua intervenção, teríamos sofrido a mesma sorte do pobre irmão dela. Nós lhe devemos a vida. Obrigado.

Eliott não soube o que responder. E, mesmo que tivesse sabido, nenhum som poderia sair de sua garganta travada. Limitou-se a sacudir a cabeça. O urso trocou de lugar com Sherpak no círculo dos caravaneiros e, recuperando a forma menos imponente de macaco, aproximou-se de Eliott.

— Grande sacada o lance das vespas, meu camaradinha — ele disse. — Foi esperto este seu truque! E brilhante. Você sabe criar seres vivos, estou impressionado.

A tristeza de Eliott não permitia que se alegrasse com o elogio.

— Vocês também lutaram bem, Katsia e você — disse, sem entusiasmo.

— Mentira — resmungou Katsia —, não fizemos nada. É você o herói.

Eliott interrogou Farjo com o olhar.

— Não se preocupe com ela — disse Farjo, dando de ombros. — Madame não está contente porque madame não conseguiu afugentar sozinha todos os lobisomens.

Eliott voltou-se para aventureira, que fazia cara de manha. Farjo tinha razão... Mas não era hora de saber quem merecia os louros: o irmão de Bachel tinha acabado de morrer! Aquela garota era realmente difícil de agradar.

Bruscamente, feito um gato que acaba de avistar um camundongo, Farjo se aproximou do grupo dos caravaneiros enlutados e recolheu alguma coisa entre os pés de um jovem oza-goriano, de cabelos ruivos. Deu uma espiada em sua presa e levantou o rosto perplexo.

— Olhem o que encontrei! — exclamou.

O pergaminho que ele agitava ao luar era idêntico ao que a Besta atirara aos pés de Eliott, após ter raptado Aanor. Sherpak pegou o pergaminho e o leu.

— Onde encontrou isso? — perguntou, parecendo nervoso.

— No chão, bem aqui — respondeu Farjo, apontando para as botas do ruivo.

— O que está escrito? — perguntou Bachel.

Sherpak virou o pergaminho para todos poderem ler.

— "Com os cumprimentos da Besta" — enunciou.

— Então eles sabiam o que estavam fazendo — disse gravemente Bachel. — Não nos atacaram por acaso.

— Difícil dizer se sabiam a quem estavam atacando, mas que tinham a intenção de machucar, ah, isso tinham — concordou Sherpak. — Avisarei à Assembleia dos Sábios assim que chegarmos. De toda forma, vamos zarpar daqui.

Os oza-gorianos começaram a se mexer. Um cameleão perecera nos dentes de um lobisomem, e o que transportava Eliott, ainda no chão, soltava bramidos dilacerantes. Sherpak examinou suas feridas e viu necessidade de sacrificá-lo, a fim de lhe abreviar o sofrimento. Acariciou o pescoço do animal, recuou alguns passos e apontou para ele o revólver emprestado por Katsia. Eliott desviou os olhos. Sentiu um aperto no coração ao ouvir a detonação, seca e definitiva. Aquele pobre animal podia ter salvado sua vida.

Farjo se transformou em mula e insistiu para que os caravaneiros colocassem dois alforjes em seu lombo. A carga dos outros dois alforjes foi distribuída entre os cameleões sobreviventes. Eliott fez aparecer uma padiola, na qual Bachel depositou delicadamente o corpo do irmão, e o ruivo ajudou-a carregar. A pedido de Sherpak, Katsia ocupou um posto no fim da caravana. Em caso de novo ataque, era preferível que o lugar mais vulnerável fosse ocupado por uma oniriana. Quanto a Eliott, instalou-se no dorso de um cameleão da linha de frente. Seu tornozelo machucado o impedia de caminhar no mesmo ritmo que os demais. Sherpak lhe deu uma capa, para torná-lo menos visível. Precaução supérflua, aos olhos de Eliott. Os lobisomens não tinham precisado vê-los para localizá-los: o faro bastara.

Várias horas haviam transcorrido, e o esgotamento de homens e animais era visível, quando a caravana penetrou numa zona atulhada de dejetos. Eram montanhas e montanhas de lixo. O cheiro era tão insuportável que Eliott sentiu-se nauseado e foi obrigado a apear do cameleão que cavalgava para esvaziar o estômago, em meio a sacos plásticos, galões de gasolina rasgados e restos de comida em decomposição. Depois de mais de uma hora neste cenário sórdido, o caravaneiro guiou homens e animais, a fim de que alcançassem uma colina de ferro velho, em cujo topo jazia a carroceria enferrujada de um velho carro branco. Os cameleões escorregavam, e Eliott foi obrigado a terminar a subida a pé. Ia escalando na medida do possível, evitando ao máximo usar as mãos, com medo de mergulhá-las em algum líquido pegajoso, ou corrosivo. Mas o tornozelo machucado o incomodava, e ele terminou por se estender ao comprido no meio de uma confusão de relógios quebrados, molas, parafusos, rebites e peças avulsas de computador. Bateu com a cabeça numa lata de conservas, da qual escapou um rato enorme, guinchando.

Foi demais. De uma tacada, Eliott sentiu todo o cansaço daquele longo e penoso trajeto se abater sobre seus ombros. Ficou parado, incapaz de fazer um movimento, perguntando-se o que fazia ali e se tudo aquilo valia mesmo a pena. Era grande a tentação de fugir para um dos lugares paradisíacos dos quais o Reino dos Sonhos estava cheio. Teria lhe bastado fechar os olhos e se concentrar, para deixar aquele lugar de morte e fedor e reaparecer deitado numa rede, com um suco de frutas frescas na mão, sossegado...

Uma mãozorra apareceu diante do olhar embaçado de Eliott. O jovem Criador levantou os olhos para o rosto esgotado de Sherpak, que olhava para ele rindo, sem deixar transparecer um pingo da dor que deviam lhe causar a perda de um membro da equipe e o corte profundo que o lobisomem lhe infligira no ombro. Sherpak talvez fosse o homem mais corajoso que Eliott já encontrara na vida. Olhando para ele, Eliott constatou que não tinha o direito de vacilar. Não agora. Não tão perto do objetivo. Extraiu do olhar benevolente do caravaneiro uma energia que não conseguia mais encontrar em si mesmo, e agarrou sua mão estendida. Com o braço bom, Sherpak ajudou-o a se levantar e o conduziu sem uma palavra até o velho carro enferrujado. Moveu, então, a maçaneta da porta dianteira do carro. Esta se abriu para um espaço escuro como a noite. Finalmente, um Portal!

— Ajude-me a aumentá-lo, por favor — disse Sherpak, agarrando como podia a maçaneta esquerda da porta.

Eliott dirigiu-lhe um olhar de interrogação.

— Pegue a outra maçaneta e puxe com todas as forças — esclareceu o caravaneiro.

Eliott posicionou-se em frente a Sherpak, apoiou-se na perna boa e puxou, com toda a força possível, a aba da porta. O carro inteiro inchou a olhos vistos, até ficar do tamanho de uma casinha.

— Agora os cameleões podem passar — disse Sherpak, dando uma piscadela para o menino.

Eliott foi o primeiro a atravessar o Portal.

Do outro lado, um deserto de pedras cinzentas feito um céu de novembro. E, no meio do deserto, um portão majestoso. Elegantemente trabalhado, dourado de alto a baixo, não tinha maçaneta, mas exibia no centro um objeto que Eliott reconheceu imediatamente. Uma ampulheta engastada numa medalha perfeitamente redonda.

Uma réplica exata do pingente de Eliott em tamanho ampliado.

— Bem-vindo a Oza-Gora, Eliott! — ecoou a voz do caravaneiro atrás dele.

Eliott se virou e leu nos olhos de Sherpak a felicidade daquele que alcançou seu objetivo. Um a um, os caravaneiros atravessaram o Portal. Sucessivamente, o mesmo alívio se estampava no rosto deles. Farjo e Katsia foram os últimos a chegar. Eliott os recebeu com um sorriso franco. Os olhos dos amigos se arredondaram, e ele soube que tinham compreendido.

Mancando, Eliott se aproximou do imponente portão e o contemplou com emoção.

Era atrás daquele portão que morava o Mercador de Areia.

Era atrás daquele portão que se encontravam as respostas para todas as suas perguntas.

Agradecimentos

A Alexandre, meu marido, meu primeiro leitor e maior apoio, que acreditou em mim desde o primeiro dia e escuta de maneira generosa e educada minhas dúvidas e angústias.

A Marion, minha preciosa cúmplice nessa aventura, com quem espero ir até o fim deste sonho, e a Reginald, que nos permitiu acreditar nele.

A Isabel e Cécile, que viram em meu trabalho tesouros que eu não imaginava e decidiram dar uma chance a Oníria. Eu não poderia ter colocado meu bebê de papel em mãos melhores.

A Inès e Adèle, que precisaram dividir a mãe com um tal Eliott que nem ao menos existe de verdade.

Por fim, a todos que me acompanharam durante a criação de Oníria: família e amigos, e, em especial, a vocês, jovens e não tão jovens, que foram meus primeiros críticos. Um agradecimento especial ao meu fã--clube familiar, cujo entusiasmo transbordante é fonte inesgotável de autoconfiança para mim; e outro para Diane e Nico, cujos olhos perspicazes me obrigaram a realizar mudanças saudáveis.

Impresso no Brasil pelo Sistema Cameron da Divisão Gráfica da
DISTRIBUIDORA RECORD DE SERVIÇOS DE IMPRENSA S.A.